Ariadne Krimis: Inwiefern anders?
Ariadnes Spezialität ist spannender Lesestoff mit literarischem *und* aufrührerischem Anspruch. Für uns muss ein *guter* Krimi folgende Kriterien erfüllen: Der Suspense muss auf mehreren Ebenen stattfinden. Also nicht nur: wer hat gekillt bzw. wird er oder sie überführt?, sondern zusätzliche Rätsel, Fragen, Unklarheiten, Gefahren, Ängste und Nöte. Der Erzählkosmos darf keine heile Welt sein, die nur durch ein einsames Verbrechen gestört und mit der Lösung des Falls wieder blitzsauber wird – vielmehr zieht ein guter Krimi seine Spannung auch aus den Lücken, Grauzonen und Fehlern herrschender Moral und Rechtsvorstellung. Gerade hier sehen wir die Herausforderung einer zeitgemäßen Krimikultur: eingängig und spannend Geschichten zu erzählen, die gesellschaftliche Widersprüche und Ungerechtigkeiten ausleuchten, Zweifel an kulturellen, moralischen, sozialen Selbstverständlichkeiten wecken, kritischen Argwohn gegenüber den gängigen Glücks-, Erfolgs- und Wohlstandsversprechungen schüren, zum Misstrauen gegen blinde Ideologien, Dogmen und Normen anregen.

Ariadne Krimis neigen zum Subversiven. Dass Frauen darin stets die Hauptrollen besetzen, war vor zwölf Jahren ein mittlerer Skandal, heute stehen wir damit nicht mehr so allein. Dass die Hälfte unserer Protagonistinnen Sex mit Frauen bevorzugt, ist schon weniger gängig und entspricht dem Off-Mainstream-Anspruch der Ariadne Krimis. Die Heldinnen und Antiheldinnen sind meist Figuren, die an den üblichen Rollenmustern rütteln und neue Wege zu gehen versuchen. Bei den deutschsprachigen Autorinnen suchen und fördern wir diejenigen, die mit dem Genre experimentieren, über den Tellerrand spähen, sich dreist auf neues Terrain wagen. Krimis sind für uns eine Art Widerstandskultur. Das muss man natürlich nicht genauso sehen, man kann auch einfach die spannenden Bücher genießen, die wir verlegen.

Zu diesem Buch
Die Dortmunder Psychiaterin Klara Keitz freut sich auf die Ferien mit ihren andalusischen Freunden in Conil. Die Digitalkamera griffbereit, besichtigt sie mit Freundin Camila eine abgelegene Villa, als ihr ein einsames Kind im Nachbargarten ins Auge fällt. Klara knipst drauflos – doch erst die heftige Reaktion der Hausbesitzerin und dann der Einbruch in ihr Hotelzimmer bringen die Frauen zu der Überzeugung, dass hier etwas nicht stimmt. Ihre Nachforschungen fördern eine grauenvolle Vorgeschichte zutage: Mutter und Tochter machten Strandferien in Andalusien. Plötzlich war das elfjährige Mädchen verschwunden, die Polizei fand keine Spuren – oder wollte keine finden?

Petra Pfänder, * 1961, jobbte im In- und Ausland als MTA, Siebdruckerin, Telefonistin, Kellnerin u.v.m. Es folgte ein Studium, 1990 eine Tochter und 1992 das Examen. Die Journalistin war seit 1998 beteiligt am Aufbau des Internetauftritts der Stadt Dortmund, wo sie heute fest als Online-Redakteurin tätig ist. *Die blaue Katze* ist ihr erster Krimi.

Petra Pfänder

Die blaue Katze

Ariadne Krimi 1148
Argument Verlag

Ariadne Krimis
Herausgegeben von Else Laudan
www.ariadnekrimis.de

Deutsche Originalausgabe

Eppendorfer Weg 95, 20259 Hamburg
Telefon 040/4018000 – Fax 040/40180020
www.argument.de
Lektorat: Kirsten Gleinig
Satz: Iris Konopik
Umschlaggestaltung: Martin Grundmann
Druck: Alfa Druck, Göttingen
Gedruckt auf säure- und chlorfreiem Papier
ISBN 3-88619-878-2
Erste Auflage 2003

Für Pia

Mai, Conil

»Mama, wach auf!«

Kleine nasse Küsschen kitzelten Sylvies Gesicht. Leises Plätschern drang langsam in ihr Bewusstsein. Die Sonne brannte auf ihren Waden und Oberschenkeln. Verwirrt schlug sie die Augen auf.

»Du bekommst einen Sonnenbrand, wenn du in der Sonne schläfst, Mama. Ich hab dir schon ein Handtuch über den Rücken gelegt.«

Benommen setzte Sylvie sich auf, fuhr mit den Händen durch ihre hellen, schweißverklebten Locken und blickte über die winzige, menschenleere Bucht. Während sie geschlafen hatte, war das Meer ruhiger geworden und die weiche Nachmittagssonne hatte das helle Türkis in ein tiefes Blau verwandelt. Der salzige Geruch des Meeres mischte sich mit dem Duft wilder Kräuter, die die Klippen bedeckten. »Ich geh ins Wasser, zum Wachwerden, kommst du mit?«

»Ich brauch noch einen Herzstein. Hier unten gibt's nur Muscheln. Kann ich oben auf den Felsen suchen?«

»Warte ein bisschen, dann gehen wir zusammen.«

Katharina zappelte ungeduldig. »Kann ich nicht vorgehen?«

Zögernd blickte Sylvie zu den tief ausgewaschenen Steilklippen, die im Halbkreis den Strand umschlossen. In die

Felswand gehauene Stufen führten auf das überhängende steinige Plateau.

»Ja, aber bleib in Rufweite und –«

Katharina grinste liebevoll. »... und geh nicht an den Abhang, ruf mich, wenn irgendwas ist ... schon klar. Wenn du nicht nachkommst, bin ich in zwanzig Minuten wieder hier. Okay?« Lachend kuschelte sie sich kurz an Sylvies verschwitzten Körper. »Schwimm nicht zu weit raus, Mama, und lass dich nicht von Fremden ansprechen.« Mit ihren Riemchen-Sandalen in der Hand hüpfte Katharina kreischend über den heißen Sand. Ihr rotes Kleid flatterte um die schlaksigen Beine. Mit der freien Hand hielt sie ihren geliebten Strohhut mit der breiten Krempe, der immer wieder vom Kopf fliegen wollte, wenn ein Windstoß die Wolke ihrer langen silberblonden Haare durcheinander wirbelte.

* * *

»Wie Herzen sehen die Steine hier irgendwie alle nicht aus«, murmelte Katharina frustriert.

Seit einer Viertelstunde kroch sie auf dem felsigen Boden herum und hatte keine Lust mehr. Der Wind blies hier oben viel heftiger als in der geschützten Bucht und ihre Augen tränten vom Staub. Der weiße Kalkstein sah aus wie erstarrter Meerschaum. Große Felsbrocken lagen wie gigantische Bauklötze verstreut.

Sie konnte doch nicht einfach aufgeben. Seit Jahren brachten sie jetzt schon aus jedem Urlaub einen herzförmigen Stein mit zurück. Katharina erhob sich ächzend und wischte kleine Steinchen von den Knien, die sich in ihre Haut gedrückt hatten. Wenn doch nur irgendetwas Herzähnliches aufzutreiben wäre! Den Blick noch immer hoffnungsvoll auf den Boden geheftet, machte sie sich auf den Rückweg zum Strand. Zwanzig Minuten waren vorbei.

»Da ist einer!« Im Schatten des großen Felsvorsprungs zu

ihrer Linken lag ein vage herzförmiger Klumpen, aber als sie näher heranging, erkannte sie enttäuscht, dass es nur ein Stück Holz war, fast weiß gebleicht von der Sonne. Besser als gar nichts. Katharina steckte ihn in ihre tiefe Kleidertasche. Gilt wohl auch Holz? Katharina hörte hinter sich das Knirschen von Schritten.

»Mama, was meinst du …?«

Sie wollte gerade fragend den Kopf zu ihrer Mutter drehen, als etwas Weiches, Stinkendes auf ihr Gesicht gepresst wurde. Katharina bekam keine Luft mehr. Der süßliche Geruch ließ sie würgen. Ihr Kopf wurde brutal nach hinten gerissen und ihr Rücken fiel gegen einen harten Körper. In blinder Panik trat sie wild um sich, grub ihre Nägel tief in fremdes Fleisch. Für einen kurzen Moment lockerte sich der erstickende Griff. Sie schnappte nach Luft, schrie auf, versuchte sich loszureißen. Die Faust traf sie an der rechten Schläfe. Katharina wurde gegen den Felsen geschleudert. Sie spürte, wie der raue Stein ihre Haut aufschürfte, und öffnete den Mund zum Schrei, als der zweite Schlag folgte. Unwillkürlich krümmte sie sich zusammen, um den Schmerzen zu entgehen, die ihren ganzen Körper erfüllten. Der nächste Hieb traf sie in den Bauch. Sie fühlte etwas Warmes an ihren Beinen und roch den scharfen Geruch ihres eigenen Urins, bevor alles dunkel wurde.

Oktober, Dortmund

Dichte Regenschleier peitschten durch die breiten Straßenzüge und ließen die Fassaden der prunkvollen Altbauten verschwimmen. Äußerst missmutig stapfte Klara Keitz durch die Kälte zu ihrem Auto. Wie üblich waren am Abend vorher die raren Parkplätze in der Nähe ihrer Wohnung im Kreuzviertel besetzt gewesen, und sie hatte ihren alten schwarzen Honda zwei Häuserblocks entfernt abstellen müssen. Meist genoss sie es, durch die baumbestandenen Straßen zu schlendern. Heute aber wickelte sie sich zitternd in ihren Anorak und ging schneller, um bald ins Trockene zu kommen. Eine heftige Böe, und der Schirm stülpte sich um. Die dicken Tropfen prasselten kalt auf ihren Kopf und rieselten in kleinen Bächen den Nacken hinab. Nasse Haarsträhnen verklebten Hals und Gesicht. Die wenigen anderen Menschen auf der Straße verbargen sich unter Kapuzen und dunklen Schirmen.

»Verflucht!« Sie war zu nah an die fahrenden Autos geraten. Ein Schwall dreckigen Wassers ergoss sich über ihre Jeans und sickerte langsam und kalt in die Stiefel.

Seit zwei Wochen war es nicht mehr richtig hell geworden. Der Himmel war durchgehend bleigrau, morgens, mittags, abends. Klara sehnte sich fast schmerzhaft nach Sonne auf ihrer Haut. Morgen war es endlich so weit. Drei Wochen Andalusien, ihr erster Urlaub seit eineinhalb Jahren.

Klara arbeitete als Psychiaterin am Westfälischen Zentrum für Psychiatrie, Psychologie und Psychosomatik und als Prozessgutachterin, spezialisiert auf Traumapatienten, Kindesmisshandlung und Missbrauch. Letzter Termin vor ihrem Urlaub war die vierjährige Vicky. Sie war ihrer Kindergärtnerin durch häufige Ekzeme und Pilzerkrankungen in Mund und Scheidenbereich aufgefallen. In Absprache mit einer Beratungsstelle und den Eltern war Klara beauftragt worden, ein Gutachten über potentiellen Missbrauch zu erstellen.

* * *

»Morgen«, knurrte Frau Hoppe, die an ihrem Schreibtisch geschäftig in die Tasten ihres PCs hieb. Als Klara das Sekretariat betrat, presste sie ihre blassen Lippen zusammen, bis sie nur noch wie ein horizontaler Spalt im Gesicht wirkten. Angestrengt heftete sie ihre verkniffenen Augen auf den Monitor und versuchte, Klara zu ignorieren.

Frau Hoppe gehörte zu den Frauen, die der Meinung waren, Ärzte sollten Männer sein, und es hassten, Aufträge von einer Frau entgegenzunehmen. Ein mit einer bestickten Decke geschmücktes Tischchen neben ihrem Schreibtisch war wie immer mit Kuchen und Törtchen beladen. Eigentlich war das Gebäck für die Männer der Abteilung gedacht, die Frau Hoppe mütterlich umsorgte, doch sie konnte nicht verhindern, auch Klara damit zu erfreuen.

»Na, das sieht ja wieder lecker aus«, teilte Klara ungerührt Frau Hoppes abgewandtem Gesicht mit. Aus den Augenwinkeln zählte diese offensichtlich missbilligend die Teilchen, die Klara auf ihren Teller häufte, bevor sie sich in ihr Zimmer zurückzog.

Mit beiden Händen lockerte Klara ihre feucht verklebten Haarsträhnen, zog die durchweichte Jeans aus, eine frische an und nahm ein Paar trockene Turnschuhe aus dem Wandschrank. Bis zum Beginn des Gesprächs mit Vicky hatte sie noch zehn Minuten Zeit. Sie tunkte einen halben Doughnut in Schokoladensoße, stopfte ihn in den Mund und streckte sich in ihrem komfortablen Schreibtischstuhl aus, dem einzigen Luxus, den sie sich in diesem Raum gegönnt hatte. Zwei Wände waren mit Regalen voller Bücher und Spielzeug bedeckt, die dritte wurde fast komplett von einem großen Fenster mit Blick über das Klinikgelände eingenommen, vor dem ihr mit Papieren und Büchern übersäter Schreibtisch und zwei beigefarbene Stühle Platz gefunden hatten. In einer Nische neben der Tür waren drei hässliche, aber kuschelige blaue Kordsessel um einen niedrigen Holztisch gruppiert.

Der Regen fiel in dicken Tropfen auf die nass glänzenden Blätter der alten Kastanie vor dem Fenster. Klara lehnte den Kopf müde zurück. Sie liebte ihre Arbeit, aber im Moment fühlte sie sich ausgebrannt. Und jetzt streikte auch noch ihr Körper. Sämtliche Glieder schmerzten, sie war völlig durchgefroren.

Klara blickte auf ihre Uhr. In knapp 23 Stunden würde sie voraussichtlich in Jerez de la Frontera gelandet sein und neben ihrer Freundin Camila in ihrem zugemüllten, schrottreifen, heiß geliebten Mini sitzen.

Camila Cabrera Gómez und ihr Mann Gil Ramiro Gimenéz lebten in Conil, einem der weißen Dörfer an der Costa de la Luz. Klara hatte die beiden vor acht Jahren auf dem Empfang eines Psychiatrie-Kongresses in Stockholm kennen gelernt. Gil hatte stundenlang mit Kollegen gefachsimpelt, während sich die vernachlässigte Camila am Büffet amüsierte.

Klara hatte gerade das letzte mit Geflügelsalat gefüllte Radicchioblatt zusammengerollt, um es in ihren aufgesperrten Mund zu schieben, als sie bemerkte, dass eine schöne, üppige Südländerin in einem hautengen schwarzen Samtkleid auf der anderen Seite des Tisches enttäuscht ihre Hand von der leeren Platte zurückzog und Klara aus großen, toffeefarbenen Augen vorwurfsvoll anschaute.

»Ist gemein. Schon fünfmal haben Sie Letztes genommen.«

»Möchten Sie ein Stückchen? Sie sind wirklich ganz ausgezeichnet.« Spontan hatte Klara ihre Beute zerteilt und eine zermatschte Hälfte über den Tisch gereicht.

Den Rest des Abends hatten sie gemeinsam Bar und Büffet geplündert. Klara hatte noch eine Woche freigehabt und war spontan mit Gil und Camila nach Andalusien geflogen. Seitdem verbrachte sie die meisten ihrer wenigen Urlaube bei ihren Freunden.

Pochender Kopfschmerz holte Klara aus ihren Träumen zurück. Die Nase kribbelte ekelhaft, der Hals fing an zu kratzen. Seufzend wischte sie sich Schokoladensoße und Krümel aus dem Gesicht und erhob sich, um Vicky aus dem Wartezimmer auf der anderen Flurseite zu holen.

»Maaaaaaamaaa!«

Schrilles Gekreisch erhob sich, als Klara die Tür zum Wartezimmer öffnete. Vicky krallte sich panisch an ihrer Mutter fest und vergrub das Gesicht an ihrem Hals. Unter einem weinroten Plüschmantel lugten dünne Beine in einer weißen Rippenstrumpfhose hervor. Die braunen Locken waren mit einer dicken Satinschleife straff zu einem Pferdeschwanz gebunden.

Das Geschrei wurde schriller. Als die Mutter versuchte, Vicky von ihrem Hals zu lösen, begann sie mit Füßen und Händen um sich zu schlagen und landete einen Volltreffer im Magen der Mutter, die sich mit einem dumpfen Laut wie ein Schnappmesser zusammenkrümmte.

Klara ging wortlos zurück in ihr Zimmer und suchte aus ihrer umfangreichen Spielzeugsammlung einen kleinen Teddy und eine rosaweiße Diddlmaus.

Vickys Kreischen verfolgte sie über den Flur und lockte

das löwenmähnige Haupt des Kollegen Bernbaum aus seiner Tür. »Noch alles im Griff, verehrte Kollegin, oder kann ich Ihnen helfen?«

»Danke, Herr Bernbaum, das schaff ich grad noch.«

»Dann sehen Sie bitte zu, dass Sie es etwas leiser schaffen. Ihre Kollegen müssen schließlich arbeiten.« Bernbaum schloss lautstark die Tür.

Klara versteckte die Diddlmaus in ihrer Tasche und ging mit dem Teddy in der Hand zurück ins Wartezimmer. Vicky schrie in unverminderter Lautstärke weiter. Mittlerweile lag sie trampelnd auf dem Boden. Die Haarschleife hatte sich gelöst und die langen Haare bauschten sich wüst um ihren Kopf. Die Mutter saß mit leicht grünlichem Gesicht hilflos neben ihrer Tochter und rieb sich den Bauch.

»Komm her, Kleiner. Ich pass auf dich auf. Keine Angst.« Klara hatte sich hinter der geschlossenen Tür auf den Boden gesetzt und nahm den Teddy auf den Arm. Sie richtete ihren Blick nur auf das Bärchen. »Sie tut dir bestimmt nichts«, sagte Klara leise.

Das Schreien verlor etwas an Überzeugungskraft. Durch den Schleier ihrer Haare äugte Vicky unauffällig zu Klara und dem Bären.

»Siehst du, ich glaube, das Mädchen ist ganz lieb.« Ohne selbst den Blick zu heben, ließ Klara den Bären zu Vicky schauen.

Offensichtlich ertappt, brüllte Vicky wieder los.

Klara versteckte das Plüschtier unter ihrem weiten blauen Pulli. »Hast du zu viel Angst? Sollen wir lieber gehen, Teddy?«

Würdevoll ließ Vicky ihr Geschrei verebben und setzte sich auf.

Klara ließ den Bären scheinbar vorsichtig aus seinem Unterschlupf auftauchen, holte auch noch die Diddlmaus aus ihrer Tasche und setzte sie in ihren Schoß. »Du hast keine Angst vor dem Mädchen? Du willst mal rübergehen zu ihr? Ich weiß nicht, ob sie das möchte.« Klara hob den Blick.

Vicky streckte ihre Hand entzückt nach der Maus aus. »So eine wünsch ich mir schon lange«, flüsterte sie.

Es lief besser, als Klara erwartet hatte. Sie streckte Vicky die Maus entgegen und blieb auf ihrem Platz sitzen. Das Mädchen sollte selbst entscheiden, wie weit sie sich ihr nähern wollte.

* * *

»Scheiße, Scheiße, Scheiße.« Unter Anspannung ließ Klaras Ausdrucksweise zu wünschen übrig. Kraftlos schraubte sie die Kappe auf ihren Füller, legte das fertige Gutachten auf den Stapel mit dem Postausgang und stützte den heißen, pochenden Kopf in die Hände. Ihre Arbeit in Vickys Fall war vorerst beendet – die Diagnose eindeutig: Vicky kannte das männliche Geschlechtsorgan und seine Funktionsweise so genau in allen Details, wie es nur aus praktischer Erfahrung möglich war. Jetzt würden Nachforschungen in Vickys Umfeld folgen, aber alles Weitere lag nicht mehr in Klaras Händen. Fröstelnd schlüpfte sie in ihren noch leicht feuchten Anorak, schaltete das Licht aus und freute sich auf drei Wochen Ruhe und Sonne in Andalusien.

* * *

»Können Sie nicht aufpassen?« Der riesige schwarze Schirm hatte seinen beiden Besitzern die Sicht genommen, so dass sie in Klara hineingerannt waren. Eine Schirmspeiche hatte sich in ihren Haaren verfangen.

Sie erkannte Henning und Bernhard, das Lehrerpärchen aus der Wohnung unter ihr. »Habt ihr wieder geknutscht? Ihr seid ja gemeingefährlich!«

»Wie kannst du bei so einem Wetter ohne Schirm vor die

Tür gehen, Schatz? Das ist purer Leichtsinn. Du bist doch völlig wehrlos gegen Fremdschirme.« Die beiden nahmen sie großzügig unter ihrem zeltgroßen Regenschutz auf.

»Außerdem bin ich triefend nass und hab sowieso schon die Grippe in den Knochen.«

»Ach Gott, wie ärgerlich, so kurz vor der Reise. Brauchst du noch etwas? Tee, Vitamin C, Erkältungsbad oder so?« Henning schloss die hohe, mit Schnitzereien verzierte Haustür auf und drückte den Lichtschalter.

»Nein, ich hab alles da. Danke.« Klara umarmte die beiden und schleppte sich die alte Steintreppe in den ersten Stock hinauf. Vor ihrer Tür lehnte sie erschöpft den Kopf an die raue Wand und streifte sich die durchweichten Turnschuhe ab. Auf dem Weg ins Badezimmer schälte sie sich Stück für Stück aus ihrer nassen Kleidung. Erst mal ein heißes Bad. Dann packen, schlafen und ab morgen endlich Sonne.

* * *

In Klaras Schlafzimmer herrschte Chaos. Normalerweise wirkte es äußerst übersichtlich. Bett und Kleiderschrank waren die einzigen Möbelstücke, die Wände weiß getüncht und ohne Bilderschmuck. Klara liebte das Geräusch ihrer Schritte auf dem Parkett und das Hallen ihrer Stimme in ihrer spartanisch eingerichteten Wohnung, in der sie selbst im größten Stress Ruhe finden konnte.

Jetzt allerdings war der Boden mit bunter Sommerkleidung und einem Berg dicker Pullover übersät. Über den Bildschirm des Notebooks auf dem Bett flimmerten Schiffe im Hafen von Conil, die im Sturm tanzten. Trotz der körnigen Webcam-Bilder waren deutlich graue Regenschleier zu erkennen. Klaras Nase tropfte heftiger. Sie kuschelte sich enger in ihren Bademantel und betrachtete missmutig den Monitor. Laut schreiend und wie üblich halb verhungert raste ihr rotblonder Kater Fee aus der Küche herein und sprang auf das Bett, das unter dem Aufprall seiner acht Kilo ächzte. Den äußerst unpassenden Namen verdankte der feiste Kater Klaras Exmann Alex. Er hatte ihn mit in die Ehe gebracht und bei seinem Auszug vor sechs Jahren zurückgelassen. Jedem Versuch, ihn umzutaufen, hatte Fee sich widersetzt. Selbst Kosenamen verweigerte er standhaft.

Klara musterte sich kritisch im Spiegel der Kleiderschranktür. Äußerlich hatte sie sich seit damals kaum verändert. Tägliches Joggen hatte für eine durchtrainierte Figur gesorgt, ihre glatten dicken Haare schimmerten in sattem Honigblond mit braunen Strähnen. Mit zunehmendem Alter ließ zwar die Quantität interessierter Männer nach, aber die Qualität steigerte sich deutlich. Dennoch, irgendetwas hatte ihr seit Axel bei jedem gefehlt.

»Au.« Fee brachte sich mit einem leichten Krallenhieb in Erinnerung.

Klara schob ihn von ihrem Schoß, ging in die Küche und öffnete eine Dose Katzenfutter, in dem der Kater schmatzend seinen halben Kopf vergrub.

Brigitte, die Informatik-Studentin aus der Wohnung über ihr, würde Fee in den nächsten drei Wochen versorgen, pflichtbewusst oder hingebungsvoll, je nachdem, wie viel Zeit ihr wechselhaftes Liebesleben ihr lassen würde. Es wurde Zeit, den Wohnungsschlüssel hinaufzubringen und schlafen zu gehen.

Oktober, Conil

Das Haus sah märchenhaft aus. Die klaren Konturen der zweistöckigen Villa zeichneten sich scharf vor dem Himmel ab, der in Schattierungen von Korallenrot, Rosa und dunklem Lila leuchtete. Auf der rechten Seite prangte eine einzelne Zypresse, und vom Boden stieg ein Nebelschleier auf. Die Luft roch nach Regen. Sylvie glitt durch die Lücke zwischen zwei Zaunlatten und verschmolz mit den Schatten des Abends. Vor den Fenstern hingen glücklicherweise keine Vorhänge. Die Fensterläden waren geöffnet. In einem Zimmer flackerte gedämpftes Licht. Vermutlich die Küche. Sylvie hatte mittlerweile in so viele Häuser gespäht, dass sie mit den gängigen Bauweisen in Andalusien vertraut war. Hier verlief an der Vorderseite eine Veranda, deren Dach den Balkon der ersten Etage bildete. Noch während sie überlegte, ob die hochgewachsene Bougainvillea ihr Gewicht tragen würde, packte jemand grob ihre Schulter und riss sie herum. Das grelle Licht einer Taschenlampe blendete sie. Der unerwartete Schmerz ließ sie stolpern, aber die Finger bohrten sich noch tiefer in ihr Fleisch und hielten sie aufrecht.

»Was tun Sie hier?« Zu dem kräftigen Mann gehörte eine barsche, raue Stimme. Glücklicherweise hatte er weder Waffe noch Hund bei sich, wie andere Villenbewohner, die Sylvie überrascht hatten.

Sie atmete tief durch. »Ich suche meine Tochter.«

Irritiert senkte der Mann seine Lampe und lockerte den schmerzhaften Griff. Morgen würde ihre Schulter mal wieder grün und blau sein. Aber immer noch besser als ein Hundebiss.

»Wieso suchen Sie Ihre Tochter bei mir?«

»Ich suche überall. Ich weiß nicht genau, wo sie ist, nur dass sie irgendwo hier in der Gegend sein muss.«

Der Mann hielt sie fest und schien zu überlegen, ob er es mit einer Verrückten zu tun hatte.

»Bitte, ich habe ein Bild von ihr dabei. Würden Sie es sich ansehen?«

Irgendetwas in ihrem Tonfall überzeugte ihn offenbar, dass sie harmlos war. Er nahm die Hand von ihrer Schulter und trat einen Schritt zurück. Vorsichtig zog Sylvie das Bild aus der Tasche und hielt es ins Licht der Taschenlampe.

»Ist das nicht das Mädchen, das vor ein paar Wochen von der Klippe gestürzt ist?«

»Ja, das heißt nein, also, sie ist nicht von der Klippe gestürzt, das weiß ich«, stotterte Sylvie. Wenn sie so weitermachte, holte er doch noch die Polizei. Sie räusperte sich. »Ich bin sicher, dass sie noch lebt, und darum suche ich sie. Irgendwo muss sie sein, und ich werde sie finden.« Ihre Stimme war immer fester geworden, aber beim letzten Wort lief langsam eine Träne über ihr unbewegtes Gesicht.

Der Mann schaute sie eine Weile schweigend an. Mitleid trat in seine Augen. »Bitte, sehen Sie sich mein Haus an.« Wortlos öffnete er jede Tür für sie, bis sie alles gesehen hatte und er sie wieder zum Ausgang brachte. »Ich hoffe, ich konnte Ihnen helfen.«

Sylvie verließ den Garten durch das Tor. Meist reagierten die Menschen so, mit sprachlosem Mitleid, überzeugt davon, dass sie vor Verzweiflung durchgedreht, aber harmlos war, oft auch voller Abwehr, als wäre ihr Leid ansteckend.

Wieder ein Haus, das sie abhaken konnte. Sie wusste, dass es rational betrachtet ein vollkommen absurdes Vorhaben war, Andalusien abzusuchen, aber was konnte sie sonst tun? Die Möglichkeit, ihr altes Leben weiterzuleben, war mit Katharina verschwunden. Katharina war das Wichtigste für sie. Sylvie weigerte sich, in der Vergangenheitsform an sie zu denken. Ohne sie machte nichts mehr Sinn.

Seit ihrer Geburt vor elfeinhalb Jahren lebten sie zu zweit. Katharina war das Produkt einer kurzen, aber heftigen Affäre mit einem verheirateten Berliner Lokalpolitiker. Sylvie hatte damals in der Kulturredaktion der Berliner Morgenpost gearbeitet und sich von ihrem Liebhaber getrennt, als sie von ihrer Schwangerschaft erfuhr.

Es war vollkommen undenkbar für Sylvie, nach Berlin zurückzukehren, ihre Arbeit wieder aufzunehmen und sich damit abzufinden, dass Katharina nie wieder auftauchen würde, plötzlich für immer verschwunden war.

Die Polizei war überzeugt, dass sie vom Felsen gestürzt war, und hatte nach kurzer Zeit die Suche eingestellt. Sylvie fühlte, dass ihre Tochter noch lebte, und hatte sich ein kleines Apartment in Conil gemietet und einen Detektiv aus Berlin zu Hilfe geholt, der allerdings nach drei Wochen vergeblicher Suche zu einem horrenden Honorar aufgegeben hatte. Dennoch würde sie in Andalusien bleiben, bis sie Katharina gefunden hatte. Sie ging ganz systematisch vor, hatte die größte Karte der Costa de la Luz gekauft, die sie finden konnte, mit einem Maßstab von 1:5000, und die Wände ihres Schlafzimmers damit tapeziert. Bunte Stecknadeln markierten die Bereiche, die sie bereits abgesucht hatte. Zeit hatte sie genug, und ihr Erspartes würde noch eine Weile reichen. Seit Jahren arbeitete sie recht erfolgreich als freiberufliche Fotografin. Vermutlich würde es schwierig, nach einer längeren Pause wieder einzusteigen, aber das war im Moment ihr geringstes Problem.

Entsetzt spürte Sylvie, dass ausgerechnet jetzt eine Woge

der Verzweiflung anrollte und sie mitzureißen drohte. Bittere Galle stieg ihre Kehle hoch. Sie würgte und spuckte. Ihre Knie gaben nach und sie fiel auf den steinigen Weg. Sie krümmte sich zusammen, die Stirn berührte den Boden. Regungslos hielt sie den Atem an und wartete darauf, dass die Welle sie überflutete. Mittlerweile wusste sie, dass sie sich gegen den Schmerz nicht zur Wehr setzen konnte. Aber wenn sie ganz still hielt, ließ er früher oder später wieder nach. Zumindest so weit, dass sie in dem Alptraum, der jetzt ihr Leben war, irgendwie weitermachen konnte.

* * *

»Kann ich dir helfen?« Gil nutzte einen sonnigen Moment und machte es sich mit einem Buch und einem dicken Pulli in der Hängematte auf der windgeschützten Terrasse ihres winzigen Hauses gemütlich. Durch die Glastür zur angrenzenden Küche beobachtete er seine Frau Camila beim Kochen, die seine Hilfe mit einer Handbewegung dankend ablehnte. Ihre langen schwarzen Locken verdeckten ihr Gesicht und sie bewegte sich mit gelassener Sicherheit in dem kleinen Raum. Erstaunlich, wenn er sich vorstellte, was in der Küche wahrscheinlich gerade passierte. Vorsorglich hatte er auf dem Heimweg im *Dos Hermanas* schon ein paar Tapas gegessen und einen Tisch für den Abend reserviert.

Am Wochenende kochten Camila und er abwechselnd. Heute war Camila an der Reihe. Dichte Rauchschwaden waberten langsam aus der Küche ins Freie und verbreiteten den Gestank von angebranntem Fleisch. Dazu schmetterte Camila noch immer aus vollem Hals »Music«, gelegentlich unterbrochen von Hustenanfällen. Hastig lief Gil in die Küche und versuchte möglichst flach zu atmen. Camila goss optimistisch reichlich Sahne über den verkohlten Haufen in der Pfanne. In ihren Händen verwandelten sich Lebensmittel unweigerlich in feindliche Objekte, aber Gil faszinierte die unerschütterliche Zuversicht, mit der seine Frau sich stets aufs Neue dem Herd stellte.

»Ich glaube, zum Ablöschen wäre an diesem Punkt des Garvorgangs eher ein Feuerlöscher nötig. Was hältst du davon, wenn wir ins *Dos Hermanas* gehen?« Gil erwähnte freundlicherweise nicht, dass er den Tisch bereits mittags reserviert hatte.

* * *

Camila hörte Gils Stimme undeutlich aus dem Schlafzimmer. Er lag auf dem Bett und las. Immer, wenn es spannend wurde, begann er laut zu lesen, ohne sich darum zu kümmern, ob er allein war. Eine Angewohnheit, die sie seit seinem ersten Buch an ihm liebte.

Die beiden kannten sich seit achtunddreißig Jahren. Genau genommen fast seit ihrer Geburt. Ihre Mütter hatten sich auf dem Krankenhausflur kennen gelernt, beide aufgeregt nach der Schwester schreiend, die ihnen die falschen Babys in den Arm gelegt hatte. Nachdem sie glücklich ihre Kinder getauscht hatten, blieben sie Freundinnen fürs Leben.

Camila und Gil waren wie Geschwister aufgewachsen. Nach einigen stürmischen Jahren, in denen mal der eine, mal die andere verliebt war, aber nie beide gleichzeitig ineinander, hatten vor neun Jahren Ort, Zeit und Gelegenheit endlich gestimmt. Beide hatten in Barcelona studiert, Camila Jura, Gil Medizin. Nach einer Campusparty waren sie eher zufällig miteinander im Bett gelandet und hatten es die nächsten drei Tage nicht mehr verlassen.

Das Telefon klingelte.

»Ich geh schon.« Camila nahm im Wohnzimmer den Hörer ab.

»Hi, ich bin's, Klara. Ich hab meine Flugzeiten. Morgen früh um zehn lande ich. Wie ist das Wetter bei euch?«

»Frag lieber nicht. Außerdem kann es sich ja noch ändern.«

»Hast du ein Zimmer im *La Luz* bekommen?«

Bei ihren letzten Besuchen hatte Klara in dem kleinen alten Hotel mit nur sechs Gästezimmern gewohnt. Es thronte auf einer Klippe, und die riesigen Fenster und Glastüren boten von fast jedem Punkt des Hauses einen Blick aufs Wasser.

»Hab ich. McEwan hat dir dein Lieblingszimmer reserviert. Aber das nächste Mal wohnst du bei uns, im Gästezimmer.«

»Habt ihr endlich ein erschwingliches Haus gefunden?«

»Noch nicht, aber ganz so erschwinglich muss es auch nicht mehr sein. Gil verdient schließlich nicht schlecht, und meine Skulpturen verkaufen sich in letzter Zeit erstaunlich gut.«

»Die Saharaleichen?«

»Ja, allerdings nicht die ganz krassen. Die will sich merkwürdigerweise niemand in die Wohnung stellen.«

»Kann ich gar nicht verstehen.«

Camila war Bildhauerin. Nach ihrem Studium hatte sie eine Karriere als Anwältin und Richterin in Jerez de la Frontera gestartet, bis sie festgestellt hatte, dass das, was sie außer Gil wirklich wollte, das Gestalten war. Wenn sie knetete, sägte, modellierte, ihre Hände die Bilder aus ihrem Kopf in eine reale Form brachten, fühlte sie sich so vollständig, wie sie es als Anwältin nie erlebt hatte. Ihr liebstes Motiv war der menschliche Körper, den sie immer wieder in Eisen und Beton abbildete. Die Skulpturen erinnerten an von der Zeit benagte mumifizierte Leichen. Im letzten Jahr hatte Camila damit experimentiert, diese fragilen Körper mit glattem Fleisch und straffen Muskeln zu versehen. Zwar sahen sie jetzt noch immer ziemlich tot aus, aber eher dramatisch als erschreckend, und galten in Insiderkreisen mittlerweile als Kult.

»Jedenfalls suchen wir jetzt ein geräumigeres Haus. Wir ersticken fast zwischen Staub und Büchern. Und mit Kindern wäre es hier sowieso undenkbar. Ich hab gehofft, dass du vielleicht Lust hast, mit mir durch die Gegend zu fahren und Häuser anzugucken?«

»Sicher, gerne, ich wollte schon immer ein paar andalusische Villen von innen sehen. Aber wieso Kinder? Bist du endlich schwanger?«

Camila schwieg.

»He, bist du noch dran?«

»Sicher. Ich erzähl dir alles in Ruhe, wenn du hier bist.«

* * *

Katharina betrachtete sich kritisch in der blanken Metallplatte an der Wand. Sie hatte sich an die verzerrte Darstellung gewöhnt. Ein bisschen wie im Spiegelkabinett auf dem Jahrmarkt, den sie früher mit ihrer Mutter besucht hatte. Damals waren sie kichernd durch die Räume gelaufen und hatten sich köstlich über ihre bizarren Spiegelbilder amüsiert. In einem anderen Leben.

Anfangs hatte sie gedacht, dass alles gar nicht wahr sei. Nicht wahr sein konnte. Einfach ein grausamer Alptraum, aus dem sie irgendwann erwachen würde. So wie der, in dem sie von einem Berg stürzte, fiel und wusste, gleich würde sie auf dem Boden zerschmettern. Aber aus dem Traum war sie immer kurz vor dem Aufprall erwacht. Nachdem ihr Besucher das erste Mal bei ihr gewesen war, wusste sie, dass kein Aufwachen sie retten würde.

Ihr Bild blickte ihr ganz klein und gedrungen entgegen, aber der Behelfsspiegel erfüllte seinen Zweck. Das weiße, knapp knöchellange Rüschenkleid umschloss faltenlos ihren Körper, der kreisrunde Strohhut mit den weißen Blümchen saß affig auf ihrem Hinterkopf. An den Füßen trug sie zierliche schwarze Schnürstiefel. Unter dem Kleid war sie nackt. Alles, wie es sein sollte. Jetzt fehlte nur noch das Parfüm. Katharina griff zu der Aluminiumflasche und besprühte sich ausgiebig. Sofort krampfte sich ihr Magen zusammen und sie musste würgen. Der Duft des Lavendels brachte all die anderen Gerüche mit, die gleich folgen würden. Sie schluckte. Nur nicht brechen! Das war ihr ein Mal passiert. Sie hatte sich auf den Bauch des Besuchers erbrochen, gewürgt, dass sie dachte, ihr Magen würde sich nach außen stülpen. Er hatte sie getreten, bis sie Blut gespuckt hatte. Daraus hatte sie gelernt. Katharina zwinkerte. Auf gar keinen Fall durfte sie weinen. In Tränen würde sie ertrinken.

Sie hatte noch so viel zu tun. Wenn Mama kommen würde, um sie zu holen – heute, spätestens morgen, ganz sicher –, sollte das Herz fertig sein. Katharina griff unter die Matratze und holte das Stück Treibholz hervor, hielt es an ihr Gesicht und sog tief den Geruch von Meer und Sonne ein. Die rechte Seite sah jetzt schon ganz echt wie ein dickes pralles Herz aus, fast perfekt. Das Holz war noch rau und splitterig, aber erst einmal musste sie sorgfältig die Form herausarbeiten, dann konnte sie sich über das Polieren Gedanken machen. Es war schwierig, das Herz zu bearbeiten, denn es gab keine scharfen und spitzen Gegenstände. Messer und Gabel waren aus Plastik, die Fensterscheiben vermutlich aus Panzerglas. Irgendwann, am Anfang, hatte sie einen Stuhl vor die Scheibe geschmettert, aber nur der Stuhl war zu Bruch gegangen. Selbst eine Nagelfeile durfte sie nicht besitzen. Jeannette feilte und lackierte Katharina die Nägel. Zuerst hatte sie das Holz immer mit ihren Nägeln bearbeitet, bis sie splitterten und ihre Hände bluteten. Jeannette hatte geschimpft und ihr gedroht, es würde etwas »ganz Schlimmes« mit ihr passieren, wenn sie Ärger machte. Katharina wusste nicht genau, was das sein sollte, aber sie konnte sich ungeheuer viel »Schlimmes« vorstellen. Das absolute Ausgeliefertsein war das Entsetzlichste. Jeannette konnte alles mit ihr tun. Im Voraus wusste sie nie, wofür sie bestraft würde.

Manchmal war Jeannette allerdings richtig freundlich, redete mit ihr, ließ sie in den Garten gehen. Dankbar dachte Katharina an die drei Bände *Der Herr der Ringe,* die Jeannette ihr vor einigen Wochen geschenkt hatte. Anfangs hatte sie die Bücher immer wieder verschlungen, bis sie sie fast auswendig kannte. Jetzt teilte sie sich die Lektüre sorgsam ein, immer abends ein Kapitel im Bett. Katharina dachte an ihr Zimmer zu Hause mit den Bücherstapeln auf dem Fußboden und dem blauen Moskitonetz mit goldenen Sternen und Monden über dem Bett. Aber das Bild wurde nicht mehr richtig scharf. Sie versuchte, »zu Hause« zu fühlen. Das Gefühl war wie ein Nebelschleier, der sich auflöste, je näher sie ihm kam.

Geschlagen hatte Jeannette sie noch nie. Das hätte Spuren hinterlassen können. Katharina hatte nur einen Besucher. Aber der war äußerst anspruchsvoll. Jeannette brauchte zum Strafen keine Prügel. Sie schloss einfach die Fensterläden, stellte ihr morgens wortlos das Essen ins Zimmer, drehte das Licht aus und ließ sie bis zum nächsten Morgen allein. Jeden Tag. Einsamkeit und Dunkelheit umschlossen sie wie ein eiskaltes Kleid. Dann lag sie einfach nur auf dem Bett und streichelte ihr Holzherz.

Sie hatte sich geschworen, niemand würde sie kleinkriegen. Aber irgendwann bettelte sie verzweifelt um ein Wort, wünschte nur noch eine Berührung, Trost. Als sie zitternd und hemmungslos weinend vor Jeannettes Füßen zusammengebrochen war, hatte die sich neben sie gekniet, ihren Rücken gestreichelt, ihr Gesicht angehoben und mit ihren Händen die Tränen abgewischt. »Ist ja gut, Kleines, ist gut.« In dem Moment hatte Katharina sich ihr geöffnet, auch wenn sie sich gleichzeitig entsetzlich dafür schämte.

Sie hatte begonnen, dankbar für kleine Freundlichkeiten zu sein.

Katharina hatte ihre Lektion gelernt. Sie achtete auf ihre Hände. Sie hatte aus dem Garten einen kleinen rauen Stein ins Zimmer geschmuggelt. Es war mühsam, das Holz damit zu bearbeiten, aber es funktionierte. Das Herz wurde immer schöner. Mama würde es gefallen. Mama … Katharina biss sich heftig auf die Innenseite der Wangen, bis sie Blut schmeckte. Der Schmerz holte sie zurück. Sie blinzelte noch einmal kurz und konzentrierte sich vollkommen auf das Holz. Schließlich war es ganz bald vorbei. Morgen würde Mama kommen und sie rausholen.

* * *

Klara stellte ächzend und schwitzend ihre Reisetasche in der langen Schlange am Check-in-Schalter ab. Schon wieder rutschte der Rucksack von der Schulter. Die Kopfschmerzen waren stärker geworden, die Nase lief und sie konnte kaum schlucken. Hinter ihr schob eine ungeduldige Mitreisende ihren eleganten Hartschalenkoffer schmerzhaft in Klaras Hacken.

»So geht's auch nicht schneller.« Gereizt stieß Klara den Koffer zurück.

»Treten Sie gefälligst nicht gegen mein Gepäck!«, empörte sich die kämpferische Seniorin. Der grellrote Lippenstift hatte sich sternförmig in ihren Lippenfalten verteilt, und beim Sprechen hüpfte das kecke Nickituch angriffslustig auf ihrem tief gebräunten, lederartigen Schildkrötenhals.

Eigentlich ging Klara einem unterhaltsamen Streit selten aus dem Weg, aber heute war sie selbst dazu zu erschöpft und drehte sich achselzuckend wieder um.

* * *

»Klara!« Camila balancierte auf den Zehenspitzen und hielt ein riesiges buntes Schild mit dem Namen ihrer Freundin und einer Blumengirlande hoch über ihren Kopf.

Grüßend hob Klara den Arm über die Menge und drängte sich kichernd durch das Gewühl in der Ankunftshalle.

»Süße, du siehst ja miserabel aus.« Camila war ein wenig erschrocken. Klaras Haare hingen schlaff auf die Schultern, die grünen Augen erinnerten an stumpfe Kiesel.

»Charmant wie immer.« Klara beugte sich hinunter und küsste Camila.

»Ich päppel dich schon wieder auf, heute Abend werd ich uns was Tolles kochen. – Ein Witz!« Camila grinste, als sie sah, wie Klara krampfhaft versuchte, das Entsetzen auf ihrem Gesicht in freudige Lachfalten umzuwandeln. »Obwohl ich nie begreifen werde, warum dir mein Essen nicht schmeckt. Echte andalusische Spezialitäten nach seit Generationen gehüteten Hausrezepten.«

Vor dem Ausgang empfing sie ein eisiger Wind, der Klara fast die Tasche aus der Hand gerissen hätte. In der Ferne grollte Donner. Hastig schloss Camila ihren verbeulten und verdreckten Mini auf. Im Innern des Wagens waren wie immer Stifte, Zeichenblöcke, Betonklumpen, Kleidungsstücke, Schuhe und massenhaft Cola-Dosen verteilt. Klara schaufelte alles vom Beifahrersitz auf die Rückbank, ließ sich in den Sitz fallen und schloss die Augen.

* * *

»Wir sind am *La Luz.*«

Klara wachte auf, als Camila sanft ihre Wange streichelte. Sie hatte den Mini am oberen Klippenrand geparkt, so dass sich Klara beim Aufwachen ein grandioser Blick über die bunten Boote im Hafen und den grenzenlosen Ozean bot. Das quadratische, zweistöckige Hotel war auf eine winzige Landzunge gebaut, die die Bucht vom offenen Meer trennte. Im ersten Stock wohnten die Besitzer, im zweiten waren die Gästezimmer untergebracht. Direkt unter den Balkonen donnerte an der Meerseite das Wasser an die Felsen, die Gischt sprühte häufig bis an die Fensterscheiben. An der Hafenseite schäumte es friedlich um die Klippen. Klara hievte die pralle Reisetasche aus dem Auto, Camila schulterte ihren Rucksack und sie betraten das Hotel.

Der Raum war in blaues Licht getaucht. Hinter den riesigen Fenstern sah Klara nur noch das Meer. Die Farbe des Wassers setzte sich im Teppich fort, der je nach Licht von Blau zu Grau, Grün oder Türkis changierte. Das Erdgeschoss war U-förmig um das Treppenhaus herumgebaut, ein einziger Raum, der gleichzeitig als Rezeption, Bar, Ess- und Aufenthaltsraum genutzt wurde. An den weiß gestrichenen Wänden hingen große Ölbilder, die in allen denkbaren Perspektiven einen dunklen See im nebelverhangenen schottischen Hochmoor zeigten.

Bei seinen häufigen Heimwehanfällen spielte der Wirt Ian McEwan entweder den Gästen auf dem Dudelsack zum Tanz auf oder er griff zum Pinsel und malte seine Heimat, den Loch Lomond. Nur die Liebe zu Ana hielt ihn seit einem halben Leben in Andalusien. Vor vielen Jahren hatte er sich bei einer Rucksacktour durch Europa in die schöne Tochter des Hotelbesitzers verliebt und war geblieben.

Das Pärchen an der Hotelbar drehte dem Meer den Rücken zu. Beide rührten klirrend in ihren Drinks. Die penetrant jung gebliebene Vierzigjährige trug den Schirm ihrer Baseballkappe nach hinten, dazu ein transparentes Shirt über einer offensichtlich kostspieligen Oberweite und eine silbern glänzende Legging. Misstrauisch beäugte sie Klara und Camila, während ihr leicht greisenhafter Begleiter im sportiven Seglerdress sich freundlich straffte. »Guten Tag. Neue Gäste? Immer herein, herein, ihr Hübschen!«

»Idiot!«, zischte Klara genervt und ließ ihre Reisetasche auf den Boden klatschen.

Auf der Marmortreppe war das Klappern von Holzschuhen zu hören. McEwan kam aus der Küche herauf und brachte einen Duft nach Knoblauch und Zwiebeln mit. Er wirkte wie die Karikatur eines Schotten mit seinen roten Haaren und der bärenhaften Statur samt dröhnender Bassstimme. Allerdings verzichtete er meist auf den Kilt. Seine leuchtenden Augen blitzten vor Freude, und er schloss Klara und Camila in die Arme. »Die beiden reisen morgen ab«, brummte er Klara zu, »und du hast bestimmt Hunger, meine Kleine.«

Eine Mischung aus Wiedersehensfreude, Erschöpfung und Kopfschmerzen trieb ihr zu ihrem eigenen Entsetzen Tränen in die Augen. »Ich glaube, ich bin wirklich urlaubsreif.«

* * *

Camila öffnete schwungvoll die Wohnungstür und roch sofort den würzigen Duft brennender Pinienzweige im Kamin. »Ich bin allein. Klara ist erkältet und ins Bett gegangen«, rief sie von der Tür aus ins Wohnzimmer, in dem sie Gil mit einem Glas Rotwein vor dem Feuer sitzen sah, und kämpfte sich aus ihrer feuchten Jeansjacke.

Ihr winziger Bungalow in Meeresnähe war der letzte in einer Zehnerreihe. Die *casitas* waren vor acht Jahren als Ferienanlage geplant worden, aber das Kapital der Erbauer hatte nicht ausgereicht, um das Projekt fertig zu stellen. Noch gerade rechtzeitig vor dem Touristenboom hatten Camila und Gil billig eins der Häuschen ergattert inklusive eines kleinen Schuppens, den Camila als Werkstatt nutzte.

»Feuer ist eine hervorragende Idee. Ich bin komplett durchgefroren.« Camila ließ sich neben Gil auf den dicken dunkelroten Teppich vor dem Kamin fallen. Mit beiden Händen umfasste sie sanft sein schmales Gesicht und küsste ihn zur Begrüßung auf die Lippen. Das flackernde Licht warf dunkle Schatten auf die Bartstoppeln und tanzte in seinen fast schwarzen Augen.

»Schön, dich zu sehen.« Zufrieden streckte Gil die langen Beine aus und stopfte sich zwei dicke Kissen hinter den Rücken. »Du hast Marisol verpasst. Sie ist vor zehn Minuten gegangen, wollte sich mit ihrem neuen Freund zum Essen treffen. Sie hat Schlüssel für die Häuser vorbeigebracht.«

»Kommt sie morgen nicht mit? Ich fänd es besser, wenn sie als Maklerin uns die Häuser zeigen würde.«

»Sie hat überraschend einen wichtigen Kunden für ein großes Hotel und dachte, Klara und du seht euch die Häuser erst mal allein an. Wenn eins in Frage kommt, fahren wir alle zusammen hin. Bei der großen alten Finca hat sie nur einen Zettel mit der Adresse an den Schlüsselbund gesteckt. Die genaue Wegbeschreibung wollte sie dir heute Abend oder morgen früh noch telefonisch durchgeben.«

»Hoffentlich denkt sie dran. Eigentlich ist das das einzige Haus, das mich wirklich interessiert.« Camila stocherte im brennenden Holz herum, das prasselnd zusammenfiel. Die aufsteigende Hitze vertrieb das letzte Frösteln und trocknete ihr klammes Haar, das sich durch die Feuchtigkeit gekräuselt hatte.

Gil streckte seine Hand aus und berührte ihre vom Feuer erhitzte Wange. Camilas Magen knurrte durchdringend. Er lachte. »Hungrig? Ich hab was zu essen vorbereitet.«

»Ich komme fast um vor Hunger. Ich hab McEwans legendäre Fischsuppe ausgeschlagen, weil ich dachte, dass du mit Klara und mir rechnest und eingekauft hast.«

Gil stand auf, ging in die angrenzende Küche und schaltete das Licht an. »Ich brauche zehn Minuten. Sollen wir vor dem Kamin essen?«

»Auf jeden Fall. Ich steh hier heute nicht mehr auf.« Camila rollte sich noch etwas näher ans Feuer, schloss die Augen und genoss die vertrauten Geräusche aus der Küche.

Begleitet von einem angenehmen Duft nach geschmolzenem Käse, gebratenen Zwiebeln und geröstetem Brot kam Gil zehn Minuten später mit einem riesigen Messingtablett aus der Küche zurück. »Omeletts, gefüllt mit Ziegenkäse, gebratenen Frühlingszwiebeln und Champignons, dazu Toast und Rotwein.«

Camila verschlang leise schmatzend ihre Portion. Schließlich seufzte sie, lehnte sich an ein paar Kissen und blickte Gil dankbar an. »Perfekt.«

»Na ja, fast«, murmelte er bescheiden. »Marisol scheint nicht mehr anzurufen. Sie hat mir den Plan der alten Finca gezeigt – an die dreihundertfünfzig Quadratmeter Wohnfläche. Meinst du nicht, das ist vielleicht doch etwas zu viel für uns?«, fragte Gil und nahm einen Schluck aus seinem Glas.

»Wir haben das doch schon durchgerechnet. Du brauchst Büro und Seminarraum, eventuell Praxis. Ich will ein wirklich riesiges Atelier, ein Gästezimmer wäre toll und zwei Kinderzimmer ...« Camilas Stimme brach ab. Unvermittelt nahm der Schmerz ihr den Atem. Sie sah den Ausdruck von Besorgnis auf Gils Gesicht, schaffte es aber nicht, einfach weiterzureden.

Seit Jahren wollten sie Kinder. Anfangs war es ganz in Ordnung, dass Camila nicht schwanger wurde. Zu zweit war es auch schön. Auch als alle anderen um sie herum ein Kind nach dem andern bekamen, nahmen sie es noch mit Humor. Der wurde immer schwärzer, bis es irgendwann gar nicht mehr lustig war. Seitdem sie denken konnte, sah Camila sich als Mutter von zwei, drei oder mehr Kindern. Ihre zwei Jahre jüngere Schwester Esther hatte mittlerweile zwei, ein Mädchen, vier Jahre alt, und einen Jungen von fünf Jahren, die ihre Tante heiß und innig liebten.

Aber wenn Camila ihre weichen Arme um den Hals spürte und ihr der Kindergeruch in die Nase stieg, brach ihr fast das Herz. Früher hatte sie ihre Schwester täglich gesehen. Inzwischen ertappte sie sich dabei, dass sie ihr aus dem Weg ging.

Gil beugte sich zu ihr hinüber und vergrub sein Gesicht in ihrem Haar. »Es tut mir so Leid«, murmelte er dumpf.

»Warum dir? Es liegt schließlich an mir.« Camila leerte ihr Glas in einem großen Schluck. Wortlos starrte sie vor sich hin. Mit sechzehn war sie von ihrem ersten Liebhaber schwanger geworden und hatte abgetrieben. Obwohl sie keine organischen Schäden zurückbehalten hatte, war sie im tiefsten Innern überzeugt, dadurch an ihrer Kinderlosigkeit schuld zu sein. Wenn sie in dieses Loch stürzte, war sie keinen logischen Argumenten mehr zugänglich.

»Es ist nicht deine Schuld, Liebes.« Mit langsamen, festen Bewegungen strich Gil über ihren Nacken und begann ihre verkrampften Muskeln zu massieren. »Es reicht. Es ist mehr als überfällig, die Ursache festzustellen und unsere Möglichkeiten zu erfahren. Ich lass mir morgen im Krankenhaus bei Jorge einen Termin geben«, sagte Gil leise. »Schlimmer als diese Quälerei kann Gewissheit auch nicht sein.«

* * *

Die Brandung donnerte gleichförmig vor sich hin. Klara schälte sich aus den verschwitzten Laken, trat durch die breiten Glastüren auf den Balkon und sog den salzigen Wind ein. Unter ihr krachte das dunkle Wasser an die Felsen. Die Luft war gesättigt vom Sprühnebel der Gischt und legte sich prickelnd auf ihre Haut. Obwohl es schon später Vormittag war, verdunkelten dicke graue Wolken den Himmel und die Wellen waren bis zum Horizont von weißen Kronen gesäumt.

Nach einer doppelten Portion Fischsuppe, zwei Brandy und einem heißen Bad hatte Klara zwölf Stunden wie ein Stein geschlafen und fühlte sich jetzt bis auf ein ganz dezentes Klopfen unter der Schädeldecke wieder frisch. Vor dem Frühstück würde sie eine kleine Runde durch den Hafen joggen.

* * *

»Gegrillte Hähnchenschenkel, *enchiladas,* Sandwiches mit *chorizo,* Käse, Trauben, Mangos, Wein und Wasser. Wann machen wir Pause?« Klara hatte ihre Nase in die Lunchtüte gesteckt, die Ana für sie gepackt hatte.

»He, wir sind erst vor zehn Minuten losgefahren.«

»Und du hast noch gar keinen Hunger?« Bedauernd verstaute Klara das Lunchpaket hinter ihrem Sitz. »Wo treffen wir deine Maklerin?«

»Marisol kann heute nicht mitkommen, sie hat mir gestern die Schlüssel für vier Häuser vorbeigebracht. Das ist der Vorteil, wenn die Immobilienmaklerin eine Cousine dritten Grades ist. Bist du sicher, dass du für eine Villentour schon fit genug bist?« Camila musterte Klara stirnrunzelnd.

»Guck auf die Straße!« Klara stemmte die Füße gegen den Boden und straffte den Sicherheitsgurt.

Camila wich gelassen dem Huhn aus, das etwas unüberlegt die Straßenseite gewechselt hatte.

»Wohin fahren wir zuerst?«, fragte Klara und lehnte sich wieder entspannt zurück.

»Zuerst sehen wir uns zwei uninteressante, sterile Neubauten in einem Residenten-Ghetto an.«

»Ah ja, das leuchtet mir spontan ein.« Klara kicherte.

»Sie liegen auf dem Weg zum dritten Haus, meinem absoluten Favoriten. Ein echter Altbau am Meer, riesig und allein stehend. In der Nähe ist ein kleines Pinienwäldchen.

Eigentlich eine unerschwingliche Gegend, aber Marisol meint, es wäre ein Schnäppchen, weil es ziemlich runtergekommen ist.« Camila schwärmte mit wachsender Begeisterung.

»Au!« Klara kramte unter ihrem Hinterteil und zog einen sorgsam angespitzten Bleistift hervor. »Sollen wir nicht gleich mit dem Besten anfangen?«

»Ich warte noch auf einen Anruf von Marisol. Ich hab nur eine Adresse und eine vage Vorstellung, wo das Haus liegt. Obwohl – eigentlich müsste ich es finden. Wir haben in der Nähe mal mit der Familie gepicknickt.«

Klara setzte sich auf. »Dann los, lass uns suchen!«

* * *

»Der Nebel irritiert schon ein bisschen.« Klara erkannte, dass sie bereits zum dritten Mal in den kleinen Weg durch das Kiefernwäldchen einbogen.

»Aber ich bin sicher, es ist hier ganz in der Nähe.« Camila klang nicht wirklich überzeugt.

Wolken hingen tief am Himmel, am Boden waberte ein Nebelteppich. Die mit Feuchtigkeit gesättigte Luft trug durch die geöffneten Fenster einen intensiven Geruch von nasser Erde und Piniennadeln in den Wagen.

»Hier ist es doch wunderschön. Außerdem regnet's im Augenblick nicht. Vielleicht sollten wir erst mal eine kleine Pause einlegen, was essen und uns dann noch mal neu orientieren.« Klara schielte sehnsüchtig nach der Picknicktüte.

»Oder vielleicht ist Marisol bis dahin erreichbar.« Camila legte ihr Handy auf das Armaturenbrett. »Ich fahr nur noch ein Stückchen weiter, bis ich wieder ein Netz hab. Hier scheint gerade ein Funkloch zu sein.«

»Sind wir an diesem Tor vorhin auch schon vorbeigekommen? Kann das das Haus sein?« Klara musterte beeindruckt ein riesiges schmiedeeisernes Tor, dessen Zwischenräume sorgfältig mit Schilf abgedichtet waren.

»Nein, viel zu groß. Guck mal, wie lang der Zaun ist.«

Die schulterhohe Mauer reichte, so weit die beiden sehen konnten. Eisenstäbe, die ebenfalls blickdicht mit Schilf verflochten waren, setzten sie in die Höhe fort.

»Wer hier wohl wohnt?« Nach einem zufriedenen Blick auf das Display des Handys parkte Camila den Mini am Wegrand neben dem Kieferngehölz und ging zum Tor, während Klara eine Filzdecke vor dem Auto ausbreitete und Gläser aufstellte. Der Nebel und der weiche Waldboden dämpften alle Geräusche.

»Gar kein Namensschild an der Tür«, stellte Camila fest.

Klara arrangierte konzentriert das Essen auf Papptellern und kramte nach Besteck.

»Das sieht ja unglaublich romantisch aus. Das musst du dir ansehen, Klara! Bring die Kamera mit!« Camila hatte sich auf die Zehenspitzen gestellt und ein Loch ins Schilf gebohrt, durch das sie jetzt völlig ungehemmt in den fremden Park spähte.

»Was machst du denn da? Bist du unter die Spanner gegangen?« Klara biss ein riesiges Stück von einer Käse-*enchilada* ab und holte friedlich kauend ihre Digitalkamera aus dem Auto.

»Siehst du da vorn, das verkleidete Mädchen? Irre, wie vor hundert Jahren. Es sieht richtig echt aus, als wär die Zeit stehen geblieben, ein märchenhaftes Bild.«

Klara pulte sich ein eigenes Loch in das Schilfgras, das mit dünnem Draht verstärkt war. Sie konnte eine weitläufige Wiese erkennen, getupft von knorrigen Olivenbäumen und einzelnen Sträuchern, das Grün schillernd vor Nässe. Jasmin wehte seinen Duft herüber, die zarten Blüten waren kaum zu sehen in den wehenden Nebelschwaden.

Am Ende einer lang gestreckten Auffahrt an der rechten Seite des Parks stand eine zweistöckige weiße Villa, die von spitz aufragenden Zypressen flankiert wurde. Die Fensterläden aus braunem Holz waren im ersten Stockwerk geschlossen. Im Erdgeschoss standen die Flügel der breiten Terrassentüren weit offen. Unwirklichkeit lag über der Szenerie. Selbst die Vögel schwiegen.

An den Stamm einer hochgewachsenen Pinie gelehnt saß regungslos ein Mädchen. Sie trug ein altmodisches, wallendes, weißes Rüschenkleid und schwarze Stiefel. Das bauschige silberblonde Haar und die blasse Haut verschmolzen mit den Nebelschleiern. Ihre absolute Starre alarmierte Klara. Sie schaltete die Kamera ein und zoomte das merkwürdige Kind durch das leistungsstarke Objektiv heran. Klara spürte, wie sich ihr sämtliche Haare aufstellten und sie ein Gefühl des Grauens beschlich.

»Ach du Scheiße, das ist überhaupt nicht romantisch.« Klara flüsterte und bemerkte, dass sie versuchte, sich lautlos zu bewegen. Immer wieder drückte sie auf den Auslöser der Kamera.

Erste Regentropfen klatschten auf die Erde, aber das seltsame Mädchen rührte sich nicht, sondern schaute weiter auf einen Punkt, den nur sie sehen konnte.

»Würden Sie bitte vom Zaun weggehen und mir Ihren Film geben?«, forderte eine eisige Stimme hinter Klaras Rücken.

Camila sprang vor Schreck quiekend auf.

Eine junge Frau in einem hautengen schwarzen Hosenanzug hatte sich geräuschlos genähert. Schon allein wäre sie beeindruckend gewesen mit ihrem glatten, lackschwarzen Pagenkopf, der sich wie ein Helm an ihren schmalen Kopf schmiegte, veilchenblauen Augen und einem großen, tiefroten Mund. Ihre bedrohliche Ausstrahlung wurde durch einen seidigen, fast weißen Afghanen an der rechten und einen wie poliert schimmernden schwarzen Dobermann an der linken Seite drastisch verstärkt. Die beiden nicht angeleinten Hunde wirkten wie Statuen und fixierten Klara und Camila ohne zu blinzeln.

»Sie sollten sich beeilen, meine Hunde können ziemlich ärgerlich werden.« Die durchtrainierte Frau schien selbst wie ein zum Sprung bereites Raubtier.

»Sie wollen doch bestimmt Ihre hübschen Tiere nicht beschmutzen.« Klara hatte sich gesammelt und nicht die Absicht, sich von der arroganten Schönheit einschüchtern zu lassen. In solchen Situationen lief sie zu Höchstform auf.

»Geben Sie mir einfach Ihren Film und wir beenden auf der Stelle die unerfreuliche Szene.« Feindselig maßen die Fremde und Klara sich mit Blicken.

»Leider gibt es keinen Film.« Klaras grüne Augen blitzten kühl in blaue. »Dies ist eine Digitalkamera. Sie speichert die Fotos auf eine Festplatte. Es passen sechzig Fotos darauf, und wie Sie sehen können, sind auch noch sechzig frei.« Gelassen schaltete Klara den Anzeigemodus ein und drehte mit ihrem herablassendsten Blick die Kamera in Richtung der Frau, ohne sich von der Stelle zu rühren.

Camila räusperte sich vernehmlich. »Wir haben die Kamera nur benutzt, um besser sehen zu können. Entschuldigen Sie bitte unsere unverschämte Neugier. Aber Ihr Grundstück ist so wunderschön.« Mit ihrer schlammigen Hose und einem nervösen Blick auf die Hunde wirkte sie nicht besonders souverän, stellte sich aber tapfer neben Klara und schaltete ihren harmlosen, etwas schlichten Mädchenblick an. »Wohnen Sie schon lange hier? Eigentlich wollten wir uns hier ein Haus anschauen, Casa Porquera, kennen Sie es zufällig? Vielleicht werden wir ja demnächst Nachbarinnen?«

Abschätzig musterte die Frau Camilas desolate Erscheinung. Ihr harmloses Geplapper ließ die schwelende Aggressivität absurd erscheinen.

»Ich denke, wir gehen jetzt.« Klara nutzte den Moment der Unschlüssigkeit, hängte sich ihre Kamera um den Hals und zog sich, ohne die sprungbereiten Hunde oder ihre gestrenge Herrin aus den Augen zu lassen, vorsichtig zurück. Mit langsamen Bewegungen sammelte sie das Picknick wieder ein und stopfte die Utensilien wahllos in den Korb.

»Äh, ja, ich denke auch, wir gehen dann. Schön, Sie kennen gelernt zu haben.« Rückwärts stakste Camila zum Auto und stieg ein. Nach dem Schließen der Türen drückten Klara und Camila wortlos die Knöpfe runter und kurbelten blitzartig die Fenster hoch. Camilas Hände zitterten so, dass sie den Schlüssel auf den Boden fallen ließ. Erst beim dritten Versuch schaffte sie es, den Motor zu starten und aus der Gefahrenzone zu verschwinden. Im Seitenspiegel sah Klara, dass die große Frau am Tor stand und ihrem Auto nachguckte. Gleichzeitig stießen Klara und Camila die Luft aus.

»Was war das denn? Ein falscher Film?« Camilas Stimme zitterte.

»Ich weiß es nicht.« Klara drückte verschiedene Knöpfe der Kamera und blickte konzentriert auf den Minimonitor. »Die Bilder sind hervorragend.«

Camila lachte auf. »Du hast doch gesagt, du hättest keine drauf, alle sechzig wären frei.«

»Es passen aber fünfundachtzig drauf.« Klara lächelte schwach.

»Ich versteh nicht, was dich so erschreckt hat. Es sah doch wunderschön aus, wie das Mädchen unter dem Baum saß, in den altmodischen Kleidern und mit ihrem hellen Haar, ein perfektes Bild, voller Harmonie und Ruhe. Vielleicht sollte ich mal was Neues probieren und eine Plastik davon anfertigen.«

Klara hielt die Kamera in ihren Händen und starrte in die leeren Augen des Mädchens auf dem Display. Sie bibberte vor Kälte und spürte zugleich den Schweiß in kleinen Bächen an ihrem Oberkörper hinablaufen.

»Wenn ich es ausspreche, hört es sich selbst für mich

absolut überzogen an, aber ich könnte schwören, das Mädchen ist krank.«

»Wenn die Harpyie die Mutter ist, kann ein Kind sich ja nicht zu einem Sonnenscheinchen entwickeln.« Camila zuckte die Achseln.

»Nein, das ist es nicht.« Klara verstaute die Kamera in der Fototasche und suchte nach Worten. »Da ist noch etwas anderes, etwas wirklich Schlimmes. In meiner Praxis würde ich sie als Notfall behandeln.«

Camila starrte Klara entsetzt an. »Normalerweise würd ich denken, du steigerst dich da in was rein – der Nebel, der riesige, düstere Park, die irreale Szenerie und dann noch diese Furie. Aber ich kenne ja deinen Röntgenblick.«

Camila wich fast zu spät einem tiefen Schlagloch aus. Auf dem matschigen Weg geriet das kleine Auto ins Schlingern und die Räder drehten kurz durch. Sie blickte konzentriert auf den Weg und rettete das Auto gerade noch vor dem Sturz ins nächste Loch. »Mir reicht's mit dem Abenteuer. Hoffentlich kommt bald die Hauptstraße in Sicht. Ich will auf keinen Fall noch mal an dem Haus vorbeifahren. Was sollen wir denn jetzt tun? Zur Polizei gehen?«

Klara schnaubte verächtlich. »Und was sollen wir denen sagen? Deine deutsche Freundin, die überarbeitete Psychiaterin, glaubt, dass in dem Garten der gepflegten Villa ein traumatisiertes Kind sitzt? Die halten uns doch für komplett bescheuert.«

»Sollen wir denn einfach so tun, als wär nichts gewesen? Wenn du Recht hast, müssen wir ihr doch irgendwie helfen?« Klara hatte Camilas mütterliche Beschützerinstinkte geweckt.

»Tut mir Leid, Liebes, aber ich denke, wir können wirklich nichts tun.« Klara schüttelte den Kopf und versuchte ihre professionelle Distanz einzuschalten. »Außer vielleicht mal nachzuhören, wer in der Villa wohnt.«

Der Regen hatte aufgehört. Zwischen den grauen Wolken leuchteten kleine Flecken klaren Blaus. Nach einer letzten Linkskurve war zwischen den tropfenden Kiefern die befahrene Hauptstraße zu erkennen.

Camila bog erleichtert auf die geteerte Straße. »Endlich wieder in der Zivilisation. Im Moment ist der Gedanke an ein gepflegtes Haus in einer Neubausiedlung doch verlockender.« Sie gab Gas. »Hast du noch Lust, Häuser anzuschauen?«

Klara zog ihre Hand mit einem Hähnchenschenkel aus der leicht ramponierten Lunchtüte. »Nee, absolut nicht. Du etwa?«

»Überhaupt nicht. Lass uns nach Cádiz fahren!«

* * *

»Nicht unser Tag heute«, seufzte Klara mit Blick auf den Stau vor ihnen. In einiger Entfernung erkannte sie die Zinnen der Miradores, der dreihundert Jahre alten Aussichtstürme von Cádiz.

Nach einer Stunde Fahrt vorbei an gigantischen, verfallenden Werften, Raffinerieschlöten und den schmucklosen Wohnblocks der Neustadt tauchten am Ende der schnurgeraden Straße die roten Dächer des alten Stadtkerns auf. Kurz vor der Puerta de Tierra, der einzigen Zufahrt zu der fast völlig von Mauern umschlossenen Altstadt, staute sich der Feierabendverkehr. Eine Menge Leute umstanden schreiend und gestikulierend zwei verbeulte Wagen undefinierbarer Farbe und Bauart. Es war unklar, ob es sich um ein zufälliges Familientreffen oder einen Unfall mit zu diskutierender Schuldfrage handelte.

»Ich schätze, zu Fuß geht's schneller.« Gewandt umkurvte Camila hupende Autos und quetschte ihr winziges Gefährt an langsameren Anwärtern vorbei in eine frei werdende Parklücke.

Klara blickte prüfend zum Himmel. Über ihnen leuchtete er noch sonnenhell, aber in der Ferne ballten sich bereits neue Wolken zusammen. Sicherheitshalber steckte sie einen Schirm in ihren Rucksack, hängte sich ihre Kameratasche um, und sie machten sich auf den Weg in die Altstadt. Zufrieden blieben sie unter dem breiten Torbogen der Mauer stehen, die Stadt und Meer trennte. Die schwere Salzluft zeigte an den blätternden Fassaden überall ihre Spuren .

»Gehen wir zuerst zur Plaza la Mina und trinken einen Kaffee? Solange es nicht regnet, können wir draußen am Wasser sitzen.«

»Okay, alles, was du wünschst. Du bist der Besuch«, stimmte Camila zu und hakte sich ein.

Durch kleine verwinkelte Gassen gelangten sie zu dem weiten grünen Platz, der von lautem Vogelzwitschern erfüllt war, und suchten sich einen windgeschützten Tisch im *El Bogavante* direkt an der Kaimauer. Über die Plaza schlenderten nur zwei junge Pärchen Arm in Arm, und eine japanische Reisegruppe folgte emsig dem in die Luft gereckten Schirm ihrer Reiseleiterin. An einer Ecke des palmengesäumten Platzes leerten Arbeiter die Mülleimer.

Klara blickte sich prüfend um. Die feinen Härchen in ihrem Nacken stellten sich kribbelnd auf. Sie sah vermutlich Gespenster, aber ihr Unbehagen wurde immer stärker, eine Gänsehaut überzog ihre Arme. Sie schüttelte irritiert den Kopf. Irgendwie fühlte sie sich bedroht, ohne sagen zu können, wodurch.

Am rechten Nachbartisch turtelte ein gut erhaltenes Seniorenpaar. Die faltigen Hände ineinander verschlungen, blickten sie einträchtig auf das tobende Meer, wenn sie ihre leuchtenden Blicke lang genug voneinander losreißen konnten.

An der linken Seite saß eine farblose Malerin mittleren Alters. Ihre plumpe Gestalt war in ein grob gewebtes, braunes Cape gehüllt. Die strähnigen Haare hatte sie mit einem

Gummiband zurückgebunden. Mit mürrischem Gesicht versuchte sie offenbar, das dumpfe Leuchten des dunstigen Himmels über dem Ozean auf ihren Skizzenblock zu bannen. Ein Haufen zerknüllter Blätter stapelte sich bereits auf dem Tisch und wartete darauf, von einem Windstoß davongetragen zu werden.

»Was trinkst du?«

»Milchkaffee.« Camila machte dem Kellner ein Zeichen und bestellte zwei *cafés con leche*. »Hast du auch Hunger?«

»Nein, ausnahmsweise nicht. Irgendwie bekomme ich das Mädchen nicht aus dem Kopf.« Klara blickte über das Wasser. Sie hatte schon unzählige Male auf diesem Platz gesessen. Bisher hatte der Blick auf das Meer sie immer mit Ruhe erfüllt. Heute erschien ihr das Rauschen der Wellen bedrohlich.

»Ich weiß nicht, wieso, aber ich hab ein komisches Gefühl. Ich bin sicher, wir werden beobachtet.«

Camila runzelte die Stirn und blickte in die Runde. »Hier? Wie kommst du denn darauf? Ich sehe niemanden, der uns beachtet.«

»Ach, wahrscheinlich nur Nachwirkungen der Grippe. Selbst das Geschrei der Möwen und Spatzen finde ich heute irgendwie unheimlich. Würd mich gar nicht überraschen, wenn sich die Vögel gleich auf uns stürzen.« Klara hörte selbst, wie gezwungen ihr Lachen klang.

Camila knetete an einem Wachsklumpen der Tischkerze herum und bearbeitete ihn mit einem abgebrochenen Streichholz, bis ein augenloser Kopf mit aufgerissenem Mund erkennbar wurde. »Ich fühl mich auch nicht besonders wohl. Lass uns zurück nach Conil fahren. Ich könnte Marisol anrufen. Vielleicht kann sie etwas über das Haus mit dem Mädchen erzählen. Ich geh nur noch mal zur Toilette.« Sie schob ihren Stuhl zurück und verschwand im Café.

Klara blickte nervös um sich. Bis auf die Leute an den Nachbartischen und einen mittelgroßen, durchtrainiert wirkenden Mann mit tief ins Gesicht gezogener Fischermütze und dunklem Rollkragenpullover, der an der Kaimauer entlangschlenderte, war niemand in ihrer Nähe zu sehen.

»Ratsch!« Wieder ein misslungener Versuch. Die Malerin zerknüllte das abgerissene Blatt, fuhr sich mit ausladender Geste durchs Haar, leckte an ihrem Stift und zog schwungvoll eine neue Linie auf einem frischen Blatt Papier.

Aus dem Augenwinkel nahm Klara wahr, dass der Mann mit der Mütze plötzlich ganz in ihrer Nähe war und sich blitzschnell, fast schwerelos, auf ihren Tisch zubewegte. Automatisch griff sie nach ihrer Kamera, beinahe zeitgleich mit dem Mann, der jetzt den Rollkragen über die untere Gesichtshälfte gezogen hatte. Ohne nachzudenken sprang Klara auf und kippte dabei den runden Eisentisch um, der krachend zu Boden ging, holte schwungvoll aus und schmetterte dem Angreifer die scharfkantige Aluminium-Kameratasche mit aller Kraft ins Gesicht. Das leise Knacken hatte sie sich vielleicht nur eingebildet, aber aus seiner Nase schoss Blut, das schnell seinen blauen Pulli durchtränkte. Fassungslos wich der Mann zurück, senkte seinen Kopf und stürmte wieder vorwärts, den Blick auf die silberne, blutverschmierte Tasche geheftet. Klara fühlte keine Angst mehr, nur noch wilde Wut, die jeden Gedanken ausschaltete. Sie holte noch einmal aus und hörte verschwommen das Kreischen an den Nebentischen.

»Klara, ich komme!« Camila kam aus dem Café gerannt, den Bodybuilding-gestählten Kellner Pépe als Verstärkung im Schlepptau.

Der Angreifer verschwand um die nächste Häuserecke im Gewirr der kleinen Gassen. Pépe überlegte offenbar kurz, ob er ihn verfolgen sollte, beschloss dann aber, sich lieber um das Chaos im Café zu kümmern.

»Igitt, alles voller Blut. Haben Sie vielleicht hochprozentigen Alkohol, Gin, Tequila oder so etwas?« Klara versuchte vergeblich, die Kameratasche mit Servietten zu reinigen.

»Sie Amazone! Wunderschöne Amazone! Ich hole Schnaps und was Sie sonst noch wollen.« Pépe starrte Klara bewundernd an und eilte nach drinnen.

»Das war aber ganz tapfer von Ihnen, Kindchen.« Auch die Seniorin vom Nachbartisch war deutlich beeindruckt.

Die ältliche Malerin ärgerte sich offensichtlich über Klaras Erfolg und schüttelte den Kopf. »Ich fand es etwas übereilt. Sind Sie denn sicher, dass er nicht nur einfach einen freien Platz gesucht hat?«

»Ach, das ist doch Blödsinn. Wenn Sie nicht richtig gucken können, ist es ja kein Wunder, dass Ihre Bilder nichts werden«, ergriff jetzt auch der ältere Herr für Klara Partei.

»Sollen wir nicht die Polizei rufen?«, fragte Camila sachlich in den Tumult.

Klaras Knie gaben nach und sie plumpste auf den nächsten Stuhl. Sie spürte das Herz in ihrer Brust hämmern und ihr Kopfschmerz meldete sich mit einem dumpfen Pochen zurück, aber das Gefühl der Bedrohung war weg. »Das bringt doch nichts. Die halten uns hier nur erst mal fest. Mit der Mütze und dem Pulli hab ich sowieso nichts erkannt, und die Kamera hat er ja auch nicht bekommen. Außerdem fängt es gleich an zu regnen. Ich will nach Hause, ins Hotel.« Klara warf einen Blick auf das aufgewühlte Meer.

Pépe verteilte Gläser und Zitronenschnitze und stellte die Salzstreuer auf den Tisch. »Tequila!«

* * *

»Das war kein Ssufall. Der wollte meine Kamera. Ich hab doch vorher schon gespürt, dassuns jemand folgt.« Nach vier großen Tequila hatte Klaras deutliche Aussprache nachgelassen, nicht aber ihre Beunruhigung.

»Aber warum sollte er uns gefolgt sein? Das hört sich doch an wie aus einem schlechten Krimi. Pass auf!« Camila dirigierte Klara in letzter Sekunde an einem üppigen Hundehaufen vorbei.

»Wenn schon! Zwei so schräge Situassionen an einem Tag. Ärger wegen der Bilder und ein versuchter Kameraklau, dassis kein Ssufall!«, erklärte Klara nachdrücklich.

»Ich weiß nicht, mir kommt das äußerst unwahrscheinlich vor.« Camila schüttelte skeptisch den Kopf.

»Aber trotzdem ... Lass uns mal nachhören, wasses mit dem Haus auf sich hat. Mama wär stolz auf mich. Sie findet mein Leben viel ssu eintönig. Seit sie mit Dora ssusammen ist, schwört sie auf Liebe und Abenteuer. Wobei, mit Liebe is hier ja nich viel ... aber Pépe war schon ssiemlich niedlich, oder? Muss ja nich direkt Liebe sein ...«

Ihre Mutter hatte über dreißig Jahre genügsam mit Klaras Vater zusammengelebt, einem völlig humorlosen Geschichtsdozenten. Klara erinnerte ihre schöne, elegante Mutter noch als dauergewellte Hausfrau in formlosen Kleidern. Nach dreiunddreißig Ehejahren hatte Maria Keitz in einem Preisausschreiben eine Safari in Kenia gewonnen. Klaras Vater, Vorsitzender einer schlagenden Verbindung, musste wegen einer außerordentlichen Klubversammlung die Reise absagen. Klara hatte nie begriffen, was ihre scheinbar so abhängige Mutter dazu bewog, allein zu fahren.

Die Safari war äußerst turbulent verlaufen. Die Mitglieder der Reisegruppe waren für einige Tage im Busch von der Außenwelt abgeschnitten gewesen und hatten sich allein zurück in die Zivilisation gekämpft. Maria Keitz hatte sich prächtig unterhalten, einige Kilos abgenommen und eine neue Freundin gefunden – Dora, eine Pferdezüchterin. Ein halbes Jahr nach ihrer Rückkehr und um weitere Kilos leichter hatte Klaras Mutter verkündet, dass sie sich verliebt habe, war auf Doras Hof in Worpswede gezogen und schien seit mittlerweile sechs Jahren beneidenswert glücklich zu sein.

Klara hakte sich seufzend bei Camila ein. »Ach, Mama … Und ich … Wann sind wir denn endlich am Auto? Ich muss mich ausruhen.«

* * *

»Bist du eigentlich nur blöd? Du hättest die Fotos selbst löschen müssen. Die kann dir doch sonst was erzählt haben.« Enzo Carlotti schlug mit seiner sorgfältig manikürten Hand flach auf den Schreibtisch, hinter dem er saß. Jeannettes Gesicht hätte er wohl vorgezogen, so schien ihr. Die beiden Hunde, die rechts und links neben ihren Füßen lagen, fixierten Enzo und knurrten leise.

»Ich kenn mich mit diesem technischen Scheiß nicht aus. Was weiß ich denn, wie so was funktioniert. Wieso warst du nicht da, wenn du ausnahmsweise mal zu was nütze gewesen wärst?« Jeannette wusste, er würde nie wagen, sie anzufassen. »Außerdem glaube ich, du übertreibst. Die beiden Tussen waren viel zu harmlos und dämlich, um uns gefährlich zu werden. Und dass du Miguel hinterhergeschickt hast, um die Kamera zu klauen, war ja wohl auch keine besonders intelligente Idee.« Sie hielt ihr Glas ins Licht und erfreute sich an dem warmen Goldton ihres Cognacs. Der Streit ödete sie an.

»Ich hab dich gewarnt. Irgendwann musste das mal passieren. Warum hast du sie wieder in den Garten gelassen? Du wirst zu weich.« Enzos raue Stimme bebte vor unterdrücktem Zorn. Seine dunklen Augen glänzten im fahlen Licht. Die langen schwarzen Locken schimmerten metallisch blau wie die Flügel einer Schmeißfliege.

»Ganz bestimmt nicht aus Liebe. Du kannst sie nicht ewig drinnen halten, dann geht sie ein. Dafür ist sie zu viel wert. Und Cornelsen zahlt nur, wenn Katharina in einwandfreiem Zustand ist.« Jeannette fuhr sich mit gespreizten Fingern durchs Haar.

Enzos Wut ließ sie kalt. Früher, als er noch ihr Gärtner, Chauffeur und Mädchen für alles war, hatte sie es hin und wieder angenehm, wenn auch nicht sonderlich aufregend gefunden, ihn in ihr Bett zu holen, aber seitdem ihr Ehemann tot und Enzo ihr gleichberechtigter Geschäftspartner war, reizte er sie nur noch selten. Jeannette legte keinen Wert auf seine Sympathie oder Anerkennung. Wert legte sie nur auf Geld. Und auf Macht. An das verunsicherte, nach Liebe hungernde Kind, das sie vor scheinbar unendlich langer Zeit gewesen war, konnte sie sich kaum mehr erinnern. Damals hatte sie gezahlt, jetzt waren dafür die anderen da.

Sie hatte mit Enzo vor vier Jahren ein lukratives Unternehmen aufgebaut. Sie hatten die Kinder, alle Farben, alle Größen – die Kunden hatten ihre Gelüste und das Geld. Massenhaft Geld. Sie versorgten nur einen sehr kleinen, elitären, internationalen Kundenstamm. Top-Manager, Prominente ... die Spitzen der Gesellschaft. Manche kamen nur für ein, zwei Stunden, andere verbrachten einige entspannende Tage in ihrem Etablissement. Beste Ausstattung der Gästezimmer, Miguels hervorragende Küche, ein Hubschrauberlandeplatz zur bequemen An- und Abreise und natürlich erlesene Kinder sorgten für die Befriedigung aller Bedürfnisse. Und da sie auch ein paar sehr einflussreiche lokale Größen der Politik, Polizei und Finanzwelt zu ihren Kunden zählen durften, war bisher alles reibungslos gelaufen. Bis Edmund Cornelsen mit seinem Sonderwunsch gekommen war. Sie hatte von Anfang an kein gutes Gefühl dabei gehabt.

»Wir hätten uns nie auf die Sache mit Katharina einlassen dürfen. Es lief alles wunderbar problemlos. Die andern vermisst niemand, aber ein deutsches Kind quasi vor unserer eigenen Haustür zu entführen ist absolute Idiotie. Und dann noch mit dieser Oberglückenmutter, die einen Riesenaufstand macht und immer noch keine Ruhe gibt.«

Enzo krauste seine makellose Stirn und griff nach seinen Zigaretten. »Cornelsen ist kein Mann, dessen Angebot man abschlagen kann. Und er wusste viel zu viel über uns, ohne bis dahin selbst den kleinsten Fleck auf der Weste zu haben. Außerdem hat er uns mehr für Katharina gezahlt, als die anderen zusammen in einem Jahr einbringen. Und das ist schon verdammt viel. Ich wüsste zu gern, wieso er so scharf auf sie ist.«

»Wahrscheinlich erinnert sie ihn an jemanden. Er erwähnte mal, er habe mehr als zehn Jahre nach ihr gesucht. Auch wenn sie schon fast zu alt sei. Aber das kann uns egal sein, jedenfalls, solange er sie noch brauchen kann.« Jeannette streckte wortlos die Hand nach den Zigaretten aus.

»Und wenn sie zu alt wird?« Enzo zündete zwei an, stand auf, beugte sich über den Tisch und steckte ihr eine zwischen die geöffneten Lippen.

Jeannette lehnte sich zurück und saugte so heftig an der Zigarette, dass die Hälfte verglühte. »Ja, was denn wohl? Willst du sie vielleicht adoptieren? Sehr viele Möglichkeiten bleiben dann nicht mehr. Entweder sie ist für den freien Einsatz noch zu gebrauchen oder nicht. Ich schätze, eher nicht. Die andern sind stabiler. Katharina scheint ein bisschen verzärtelt worden zu sein. Aber sie irgendwann verschwinden zu lassen ist noch unser kleinstes Problem.«

»Wenn die beiden Weiber keinen Ärger machen, gibt es kein Problem. Aber mein Gefühl sagt, dass da noch was kommt«, orakelte Enzo.

»Scheiß auf dein Gefühl, mein Lieber.«

* * *

Katharina hatte ihr Zeitgefühl verloren. Sie wusste nicht, ob sie drei Wochen oder drei Monate hier war. Jedenfalls lange genug, um den Gecko zu zähmen. Sie hatte ihn Frodo genannt. Er hatte wunderschöne große und unergründliche Augen. Frodo kam nur nachts heraus. Tagsüber hockte er unsichtbar und geräuschlos hinter der großen braunen Kommode neben der Badezimmertür. Katharina wusste, dass er dort war, würde ihn aber niemals verraten. Nach solch einem Versteck sehnte sie sich selbst verzweifelt. Sie würde nachts nicht herauskommen. Nie wieder.

Das geräumige Zimmer wurde nur durch das gedämpfte Licht einer kleinen Wandlampe erhellt. Das schmale eiserne Bett hatte sie bereits für die Nacht aufgedeckt. Die weiße, gesteppte Tagesdecke lag akkurat zusammengefaltet am Fußende. Vor dem Bett bedeckte ein aus bunten Fäden gewebter Teppich die kalten, hellen Marmorfliesen.

Katharina ließ sich im Dunkeln auf den Boden neben der Kommode gleiten und legte die Hand in den Spalt zwischen Holz und Wand. In der Armbeuge hatte sie mit Spucke eine tote Fliege festgeklebt. Nach wenigen Minuten fühlte sie ein leichtes Kribbeln an den Fingerspitzen. Jetzt nur nicht zusammenzucken, Frodo war ganz scheu. Wenn sie sich bewegte, huschte er wieder zurück und ließ sich oft die ganze Nacht nicht mehr blicken. Sie ermahnte sich, ganz flach zu atmen. Frodos kleine Füße waren eiskalt und bewegten sich so schnell, dass sie die Berührung nur als leises Kitzeln spürte. Jetzt hatte er ihren Ellbogen erreicht und begann die Fliege zu verspeisen. Satt und zufrieden kletterte er auf ihre Schulter, und Katharina konnte ihren schmerzenden Arm in Zeitlupe sinken lassen. Sie hätte Frodo gern gestreichelt, aber das mochte er nicht. Seine schwarzen, feucht glänzenden Augen waren jetzt ganz nah an ihrem Gesicht, der winzige rauchblaue Rücken mit der sternförmigen Zeichnung hob und senkte sich leicht im Rhythmus seines Atems. Katharina sah, wie er sein kleines Maul öffnete und seine lange klebrige Zunge bewegte. Sie wartete auf seine ersten Worte. Manchmal schwieg Frodo und suchte sich einen andern Platz an der Wand oder Zimmerdecke, aber in den guten Nächten erzählte er mit seiner wispernden Stimme bis zum Sonnenaufgang.

* * *

Durch die Fenster des Hotels schimmerte helles Licht. In der Bar konnte Klara McEwan sehen, wie er einen Tisch am Fenster deckte. Camila schaltete den Motor des Minis aus.

»Sei mir nicht böse.« Klara küsste ihre Freundin auf die Wange. »Ich bin vollkommen fertig und bleib den Rest des Abends hier. Ich werd noch was essen, die Fotos ansehen und mich dann hinlegen.«

»Sollen wir nicht noch zusammen essen?« Camila ließ Klara nur zögernd allein.

»Es ist wirklich alles in Ordnung. Ich bin nur total erschöpft. Lass uns morgen telefonieren. Und grüß Gil.«

Über Camilas Gesicht huschte ein Schatten.

»Was ist? Stimmt etwas nicht?« Klara legte Camila den Arm um die Schultern und musterte sie aufmerksam.

»Ja, etwas stimmt nicht. Ich wollte dir heute davon erzählen, aber irgendwie kam immer was dazwischen.« Camila lehnte ihre Stirn an Klaras. »Aber jetzt ist es zu viel. Ich erzähl dir morgen alles. Schlaf gut, Liebes.«

»Sicher?«

»Sicher.«

Klara knallte die quietschende Wagentür zu. Der eiskalte Wind fuhr ihr so heftig unter die Lederjacke, als wolle er sie ihr vom Körper reißen. Mit beiden Händen zog sie die flatternde Jacke fest um sich und beeilte sich, ins Hotel zu kommen.

»Oh! Ana! Klara ist da«, dröhnte McEwan erfreut durch die Halle, als er sie hereinkommen sah. »Wunderbar, wir wollten gerade essen. Heute Abend sind wir unter uns, die nächsten Gäste kommen erst übermorgen an.«

Er bugsierte sie durch den lang gestreckten Raum zu dem gedeckten Tisch am Fenster. Im Kamin an der Wand brannte ein Feuer und warf flackernde Schatten. Ana kam mit einem dampfenden gusseisernen Topf aus der Küche, stellte ihn auf den Tisch und wischte die Hände an ihrem geblümten Kittel ab, über dem sie eine dicke Strickjacke trug. Seit Klaras letztem Urlaub hatte sie mindestens drei Kilo zugenommen. McEwan verschlang seine Frau mit den Augen. »Wird sie nicht mit jedem Jahr schöner?«

Ana boxte ihm liebevoll auf den Arm und kicherte wie ein Teeny. Mit ihren üppigen Kurven und dem ausdrucksvollen Gesicht sah sie aus wie eine ergraute Version von Sophia Loren. Nur die Nase war kleiner. »Gib Klara etwas zu trinken, Mac. Ich hol das Essen.« Lächelnd wendete sie sich Klara zu. »Es gibt nichts Besonderes: Fischsuppe, frisch gebackenes Brot, gegrillten Thunfisch, eingelegte Sardinen, ein paar Scheibchen *jamón serrano* und Oliven.«

McEwan holte eine Flasche Rioja hinter dem Tresen hervor und füllte die Gläser.

Klara häufte sich das Essen auf den Teller. Das Brot war knusprig und luftig, der Thunfisch zerging auf der Zunge. »Das Abendbrot macht fast wett, was mir heute passiert ist. Erst eine Furie, die uns fast gelyncht hätte, weil wir ihre Tochter fotografiert haben, und in Cádiz wollte jemand meine Kamera klauen. Hat er aber nicht geschafft. Ich schätze, ich hab ihm die Nase gebrochen.«

Anas Messer fiel klirrend auf ihren Teller. Erschrocken starrte sie Klara an. »Hat er dir wehgetan? Warst du bei der Polizei?«

»Nein, eigentlich ist ja gar nichts passiert«, antwortete Klara mit vollem Mund. »Wisst ihr irgendetwas über ein Haus in einem riesigen Park am Ende der Klippen, mitten im Wald, in der Nähe von El Palmar de Vejer? Im Garten saß ein ganz merkwürdiges Kind, und die Mutter wollte unbedingt den Film aus meiner Kamera, als ich es fotografiert hab.«

»Nein, gar nichts, aber wir können uns umhören.«

Klara stützte den Kopf in die Hände und schloss die Augen. Hinter ihrer Stirn hämmerte es schmerzhaft, und ihr war schwindelig vor Müdigkeit. Erholsam war der Urlaub bis jetzt nicht gewesen. »Wenn ich es noch allein die Treppe raufschaffen will, sollte ich jetzt lieber gehen. Danke für das phantastische Essen, gute Nacht.«

* * *

Katharina mit Katzen war Sylvies deutlichste Erinnerung. Katharina war gerade acht geworden, als sie für sechs Wochen Sommerferien nach Naxos gefahren waren. Sie hatten ein kleines Haus direkt am Meer gemietet, zwei Zimmer und eine mit Wein überwucherte Veranda. Tagsüber belagerten Urlauber den Strand, doch später wurde es ruhig, und die Katzen kamen. Es waren neun, zwei große schwarze, winzige grau getigerte und eine weiße mit blauen Augen, Katharinas Liebling. Eines Abends entdeckte Sylvie ihre Tochter lautlos weinend hinter dem Haus, die weiße Katze auf ihrem Arm.

»Wird sie sterben, wenn wir gehen?«

»Warum sollte sie sterben?« Sylvie hockte sich vorsichtig zu den beiden auf den Boden und schob ihre Sonnenbrille ins Haar.

»Ich hab sie gefüttert, und jetzt kann sie keine Mäuse mehr fangen. Sie wird bestimmt verhungern.«

Ratlos blickte Sylvie auf das weiße Fellknäuel, das schnurrend Katharinas Pulli leckte. »Ich bin sicher, Katzen müssen das Jagen nicht lernen, das ist angeboren. Und am Strand bleibt so viel zurück, dass sie bestimmt immer etwas zu fressen finden wird.«

»Und im Winter? Wenn keiner mehr hier ist? Stavros hat gesagt, die meisten Katzen überleben den Winter nicht.« Katharina zog die Nase hoch, wischte mit dem Ärmel über ihr Gesicht und verschmierte einen dunklen Fleck auf der Wange.

»Ich weiß es wirklich nicht, Schatz. Vielleicht würde sie sterben, vielleicht ist sie auch zäh genug. Möchtest du sie mit nach Hause nehmen?«

»Weiß nicht. Hier ist es viel schöner als bei uns. Wenn's ihr da nicht gefällt?«

Sylvie beugte sich vor und stützte die Hände auf die Knie. Zwei blaue Augenpaare blickten sie erwartungsvoll an. »Was hältst du davon, wenn wir Stavros Geld für Katzenfutter geben und er sie notfalls über den Winter bringt?«

Katharina rieb sich die Nase und schniefte noch einmal, bevor sie lächelte. Ihre Stimme wackelte ein bisschen. »Und nächstes Jahr kommen wir wieder?«

Sylvie schob ihre zitternden Hände in die Hosentaschen und blickte sich wie erwachend in ihrer Küche um. Schmutziges Geschirr von einer Woche stand neben der Spüle. Krümel waren auf Tisch und Fußboden verteilt, und aus mindestens einer der drei Mülltüten zog ein fischiger Geruch durch den Raum. Langsam ging sie zum Herd, setzte einen Kessel mit Wasser auf und räumte Tassen und Teller in die Spülschüssel. Sie lehnte sich gegen die Wand, schloss die Augen. Sie würde jetzt Ordnung machen. Oder morgen.

* * *

Es war dunkel. Das Zimmer wurde nur vom Monitor des Notebooks erhellt, das die Bilder von der Kamera auf die Festplatte lud. Das helle Rechteck schien im dunklen Zimmer zu schweben. Klara stand auf dem Balkon und kämpfte gegen ihre Enttäuschung an. Eigentlich hatte sie sich ihren Urlaub anders vorgestellt.

Sie fühlte sich wie auf dem Bug eines Schiffes. Vor dem eisernen Geländer lag nur noch das aufgewühlte Meer im Schwarz der Nacht. Der Himmel war sternenlos. Das Brausen der brechenden Wellen füllte ihren Kopf. Aus der Ferne drangen die Lichter einer Fähre verwischt durch den Dunst. Heftiger Wind wehte ihr die Gischt ins Gesicht und vertrieb den bohrenden Kopfschmerz. Trotz ihrer Erschöpfung fühlte Klara sich wieder hellwach. Das grüne Licht des Monitors erlosch und wurde durch ein rotes ersetzt. Die Übertragung der Bilder war abgeschlossen.

Klara trat ins Zimmer zurück und schob die Glastüren hinter sich zu. Das Donnern des Meeres ebbte zu einem gedämpften Rauschen ab. Sie klickte auf das erste Bild. Unscharf, viel zu weit entfernt. Ebenso die nächsten beiden. Das folgende war noch immer nicht optimal, aber sie hatte das Mädchen diesmal nah genug herangezoomt. Sie öffnete das Bildbearbeitungsprogramm. Mit schlafwandlerischer Sicherheit glitten ihre Finger über die Tastatur, wählten Ausschnitte, vergrößerten und schärften, fügten Helligkeit und Kontraste hinzu, bis das vorher undeutliche und verschwommene Foto klar den Monitor ausfüllte. Das Ergebnis war schlimmer, als sie befürchtet hatte.

Das fremde Mädchen war vollkommen. Die Haltung ihres zarten Körpers war trotz der unnatürlichen Starre anmutig. Doch das Auffälligste war nicht ihre Schönheit, sondern die für Klara fast greifbare Leere in den riesigen, dunkel umschatteten Augen. Jedes Leben schien herausgeflossen zu sein.

Klara starrte auf den Monitor, bis sie nach einer Weile mit wenigen harten Tastendrucken das Programm beendete und den Internetzugang und ein FTP-Programm startete, das zur Übertragung von Daten in ihr Verzeichnis auf dem Server ihres Providers diente. Klara spielte die Fotos auf und schaltete das Notebook aus.

Sie hatte schon seit Jahren einen Internetzugang, noch

immer über PONG, eine Gruppe von drei Dortmunder Informatik-Studenten, die sich mit günstigen Preisen und nettem Service als Provider selbstständig gemacht hatten, als das Internet noch in den Kinderschuhen steckte. Leider war ihr Rechner dem stetig größer werdenden Kundenstamm nicht mehr gewachsen und brach häufig überlastet zusammen. Auch ihre Firewall, die Sicherheitsschleuse gegen Hacker und Viren, war durch Zeit- oder Geldmangel nicht auf dem neuesten Stand. Jedes Mal, wenn Klara keine Verbindung zu ihrem Server bekommen konnte, was in der letzten Zeit immer häufiger vorkam, nahm sie sich vor, zu einem der großen Provider zu wechseln, und vergaß es dann regelmäßig.

Aus einem Impuls heraus schaltete sie ihr Notebook wieder ein, schickte das bearbeitete Bild per E-Mail an Camila und löschte sorgfältig alle Fotos des fremden Mädchens von Rechner und Kamera.

Mittlerweile war es fast drei Uhr nachts, doch Klara vibrierte vor Anspannung. Vor den Balkontüren trieben Nebelfetzen vorbei. Nervös zog sie die dichten weißen Leinenvorhänge zu. Ein Glas Rioja wäre gut. Von Rotwein wurde sie immer müde. Klara öffnete die Zimmertür. Das Haus war vollkommen still. Im Flur brannte ein kleines Notlicht. Sie erwog kurz, die Zimmertür hinter sich abzuschließen, schalt sich dann aber paranoid und schlich barfuß die Treppe hinunter in die Bar. Das Kaminfeuer glimmte noch leise. Im Regal der Bar stand eine angebrochene Flasche Rotwein. Dahinter lockte allerdings auch ein fünfzehn Jahre alter Laphraoig. Klara goss sich großzügig von dem Malt-Whisky ein, steckte einen Zettel mit einer Notiz für Mac unter die Flasche und hastete mit dem Glas in der Hand zurück in die Geborgenheit ihres Zimmers.

* * *

Camila presste im Schlaf eine Faust an die Wange. Aus ihrem leicht geöffneten Mund sickerte ein silbrig glitzernder Speichelfaden auf das Kissen. Sie trug nur seine neue, grau gestreifte Pyjamajacke.

Überwältigt von Zärtlichkeit streckte Gil die Hand aus, um die Feuchtigkeit aus ihrem Gesicht zu wischen, zuckte aber vor der Berührung zurück. Er hörte das Herz in seiner Brust hämmern. Das Schlafzimmer sah aus wie immer, ein paar verstreute Kleidungsstücke auf dem Boden, gegenüber vom Bett das breite Fenster mit Blick in den kleinen, bunt bepflanzten Innenhof, an der rechten Wand die japanisch anmutenden Schiebetüren aus weißem Milchglas. In der Mitte ihr Bett.

Aber er fühlte sich fremd in dem vertrauten Zimmer, fühlte sich eigentlich gar nicht. Das konnte alles nicht wahr sein. So etwas passierte anderen, nicht ihm. Er hatte Camila angelogen, zum allerersten Mal, als sie gefragt hatte, wann er seinen Untersuchungstermin bei Jorge habe. »Übermorgen. Früher war nichts zu machen.« Zwei Tage Gnadenfrist. Und dann? Jorge hatte ihn schon heute dazwischengeschoben. Das Ergebnis war niederschmetternd. Er würde niemals ein Kind zeugen können. Camila konnte vermutlich Kinder bekommen. Nur nicht von ihm. Er drehte seine dünne Steppdecke um, die Innenseite war durchgeschwitzt, sein T-Shirt völlig durchnässt, Haarsträhnen klebten feucht an der Stirn. Er stand leise auf, griff sich ein trockenes Shirt und zog die Schlafzimmertür geräuschlos hinter sich zu. Durch die Gartentür der Küche ging er in den ummauerten Hof.

Camila war hier in jedem Winkel präsent. Die winzige verlotterte Wiese, die vorher Heimat für acht Hühner und einen rostenden Herd gewesen war, hatte sie in einen fast mystischen Garten verwandelt. Irgendwo hatte sie uralte Pflastersteine aufgetrieben und selbst verlegt. In den Fugen wucherten Gras und üppige Kräuter, in allen Ecken immergrüne Büsche, Bougainvilleas und blühende Stauden. Dazwischen schmale Bänke aus Holz und Stein. Die weiß gekalkten Wände waren mit Kletterrosen, tiefblauer Klematis und wildem Wein berankt. Irgendetwas blühte immer. Ein zarter Duft nach Herbstblumen lag in der Luft. Zwischen den Pflanzen verteilt, verschmolzen bizarre Plastiken aus erdbraunem Beton mit der Vegetation, manche erst bei genauem Hinsehen erkennbar. Keine Saharaleichen und keine giftigen Gewächse. Camila hatte bei der Gartengestaltung an Kinder gedacht.

Nur noch vier Zigaretten in der zerknitterten Schachtel. Seit Jahren die erste. Die hoch aufschießende Flamme blendete ihn, als er eine neue anzündete. Der beißende Rauch im Hals war fast angenehm. Für einige Sekunden überdeckte der Schwindel, der dem ersten tiefen Zug folgte, den unerträglichen Druck in der Brust.

Die Glastür zum Garten öffnete sich. Camila kam auf Socken langsam die kleine Steintreppe herab, in seinen viel zu großen Bademantel gehüllt. Sie blickte auf die Zigarette in seiner Hand. »Du hast das Ergebnis.« Es war keine Frage. »Es liegt an mir, nicht wahr?«, flüsterte sie so leise, dass er die Worte von ihren Lippen ablesen musste. Ihre Knie gaben nach und sie sackte auf die feuchte Wiese.

Er schloss die Augen. »Nein! Nein, nicht an dir. Ich bin steril.« Bisher hatte er mit dem Wort nur klinische Hygiene oder übertriebene Sauberkeit verbunden. Plötzlich hörte es sich an wie ein Todesurteil.

Fassungslos starrte Camila zu ihm auf. »Du? Das muss ein Irrtum sein.«

Seine Hände zitterten so heftig, dass die Zigarette auf den Rasen fiel und zischend erlosch. Sofort steckte er sich eine neue an. »Nein, definitiv nicht. Es ist absolut eindeutig.« Welche Vögel zwitscherten eigentlich so absurd fröhlich und ausdauernd in der Nacht? »Und jetzt?«, krächzte Gil. Tränen erstickten seine Stimme. Er schluckte sie hinunter und wischte sich mit dem Handrücken die laufende Nase. »Was jetzt?«

Camilas Kopf war gesenkt, der Oberkörper nach vorn gebeugt, die Haare verhüllten ihr Gesicht. »Mir ist kalt. Ich geh wieder rein.« Mühsam rang sie um Fassung. »Du weißt, dass ich dich liebe. Ich komm da schon drüber weg. Ich geh noch in die Werkstatt, möchte etwas allein sein.«

* * *

»Nein, nein, nein, nein! – Au!« Ihre auf den Boden hämmernden Fäuste hatten auf etwas Spitzes geschlagen. In ihren Fingern spürte sie eine dicke Gipsscherbe und ertastete die rauen Kanten. Die trockene Kühle des vertrauten Materials holte sie aus ihrem inneren Schmerz zurück. Camila öffnete die Augen und blickte um sich.

Der Raum zog sich schmal über die Länge ihrer *casita*. Als Werkstatt war er eigentlich zu klein, aber sie hatte ihn für ihre Zwecke maßgeschneidert. Die Wand zum Garten war durch ein Fenster ersetzt worden. Das andere Ende des Ateliers hatte Camila für Schweißarbeiten abgeteilt. Der Raum war gefüllt mit fertigen und halb fertigen Objekten, Säcken mit Zement und Gips, Eimern und Wannen zum Anmischen, Stahlstangen und grünen Plastikkübeln mit Ton in unterschiedlichen Farbtönen. Regale und Skizzenbögen bedeckten die Wände.

Sie erhob sich und nahm wahllos einen Klumpen Ton aus einem der großen Behälter. Ihre Finger begannen automatisch das noch feste Material zu bearbeiten. Langsam wurde der Ton warm und geschmeidig. Das Bild des Mädchens im Nebelgarten kam ihr in den Sinn und sie spürte, wie ihre Hände begannen, einen Kopf zu formen.

* * *

Draußen wurde es langsam hell. Die aufgehende Sonne und der fast volle Mond standen gemeinsam am bleichen Morgenhimmel. Nach einem letzten Spatelstrich legte Camila das Modellierholz zur Seite und trat zurück.

Ohne nachzudenken hatte sie in den Behälter mit beinahe weißem Ton gegriffen, ideal für das silberne Haar, die hellen Lippen und die bleiche Haut des Mädchens. Für den Guss würde sie weißen Portland-Zement verwenden. Die Leere der Augen war genau getroffen. Als sie den Kopf betrachtete, begriff Camila Klaras Entsetzen beim Anblick des Kindes. Auch sie selbst hatte offenbar unbewusst die Trostlosigkeit bemerkt. Vielleicht war es aber auch nur ihre eigene, die sich in der Arbeit Ausdruck verschafft hatte.

Ausgelaugt legte Camila den Kopf auf die Arme und weinte, diesmal erleichternde Tränen.

* * *

»And it's all over now, baby blue.« Unangenehm melodramatisch, aber das Lied hatte er schon den ganzen Tag im Kopf. Der alte, kaum noch benutzte Plattenspieler war auf Wiederholung gestellt und ließ die Nadel unsanft immer wieder auf die zerkratzte Single fallen.

Gil lag auf dem zerwühlten Bett und überlegte kurz, ob er eine Flasche Wein öffnen sollte, entschied sich aber dagegen. Alkohol hatte ihm noch nie geholfen. Wenn er zu viel trank, wurde ihm nur noch zusätzlich schlecht.

Bisher war sein Leben optimal gelaufen. Freunde, Schule, Uni, Karriere, Frauen. Die Liebe seines Lebens liebte ihn zurück. Unsicher, unfähig, unglücklich waren immer die anderen gewesen. Jetzt war der Prinz vom Schimmel gefallen.

Gil starrte an die Decke und wartete auf Camila. Sie war bereits seit zwei Stunden drüben. Er sprang auf und lief zum Küchenfenster. In den Garten fiel helles Licht aus der Werkstatt. Was machte sie dort? Weinte sie? Arbeitete sie? Wartete sie vielleicht darauf, dass er zu ihr kam? Aber sie hatte gesagt, dass sie allein sein wollte.

Er ging zurück ins Bett und versuchte sich zu beruhigen, stand wieder auf und lief in die Küche. Immer noch Licht im Atelier. Er könnte in den Garten schleichen und einen kurzen Blick durchs Fenster werfen.

Zum ersten Mal hatte ihn die Gewissheit verlassen, dass ihre Liebe unzerstörbar war. Bisher hatte er ganz naiv geglaubt, dass nichts sie auseinander bringen könnte. Was ging jetzt überhaupt noch? Wenn sie bei ihm blieb, müsste sie auf ihren Lebenstraum, Kinder zu bekommen, verzichten. Er müsste damit zurechtkommen, dass ein Leben mit ihm nicht mehr die Erfüllung ihrer Wünsche war, sondern ein Kompromiss. Und dass fast jeder andere Mann könnte, wozu er nie in der Lage sein würde. War das das größte Problem für ihn, sein angeschlagenes männliches Ego? Der Gedanke gefiel ihm nicht.

Gil stellte den Plattenspieler aus und legte sich wieder hin. Das Bettzeug war ungemütlich feucht und klebrig. Fast drei Stunden waren vergangen. Langsam war es zu spät, um noch zu schlafen. Sein stechender Schweißgeruch erfüllte das Schlafzimmer. Gil zog sich aus und stellte sich unter die Dusche. Er würde ins Krankenhaus fahren. Vielleicht würde Arbeit ihm helfen. Wenigstens hätte das fiebrige Warten ein Ende.

* * *

Die warmen *churros* dufteten. Camila schlich mit der Tüte in der Hand durch den Flur. In der Wohnung war nur der Gesang der Vögel durch das geöffnete Küchenfenster zu hören.

Es war Viertel vor sechs. Bestimmt schlief Gil noch. Das

Schlimmste wäre, ihn zu verlieren. Mit dem Rest konnte sie leben. Es wurde Zeit, ihm das zu sagen.

Er war weg! Im Schlafzimmer hing der Geruch einer schlechten Nacht. Die Luft im Bad war feucht und duftete nach Rasierwasser. Die zerknüllten Handtücher über dem Wannenrand waren nass.

Camila wischte über den beschlagenen Spiegel, stützte sich mit beiden Händen auf dem Waschbecken ab und musterte sich. Ihr Gesicht war verquollen und tonbekleckert, das Haar wirr und stumpf, aber die geröteten Augen blickten wieder zuversichtlicher.

Immerhin war Gil nicht ins Meer gesprungen, dann hätte er kein Rasierwasser benutzt. Vermutlich war er einfach früher ins Krankenhaus gefahren. Genau wie sie hatte er sich schon immer am besten mit Arbeit beruhigen können. Sie lächelte ihrem Spiegelbild flüchtig zu, richtete sich auf und ging ins Wohnzimmer.

Wo war bloß wieder der verfluchte Hörer des schnurlosen Telefons? Sie drehte die Kissen um, kroch unter das Sofa. Erst würde sie Gil anrufen und dann wegen des Mädchens herumtelefonieren. Um zu Klara zu fahren, war es entschieden zu früh. Sie wollte ihrer Freundin nicht vollends den Urlaub verderben.

* * *

Das war der Whisky! Klara stöhnte und schloss die brennenden Augen wieder. Im Zimmer war es stickig. Der Laphraoig hatte sie so schnell und gründlich in den Schlaf katapultiert, dass sie vergessen hatte, die Balkontür zu öffnen. Ächzend stand sie auf, tappte zum Fenster und vermied sorgfältig den Blick in den Spiegel neben dem Bett.

Die Sonne leuchtete von einem blauen Himmel, der mit wenigen weißen Wölkchen getüpfelt war, und stach schmerzhaft in Klaras geschwollene Augen. Sie griff nach ihrer Sonnenbrille, die sie gestern optimistisch auf dem Nachttisch bereitgelegt hatte. Das Meer schwappte ruhig und gleichmäßig an die Felsen unter ihrem Balkon.

Zwei Hochseekatamarane glitten zum Anfassen nah aus der schmalen Zufahrt des Hafens aufs offene Meer hinaus. Auf den Decks hissten lachende ältere Männer routiniert die Segel. Schrill kreischende Möwen flankierten die beiden Boote.

Langsam sickerten die Ereignisse des gestrigen Tages wieder in Klaras Bewusstsein. Jetzt, im Sonnenschein auf dem gemütlichen Balkon, kamen ihr die Vorfälle viel weniger dramatisch vor. Sie hätte gern noch einmal die Bilder des Mädchens betrachtet, aber die hatte sie ja sicherheitshalber gelöscht. Sie könnte sie vom Server runterladen. Klara wählte sich ins Netz ein und startete das Download-Programm. »Connection refused.« Vermutlich war der Server wieder überlastet.

An der Zimmertür polterte es dumpf, dann senkte sich langsam die Klinke. Durch die geöffnete Tür wurde ein klimpernder Servierwagen geschoben, von dem verlockende Düfte aufstiegen.

»Frühstück! Ich dachte, um elf kann ich riskieren, dich zu wecken. Ana fand das auch und hat uns was zu essen gemacht.« Camila tauchte mit einem strahlenden Lächeln auf, das gar nicht zu ihrem elenden Aussehen passte. Schwarze Jeans und ein schwarzer Rolli betonten die tiefen Schatten unter ihren Augen. Die schwarzen Locken hingen strähnig um das Gesicht.

»Mein Gott, Camila! Geht's dir so schlecht, wie du aussiehst?« Klara starrte ihre Freundin entgeistert an.

»Nee, die Nacht war die Hölle, aber jetzt ist es schon wieder besser. Erzähl ich dir beim Essen. Ich deck draußen für uns.« Camila rollte den beladenen Wagen scheppernd auf den Balkon und verteilte das Geschirr auf dem Holztisch. »Frisch gepresster Orangensaft, Milchkaffee, Anas göttliche *tostadas* mit Käse, *chorizo* und heiße *churros* mit einem Kännchen Schokolade. Davon dürftest selbst du satt werden.«

Klara goss sich einen Becher Kakao ein, tunkte das heiße stangenförmige Fettgebäck genüsslich hinein und schob sich zügig einen riesigen Bissen in den Mund, bevor er in die Tasse fallen konnte.

Camila kicherte. »Dich essen zu sehen ist immer wieder ein Erlebnis.«

»Los, erzähl!« Klara stopfte sich den nächsten *churro* in den Mund.

»Ich hab wegen des Hauses im Wald telefoniert. Vor vier oder fünf Jahren soll ein Besitzerwechsel stattgefunden haben. Über die Bewohner weiß niemand was, nicht mal Gerüchte kursieren. Seltsam. Sonst gibt's hier über jeden irgendetwas zu erzählen. Das Anwesen liegt zwar weit außerhalb, aber dafür ist es immerhin ungewöhnlich feudal. Heute Nacht hab ich den Kopf des Mädchens aus Ton geformt und kann bald den Gipsabdruck machen. Und Gil ist steril.« Camila presste die Kaffeetasse an ihre zuckenden Lippen.

Klaras Hand mit dem triefenden *churro* stoppte abrupt vor ihrem aufgesperrten Mund. Der mit Kakao voll gesogene Teil des Gebäcks bog sich langsam nach unten und platschte in die Tasse. Aufspritzende Schokolade kleckerte auf ihr ausgeleiertes graues Sweatshirt. »Au verdammt.« Etwas Tröstlicheres fiel Klara spontan nicht ein. Jetzt von Adoption zu reden wäre vermutlich unsensibel. »Habt ihr schon mal über Adoption nachgedacht?«

»Auf keinen Fall! Weißt du, es geht mir nicht darum, mit allen Mitteln an ein Kind zu kommen, weil ich eins *haben* muss. Ich wollte *unser* Kind mit Gil, spüren, wie es in meinem Bauch wächst, unsere Züge, unsere Eigenarten in ihm wiederfinden. Oder auch nicht. Aber es sollte *von uns* sein.

Ich weiß, adoptierte Kinder liebt man wie seine eigenen und so weiter, bla. Aber das ist nicht das, was ich will. Ich meine, wir brauchen ja gar nicht unbedingt eins. Ich hab meine Arbeit und ich könnte mir ein Pferd kaufen, das wollte ich immer schon. Zeit hab ich ja auch, dann …« Camilas Stimme wurde leiser. Eine Träne rollte über ihre Wange.

»Wie kommt Gil damit klar?«

»Ihm sind Kinder gar nicht *so* wichtig. Es tut ihm vor allem für mich Leid. Wir haben noch überhaupt nicht richtig miteinander gesprochen, aber ich denke, er hat Angst, dass ich mir jemand andern zur Familiengründung suchen könnte. Sein Ego ist natürlich enorm angeknackst. Aber das finde ich gar nicht so schlecht. Bis jetzt war ich die Einzige von uns beiden, die unsicher war. Sind die Bilder von dem Mädchen was geworden?«

Klara räusperte sich verlegen. »Jaa, schon, aber gestern hatte ich so ein komisches Gefühl. Du weißt schon. Dass jemand hinter uns her ist. Und da hab ich vorsichtshalber alles gelöscht. Ich hab die Fotos zwar aufgespielt, bin aber noch nicht auf den Server gekommen.«

»Wie beurteilt die Psychiaterin so ein Verhalten? Ist das noch im grünen Bereich oder schon pathologisch?«, grinste Camila.

Gelassen biss Klara in eine *tostada* und ignorierte den Spott. »Das beste Foto hab ich dir gemailt. Kannst du deine Mails von hier aus abrufen?«

»Nein, aber wir könnten zu mir fahren, dann kann ich dir auch gleich den Kopf zeigen und ihn mit dem Foto vergleichen. Vielleicht haben wir ja in der Aufregung alles etwas hochgepuscht, aber allein für das Modell hat sich das Ganze schon gelohnt. Mein erster Kopf. Normalerweise lege ich vor allem Wert auf Körpersprache und Haltung, Gesichter hab ich bisher immer nur stilisiert. Dafür ist es wirklich recht gut geworden.«

Klara räumte die leeren Teller und Schüsseln zusammen und wischte die Brösel vom Tisch. Den letzten *churro* krümelte sie den hungrigen Eidechsen, die auf den Felsen unter ihrem Balkon lebten, über die Brüstung.

Camila stand von ihrem Stuhl auf und griff nach ihrer schwarzen Cordjacke. »Lass uns gehen. Ich bin ganz neugierig auf das Bild.«

An der Rezeption sortierte McEwan die Hausprospekte. Er blickte auf und grinste beim Anblick von Klaras sonnenbebrilltem, bleichem Gesicht. »Das kommt vom Saufen.«

Schwungvoll wurde die gläserne Eingangstür aufgestoßen. Eine zierliche ältere Frau wuchtete einen schrankartigen Koffer in die Halle. Einen zweiten, nur unwesentlich kleiner als sie selbst, zog sie wie einen Hund an einer Leine hinter sich her. Mehrere altmodische Hutschachteln, die in krassem Gegensatz zu ihrer topmodischen Designerkleidung standen, baumelten von ihrem Handgelenk. Hoheitsvoll ließ sie den Blick durch den lichtdurchfluteten Raum wandern. Was sie sah, schien sie fürs Erste zufrieden zu stellen.

»Haben Sie ein Zimmer frei?« Obwohl sie offensichtlich keine Spanierin war, war ihre Aussprache akzentfrei.

McEwan klappte hörbar den Mund wieder zu und schlug geschäftig seinen Belegungsplan auf. »Für wie lange soll es sein?«

»Oh, etwa drei, vier Monate. Wenn mir Zimmer und Essen zusagen natürlich.«

»Natürlich«, stimmten McEwan, Klara und Camila einhellig zu.

»Worauf warten wir dann noch? Würden Sie mir freundlicherweise das Zimmer zeigen? Mein Name ist Pettigrew. Jane Pettigrew.«

Aus einem Netz feiner Fältchen blitzten kristallblaue Augen. Die königliche Geste, mit der sie von ihrem Gepäck zurücktrat, schien Camila und Klara aufzufordern, sich um die Koffer zu kümmern.

»Wir müssen los. *Hasta luego.*« Sie flüchteten entschlossen ins Freie.

»Toller Auftritt.«

»Unbedingt«, stimmte Klara zu. »Die würde meiner Mutter gefallen.«

* * *

Vor der strahlend weißen Kirche auf der Plaza Santa Catalina pulsierte das Leben. Von ihrem großen Turm läuteten die Glocken dröhnend zur Mittagsmesse. Klara genoss den Anblick der Touristen und Einheimischen, die die Sonne auf die palmengesäumten Straßen gelockt hatte. Händler bauten ihre bunten Stände am Rand des Marktplatzes auf. Die ehemalige Moschee war völlig überrestauriert. Ihre weichen Konturen und die Unebenheiten vergangener Jahrhunderte verschwanden unter Tonnen von Putz und Tünche. Die misslungene Mischung aus Alt und Neu bot einen kuriosen Anblick und erheiterte Klara jedes Mal wieder, aber die Coniler posierten stolz vor ihrem gepflegten Bauwerk.

Camila chauffierte ihren zerbeulten Mini im Schritttempo durch die bunten, überfüllten Gassen der Innenstadt, die auf die moderne Strandpromenade und einen hässlichen, aber zweckmäßigen Parkplatz mündeten. Der Weg über die vierspurige Umgehungsstraße wäre bequemer gewesen, doch Klara hatte es nicht erwarten können, wieder einen Blick in die Altstadt zu werfen.

Am Zugang zum kilometerlangen Strand gab es einen hölzernen Pfahlbau, in dem ein Café untergebracht war. Zwei, drei Kilometer in südlicher Richtung konnte man eine weitere Hütte, die *La Ola Bar*, und die flatternden K2-Fahnen der Surfstation sehen, die nur vom Strand aus erreichbar waren. Camila fuhr zielstrebig über die breite Promenade. Nach wenigen Minuten erreichten sie die in der Sonne weiß schimmernde Apartmentanlage.

Klara atmete tief den vertrauten Geruch nach frischem Ton und Zementstaub ein. Der helle Kopf auf der Werkbank vor dem großen Fenster beherrschte den gesamten Raum. »Unglaublich! Das ist das Beste, was ich je von dir gesehen hab.« Sie spürte, wie sich beim Anblick des Modells ein Kloß in ihrem Hals bildete. »Hat sie wirklich so ausgesehen?«

»Ich bin mir nicht mehr sicher. Vielleicht habe ich heute Nacht meine eigene Stimmung in ihr Gesicht gelegt. Lass uns doch das Foto ansehen. Willst du einen Kaffee?« Camila zog einen verkrusteten Wasserkocher hinter einer Tüte Zement vor. »Milch hab ich nicht, vielleicht drüben in der Küche.«

»Nein, lass mal, schwarz ist in Ordnung.«

Der Powerknopf des verstaubten Rechners knirschte, als Camila ihn drückte.

Klara verdrehte die Augen. »Das Klima hier tut dem bestimmt nicht gut.«

»Wäre nicht besonders schade drum, dann hätte ich endlich einen Grund, mir einen neuen zu kaufen. Das ist ein uraltes Schätzchen. Schneckig, aber nicht kaputtzukriegen.« Kritisch musterte Camila die Tassen und pustete den Staub heraus, bevor sie großzügig das Kaffeepulver hineinlöffelte und mit Wasser aufgoss. Sie öffnete die Mail und klickte auf das Foto.

»Ziemlich präzise wiedergegeben, würde ich sagen.« Klara räusperte sich und schluckte krampfhaft. Sie griff nach ihrer Tasse und musterte die graue Schicht auf der Oberfläche, bevor sie umrührte und trank. »Unglaublich, weißt du noch, wie romantisch du sie im Park gefunden hast?«

»Vielleicht sollten wir noch mal zur Villa rausfahren.«

Camila trank mit offensichtlichem Genuss einen großen Schluck von ihrem Kaffee.

»Vielleicht. Bei ›Haus‹ fällt mir ein: Wann sollen wir uns denn die Häuser für euch ansehen?«

»Weiß nicht, das schöne große brauchen wir ja jetzt nicht mehr.« Camila drehte Klara den Rücken zu und starrte auf den Mädchenkopf. Mit ihren Fingerspitzen strich sie langsam über den feuchten Ton.

»Ach komm, ihr braucht doch sowieso was Größeres. Ich bin in knapp drei Wochen wieder weg und kann dich dann nicht mehr beraten. Und ich würde dich wirklich gerne begleiten.«

* * *

»Ich kann unmöglich schon wieder essen.«

»Och, ich schon.« Die Tapas in der Auslage der *La Ola Bar* ließen Klara das Wasser im Munde zusammenlaufen. »Ich nehme eine Portion von den frittierten Kartoffeln mit scharfer Soße und ein paar *boquerones*. Und *aioli*. Schaffst du nicht mal eine *ensalada rusa?«* Klara wusste, dass ihre Freundin das mayonnaiselastige Gericht liebte, das in der Strandbar besonders fettig zubereitet wurde.

»Na ja, vielleicht eine ganz kleine Portion. Sieht ganz frisch aus.«

»Igitt.« Klara wurde leicht übel bei der Vorstellung, wie sich die matschige rosafarbene Masse im Mund anfühlen würde.

»Digame!« Die junge Kellnerin mit den blonden langen Rastazöpfen kam näher, um ihre Bestellung aufzunehmen.

»*Quisiera un ración de la ensalada rusa* …« Klara zeigte auf die Mayonnaisemasse. Grinsend ließ das Mädchen ihren Block sinken. »Einmal den russischen Salat. Du kannst ruhig deutsch mit mir reden. Ich bin Lola.«

»Gut, dann Kartoffeln, Aioli und Sardinen. Aber wie hast du an den wenigen Worten erkannt, dass ich Deutsche bin?«, fragte Klara leicht gekränkt. Die ersten sechs Semester hatte sie in Madrid studiert, sprach akzentfrei Spanisch und war es nicht gewohnt, so blitzschnell als Ausländerin identifiziert zu werden.

»Reine Übung. Ich tippe immer, woher die Gäste kommen, und ich irre mich nie.« Offensichtlich stolz auf ihre Fähigkeit, schüttelte Lola ihre sonnengebleichten Rastalocken aus dem schmalen Gesicht. »Ich lebe seit Jahren in Spanien, zum Kellnern und Surfen. Im Sommer bin ich meistens in Tarifa, aber im Herbst ist der Wind hier auch gut. Nach diesem Jahr ist Schluss, dann geh ich zurück und studiere. Ich freu mich immer, wenn ich mal wieder deutsch reden kann. Aber du willst wahrscheinlich nicht meine Lebensgeschichte hören, sondern etwas zu essen.« Lola nahm ihren Block und verschwand mit der Bestellung in der Küche.

Die Bar war kaum mehr als eine grob zusammengezimmerte Bretterhütte mit Toilettenverschlag und kleinem Küchenanbau. Der Hauptbetrieb fand normalerweise im Freien statt. Die rohen Holzwände zierten ein paar ausrangierte Surfbretter und über der Bar hing eine fast meterlange Miesmuschel.

Klara und Camila trugen ihre Teller zu einem der Tische hinter der knatternden transparenten Plane, die als Windfang aufgespannt war, und setzten sich auf die hölzernen Klappstühle, die unter ihrem Gewicht im feinen Sand einsanken. Der Wind hatte aufgefrischt und trieb schaumige Wellenkämme vor sich her auf den kilometerlangen Strand. Das Wasser versickerte und ließ Muscheln, Plastiktüten und andere, undefinierbare Gegenstände auf dem nassen Sand zurück. Vereinzelte Touristen hatten sich in Anbetracht der ersten Sonnenstrahlen nach dem Regen heldenhaft ihrer Kleidung entledigt und machten sich auf dem Sand flach wie Plattfische, um dem scharfen Wind möglichst wenig Widerstand zu bieten. Einer gab bereits auf und packte sein buntes Handtuch in eine gelbe Basttasche. Die Anfänger unter den Surfern steuerten das Ufer an, schleppten ihre sperrigen Bretter zurück zur benachbarten Station und kämpften beim Abriggen ungeschickt mit den im Wind umklappenden Segeln. Die wenigen, die noch in den Wellen kreuzten, gewannen zusehends an Geschwindigkeit.

Eine silberweiße Dogge näherte sich mit Riesensprüngen. Immer wieder stürzte sie sich auf ein besonders attraktives Fundstück, einen halbierten Plastikkanister oder eine morsche Planke, biss hinein und warf es ausgelassen in die Luft, bevor sie begeistert etwas Aufregenderes entdeckte. Gelegentlich blickte sie sich nach einem großen blonden Mann in schwarzem Neopren um, der ihr mit einem kleinen Surfbrett unter dem Arm und einem umso größeren Segel langsam folgte.

»Was machen die beiden denn da?« Camila stieß Klara an.

Der Mann setzte sein Brett ins Wasser und der Hund sprang routiniert auf. Mit seinen Pfoten fand er in kleinen Schlaufen Halt. Trotz des starken Windes handhabte der Mann sein Material spielerisch leicht. Kaum hatte er einen Fuß auf das Brett gesetzt, fing er den Wind im Segel ein, zog sich ganz hinauf, und das ungleiche Paar glitt aufs offene Meer hinaus. Nach einigen Runden näherten sie sich wieder dem Strand. Die Dogge sprang ab, schwamm wendig wie ein Seehund durch die Brandung an Land und schüttelte sich spritzend. Dann scharrte sie sich mit ihren riesigen Pfoten im trockenen Sand eine Kuhle, drehte sich ein paarmal um sich selbst und ließ sich mit Blick aufs Meer fallen.

Fasziniert beobachteten Klara und Camila, wie der Hund seinem Besitzer mit den Augen folgte. Er schien immer ganz genau zu wissen, wer von diesen rasenden schwarzen Gestalten hinter den bunten Segeln sein Herrchen war. Besonders gelungene Manöver wie eine Powerhalse ohne Tempoverlust schien er mit beifälligem Klopfen des langen Schwanzes zu kommentieren. Stürzte sein Herrchen ins aufgewühlte Meer, sprang er hoch, rannte aufgeregt bellend zum Wasser, offenbar bereit, sich zur Rettung in die Fluten zu stürzen. Erst wenn der Mann wieder sicher auf dem Brett stand, kehrte die Dogge beruhigt in ihre Kuhle zurück.

»Vielleicht sollten wir uns einen Hund anschaffen.« Camilas Lachen klang etwas gezwungen. Das Thema ließ sie nicht los. Mit ihrer Gabel zog sie Linien in die durchsichtig gewordene Mayonnaise.

»Gar keine schlechte Idee. Sollen wir los?« Klara wühlte in ihrem Rucksack nach dem Portemonnaie.

Camila nickte. »Ja, ich fahr dich im Hotel vorbei. Hast du noch Pläne?«

»Ich werd gleich noch mal hergehen und ein paar Kilometer joggen. Und später leihe ich mir ein Auto.«

»Komm doch am Abend zu uns zum Essen, dann kannst du endlich auch Gil begrüßen. Er kocht.«

»Wollt ihr heute nicht lieber allein sein?«

»Auf gar keinen Fall. Gerade heute will ich nicht mit Gil allein sein. Ich wäre froh, wenn du kommen würdest.«

Klara verfolgte, wie Camila ihre Haarspange löste. Nervös knipste sie sie einige Male zu und ließ sie wieder aufschnappen, bevor sie ihre Haare nach hinten strich und feststeckte. Klara wusste, dass der Schmerz ihre Freundin früher oder später einholen würde. Und sie hoffte, dass sie dann in ihrer Nähe wäre. »Gut, um acht?«

* * *

Klara und Camila gingen in entgegengesetzte Richtungen auseinander.

Die Dogge hatte bisher nur Augen für den blonden Surfer gehabt. Plötzlich hob sie interessiert die Nase und schnupperte in den Wind. Ihre suchenden Augen hefteten sich auf Klara. Zögernd erhob sie sich, blickte noch einmal aufs Meer und raste dann zielstrebig auf Klara zu, die wie erstarrt auf den gewaltigen Hund starrte. Speichelfetzen flogen aus hängenden Lefzen, hinter denen ein prächtiges Gebiss zu sehen war, wildes Gebell übertönte die Brandung.

Klara sah Hilfe suchend zu Camila, die sich umgedreht hatte und entsetzt die Hand vor den aufgerissenen Mund hielt. Sollte sie sich jetzt auf den Boden schmeißen oder am besten gar nicht bewegen? Schadete oder nutzte der Augenkontakt mit der angreifenden Bestie? Irgendwo hatte Klara etwas über Verhaltensmaßregeln bei aggressiven Hunden gelesen, aber leider fiel ihr im Moment nichts davon ein.

Wenige Zentimeter vor Klaras zitternden Knien bremste der Hund ab, stemmte seine riesigen Pfoten in den aufspritzenden Sand und warf sich hechelnd vor ihr auf den Boden, bevor er aufsprang und das Manöver schwanzwedelnd wiederholte.

»Das scheinen Sympathiebekundungen zu sein, oder?« Erleichtert plumpste Klara in den Sand und holte tief Luft. Die Dogge legte freundlich winselnd ihren schweren Kopf auf ihre Beine.

»Ich glaube, du sollst sie streicheln. Das ist kein er, sondern eine sie.« Camila gab aus sicherem Abstand wertvolle Hinweise.

»Das ist ja rührend, aber ich wollte noch joggen. Jetzt geh schön wieder zu deiner Kuhle, Herrchen zugucken!«

Klara tätschelte noch einmal den massigen Kopf, stand auf und machte sich auf den Heimweg. Ein letztes Mal verstellte die Dogge ihr den Weg und ließ aus dem nassen Maul etwas vor ihre Füße fallen. Klara bückte sich. Eine leicht angesabberte, handtellergroße, rosa und perlmuttfarben schimmernde Muschel. Die Dogge lag wieder auf ihrem Platz und ihre Augen fixierten konzentriert den blonden Surfer.

* * *

»Guck mich nicht so an!«

Katharina versuchte ein Lächeln. Wie sollte sie ihn denn nicht angucken? Vorsichtshalber schaute sie auf den Boden.

Cornelsen zitterte, als würde er frieren, obwohl ein Feuer im riesigen Kamin prasselte. Er stand auf und zog sich an. Dabei vermied er jeden Blick in ihre Richtung.

Zaghaft streckte Katharina die Hand nach ihm aus. Er durfte so nicht gehen. Sie hatte doch gar nichts getan, was ihn so ärgerlich machen konnte. Oder doch? Wenn er Jeannette erzählte, dass er nicht zufrieden war, würde sie sehr wütend sein. »Bitte, geh doch noch nicht.«

Ohne einen letzten Blick in ihr flehendes Gesicht schleuderte er sie aus dem Weg und verließ wie gejagt den Raum.

* * *

»Blödsinn, es ist viel zu früh, um sie jetzt schon wegzuschaffen! Vielleicht erholt sie sich ja wieder. Du solltest dich etwas mehr um sie kümmern.« Aufgebracht starrte Enzo Jeannette an. Er saß ihr gegenüber auf einem Korbsofa im Wintergarten der Villa.

Riesige exotische Grünpflanzen wucherten mit lianenartigen Gewächsen, blühenden Orchideen und Flechten um die Wette. Um die Jahrhundertwende hatte sich ein deutscher Industrieller das Landhaus im traditionellen andalusischen Stil als Alterssitz gebaut. Einzige, wenn auch durchaus attraktive Entgleisung war der halbrunde, zum Meer gelegene Wintergarten im Jugendstil.

»Da muss ich dich enttäuschen. Zur Ersatzmama bin ich nun wirklich nicht geeignet! Kümmer du dich doch um sie.« Jeannette zog heftig an ihrer Zigarette.

Unruhig tippte Enzo mit der Schuhspitze vor die Marmorplatte des geflochtenen Korbtisches. Sein Körper wirkte gespannt wie ein zum Abschuss bereiter Bogen.

»Ich glaube nicht, dass ihr meine Gesellschaft gefallen würde. Vielleicht sollten wir sie einfach zu den anderen Kindern lassen.« Enzo stand abrupt auf und begann kreuz und quer durch die tropischen Pflanzen zu laufen. Seine schwarzen Augen glitzerten, sein schmales Gesicht war rot angelaufen.

»Ja klar, dann können sie nett zusammen spielen, oder was? Haha«, lachte Jeannette höhnisch.

»Wenigstens hätte sie dann Gesellschaft. Vielleicht dreht sie einfach vom ständigen Alleinsein durch.« Offensichtlich angewidert blickte Enzo Jeannette an. Die Hunde zu ihren Füßen spürten seinen Hass und ließen ihn nicht aus den Augen.

Jeannette beobachtete Enzo durch die grünen Blätter wie ein Insekt unter dem Mikroskop. Sie konnten es sich nicht leisten, sich ernsthaft zu zerstreiten. »Na ja, schaden kann es wohl nicht mehr. Ich werd sie auch wieder in den Park lassen, aber nur in den hinteren Teil, falls wieder jemand auf die Idee kommt herumzuschnüffeln«, lenkte sie ein. Sie brach einen dünnen Ast von einem Gummibaum ab und betrachtete den ausströmenden weißen Saft.

»Ich bin mir nicht sicher, dass die beiden Weiber keine Schwierigkeiten machen. Dämlich scheinen die nicht zu sein. Immerhin hat die Fotografin Miguel die Nase gebrochen. So was ist ihm wohl noch nie passiert.« Widerwilliger Respekt hatte sich in Enzos Stimme geschlichen. »Aber wenn Miguel es diesmal nicht verreißt, wissen wir morgen mehr.«

»Oder auch nicht«, behielt Jeannette das letzte Wort.

* * *

Der Wind heulte Klara um die Ohren und schlug die Eingangstür des Hotels mit einem donnernden Knall hinter ihr zu. Die Halle wirkte wie ausgestorben. Klara erinnerte sich, dass die Macs heute zu einem Familienfest wollten. Sie würde sich nur kurz die Joggingsachen überziehen und dann ein paar Kilometer am Strand entlanglaufen. Eilig stieg Klara die Treppen zu ihrem Zimmer hinauf und griff in die Tasche, um nach dem Schlüssel zu kramen. Sie blickte auf die Tür und erstarrte. Jemand hatte ihr bereits mit einem Brecheisen die Arbeit des Aufschließens abgenommen. Sie lauschte. Hinter der angelehnten Tür war es totenstill. Mit einem Ruck stieß sie sie ganz auf. Fassungslos blieb sie auf der Schwelle stehen. Das musste ein Alptraum sein! Sie schloss die Augen und öffnete sie wieder.

Das Zimmer war ein Schlachtfeld. Es sah aus, als hätte ein Tornado getobt. Das warme Licht der Nachmittagssonne tauchte die Verwüstung trügerisch in sanfte Farben. Zwei Seemöwen auf der Balkonbrüstung äugten interessiert ins Zimmer. Kissen waren vom Bett gezerrt, Schubladen herausgezogen. Zerfetzte Kleider, Pullis, Wäsche übersäten das ganze Zimmer. Bücher, Reisewecker, Föhn, Cremes, zersplitterte Fläschchen und Tiegel, aus deren Scherben durchdringender Duft die Luft tränkte. Der Parfümgeruch mischte sich mit dem Gestank von Urin. Hilflos kniete Klara sich auf den Fetzen nieder und hob sie an ihr Gesicht. Tränen rannen über ihre Wangen.

»Mein Gott, Kindchen. Welch ein Chaos!«

Klara wirbelte erschrocken herum. Mrs. Pettigrew hatte geräuschlos hinter ihr das Zimmer betreten.

»Da scheint jemand ziemlich ärgerlich auf Sie zu sein.« Sie ließ sich neben Klara nieder und nahm sie sanft in den Arm. »Schon gut, ist ja gut. Sind ja nur Dinge, Kleines.«

Klara fühlte, wie Wut in ihr zu glühen begann.

»Ist nur alles kaputt oder fehlt auch etwas?«, fragte Mrs. Pettigrew.

Klara schnäuzte sich in das ausgerissene Vorderteil eines weichen Seidenkleids, schüttelte benommen den Kopf und blickte prüfend in die Runde. Eigenartig, es sah so aus, als wären nur ihre persönlichen Dinge zerstört. Die Einrichtung des Hotels hatte der Eindringling auffällig verschont. Der Zimmerfernseher prangte fast schon bizarr intakt auf seinem Tischchen. »Notebook und Kamera sind weg!« Klara robbte zum Schreibtisch vor dem Fenster und grub hektisch in den Fetzen. »Möglicherweise irgendwo hier drunter.« Aber da war nichts. »Vielleicht ja doch nur ein Dieb?« Hoffnungsvoll sah Klara auf. Alles war ihr lieber, als diesen Akt der Zerstörungswut persönlich nehmen zu müssen.

»Ich fürchte nicht. Nur ein Idiot von Einbrecher würde sich die Zeit zu so etwas nehmen.«

»Mir ist kalt. Und ich hab nicht mal mehr einen Pulli.« Traurig musterte Klara ihre verwüsteten Habseligkeiten.

»Kommen Sie, raus hier, gehen wir rüber zu mir. Ich hab jede Menge Pullis. Und wir sollten langsam die Polizei rufen.«

Mrs. Pettigrews Zimmer lag auf der anderen Seite des Flurs, zur ruhigeren Buchtseite hin.

»Ich würde ja auch lieber aufs offene Meer blicken, aber das Donnern der Brandung stört mich bisweilen bei der Arbeit.«

Mit offenem Mund bestaunte Klara das Hightech-Equipment im Zimmer der älteren Dame. Die Hälfte der elektronischen Geräte konnte sie noch nicht einmal identifizieren. An der linken Wand stand eine Reihe der quadratischen Holztische aus dem Speisesaal. Monitore, Notebooks, Tastaturen und Kästen, aus denen Antennen ragten, bedeckten jede freie Fläche. Über zwei der Bildschirme zogen unentwegt grünliche Buchstabenreihen. Unter den Tischen waren graue Metallkästen mit kleinen rot blinkenden Lämpchen aufeinander gestapelt. Sofa und Stühle waren mit Büchern übersät. Auf den ersten Blick entdeckte Klara Fachliteratur zu den Themen Kommunikationstechnologie, Astrophysik und Codierungen, einige Dramen von Shakespeare und ein paar Krimis von Pablo de Santis und Pierre Magnan.

»Sie können den Mund jetzt wieder schließen. Alter schlägt nicht zwingend aufs Gehirn. Nennen Sie mich Jane.« Mrs. Pettigrew deutete formvollendet wie eine perfekte Gastgeberin auf den steingrauen Läufer, der in der Zimmermitte lag. »Bitte nehmen Sie Platz. Ich bekomme erst in den nächsten Tagen Regale für die Bücher und zwei Sessel. Im Moment setzen wir uns am besten auf den Teppich. Stört es Sie, wenn ich rauche?«

Klara hätte eine Zigarre oder mindestens eine Selbstgedrehte erwartet, aber Mrs. Pettigrew zündete sich eine einheimische Filterzigarette mit einem billigen Plastikfeuerzeug an und meldete den Einbruch der Polizei.

»Was arbeiten Sie?« Klara blickte sich neugierig um.

»Ich bin in der Kommunikationsbranche tätig.«

»Und was tun Sie hier mit diesen ganzen Geräten?«

»Oh, so dies und das, was gerade anfällt.« Jane schien nicht bereit, ins Detail zu gehen. Klara unterdrückte ein Grinsen. Vielleicht war die kultivierte Mrs. Pettigrew ja Hackerin oder Spionin in geheimer Mission.

Jane war aufgestanden und kam mit schimmernden Glastöpfchen in den Händen aus dem Bad zurück. »Hier, etwas Kosmetik. Eine gute Creme im Gesicht hat etwas ungemein

Tröstliches, finden Sie nicht?« Sie nickte Klara auffordernd zu. »Schauen Sie, ob Sie etwas davon brauchen können. Ich seh in der Zwischenzeit nach, was ich an Kleidung loswerden möchte.«

Klara las erstaunt die Aufschriften der meist noch ungeöffneten Tiegel. Marken, die sie schon lange gern ausprobiert hätte, sich aber nie leisten konnte. Der geheimnisvolle Job schien ziemlich einträglich zu sein.

Jane schleppte bergeweise Kleidung an. Sie ließ die vorwiegend schwarzen Pullover, Shirts und Jeans in Klaras Schoß fallen. »Das müsste Ihnen passen. Vielleicht gefällt es Ihnen.« Sie setzte sich auf ein Kissen neben Klara und schlug graziös die Beine übereinander.

Unwillkürlich griff Klara zu. »Gott, sind die schön!« Sie hielt sich einen flauschigen Mohairpulli an, blickte auf das Etikett, dann ließ sie bedauernd die Arme sinken und schüttelte den Kopf. »Das kann ich unmöglich annehmen. Die Sachen sind wahnsinnig teuer.«

Jane zwinkerte Klara zu. »Ich hab auch einiges vom Trödel, aber das kann ich Ihnen nicht geben, da häng ich dran. Machen Sie sich keine Gedanken wegen Geld, ich tu's auch nicht.«

»Wieso sind Sie so nett zu mir? Sie kennen mich doch gar nicht.«

»Ich mag Sie. Ich würde sogar sagen, ich finde Sie beeindruckend, und das passiert mir nicht oft. Sie würden mir im umgekehrten Fall doch auch helfen, oder?«

»Sicher, aber ...«

»Na also. Machen Sie mir die Freude, auch mal was Gutes tun zu können. Ist sonst nicht gerade meine Stärke.«

»Überzeugt!« Klara ließ alle Hemmungen fallen. »Können Sie mir vielleicht bis morgen auch eine Jogginghose leihen?«

* * *

Gegen halb vier traf die *Policía Municipal* ein. Zwei feiste, schwarz gelockte Männer Ende vierzig in dunkelblauen Uniformen. An den Gürteln waren Totschläger und Handschellen befestigt.

»Ich bin Inspector Arturo Galvez Priego, mein Kollege Comisario Manuel Sànchez Algarra.« Galvez Priego schnaufte vom Treppensteigen. Die Querfalten seines weißen Hemdes schnitten unappetitlich in den weichen Bauch, Schweißflecken zeichneten sich dunkel unter den Achseln und am Rücken seiner Jacke ab. Seine Haare trieften vor Öl, dessen penetranter Veilchenduft sich mit seinem Schweißgeruch mischte.

Klara empfand spontanen Widerwillen und schob die Balkontür auf.

»Fassen Sie bitte nichts an, bis die Kollegen die Fingerabdrücke genommen haben.« Galvez Priegos Stimme kratzte wie Kreide auf einer Tafel und erzeugte bei Klara eine Gänsehaut.

Sein Kollege Sànchez Algarra war besser in Form, zumindest war seine Uniform trotz seiner Körperfülle trocken geblieben und saß perfekt. Er blickte Klara mit sanften, intelligenten Spanielaugen an und bekundete sein Mitgefühl. »Señora Keitz, es tut uns sehr Leid, was hier passiert ist. Normalerweise kommen Hoteleinbrüche in Conil kaum vor. Und so etwas hab ich in meinen zwanzig Dienstjahren noch nicht gesehen.« Er kratzte sich am Kopf, starrte betroffen auf die Trümmer.

Galvez Priego mischte sich wieder ein. »Allerdings müssen Touristinnen mit so was nun mal überall rechnen.«

Tourist*innen?* Klara spürte, wie sie wütend wurde.

Sànchez Algarra sah seinen Kollegen stirnrunzelnd an.

Klara atmete tief durch und wandte sich dem netteren Polizisten zu. »Mir passieren seit zwei Tagen merkwürdige Dinge. Gestern hat ein Mann in Cádiz versucht, mir die Kamera zu stehlen. Davor hatte ich in einer Hacienda in der Nähe des alten Leuchtturms bei El Palmar de Vejer ein Mädchen fotografiert. Und die Frau wollte unseren Film. Und jetzt ist er weg, das heißt die Kamera.«

Es blieb einen Augenblick still. Die beiden Beamten blickten sich an. Galvez Priego schnarrte wieder los. »Ich verstehe Sie nicht recht. Sie behaupten also, Sie wissen, wer in Ihr Zimmer eingedrungen ist? Haben Sie diesen Mann erkannt? Oder beschuldigen Sie die Bewohnerin der Hacienda – wo soll die gleich gewesen sein? Und haben Sie gestern Anzeige erstattet?«

»Nein, nein, nein, alles nicht, gestern ist ja eigentlich nichts passiert. Aber das sind doch etwas viele Einbrüche und Überfälle für zwei Tage.« Klara fühlte sich in eine Verteidigungsposition gedrängt. Sie hätte sich gern gesetzt, wollte aber auf keinen Fall zu Galvez Priego aufblicken.

Der wippte auf den Fußspitzen und blickte sie mit einem Typisch-hysterische-Touristin-Grinsen an. »Sicher, sicher. Aber jetzt geht es doch um diesen Einbruch hier, stimmen Sie mir zu?« Eine Antwort schien er nicht zu erwarten.

»Begreifen Sie nicht? Es fehlen ausgerechnet die beiden Geräte, auf denen die Fotos waren, also, letztlich zwar doch nicht, aber auf denen sie hätten sein können.« Sehr überzeugend hörte sich das nicht an. »Außerdem können Sie doch nicht glauben, dass dies das normale Werk eines Einbrechers ist.« Aufgebracht schleuderte Klara mit dem Fuß ein paar Fetzen durch die Luft und deutete auf einen offensichtlich uringetränkten Pullover in der Zimmerecke.

»Vielleicht waren sie ärgerlich, weil sie nicht genug erbeutet haben.«

»Blödsinn, bei einem Rechner und einer Kamera im Wert von zusammen über 5.000 Euro hätten sie mir eigentlich einen Strauß Rosen hinterlassen müssen.« Resigniert ließ sich Klara an die Wand sinken. Diese beiden Dorfpolizisten würde sie mit so einer exotischen Story nicht überzeugen. Obwohl, der Nettere hatte ziemlich interessiert zugehört.

»Kann es sein, dass Sie unter Schock stehen? Vielleicht sollten wir einen Arzt rufen?« Galvez Priego spielte an seinem Schlagstock herum, während er Klara mit den Augen abtastete.

»Danke, ich bin selbst Ärztin, ich stehe nicht unter Schock.«

»Könnten wir dann weitermachen, Doctora Keitz?« Ironisch betonte er ihren Titel und wippte wieder ungeduldig. Fasziniert beobachtete Klara ein Tröpfchen Öl, das kurz an der Spitze einer fettigen Haarsträhne zitterte und dann im schweißigen Hemdkragen versickerte.

»Haben Sie, äh, Bekannte hier vor Ort?« Bekannte sprach er mit einem anzüglichen Beigeschmack aus und grinste dreckig.

»Ja, ich *habe* Freunde hier. Nein, sie sind für dies hier *nicht* verantwortlich. Wollten Sie das mit Ihrer Frage andeuten?« Klara hörte selbst den aggressiven Klang ihrer Stimme. Vor Ärger war sie einen Schritt auf Galvez Priego zugegangen und bekam einen Schwall seiner ranzigen Dunstwolke in die Nase. Der Ekel steigerte ihre Wut.

Sànchez Algarra merkte offensichtlich, dass die Befragung zu entgleisen drohte, und schaltete sich ein. »Es tut uns wirklich Leid, aber wir müssen Ihnen einige unangenehme Fragen stellen. Ich bin sicher, mein Kollege wollte nichts Derartiges andeuten.« Er warf einen skeptischen Seitenblick zu Galvez Priego, als sei er sich dessen keineswegs sicher, und holte ein schwarzes Ringbuch aus seiner Ledermappe. »Wann genau haben Sie den Einbruch entdeckt und was sagen die McEwans dazu?«

Galvez Priego schlenderte inzwischen durch den Raum, hob hier ein zartes Fetzchen Wäsche auf, schnüffelte dort an zerbrochenen Tiegeln. Hatte er gerade etwa auch an dem Höschen gerochen? Klara fühlte sich beschmutzt von seinen neugierig grabenden Händen.

»Glauben Sie, der Täter hat seine Duftmarke in meinen

Unterhosen hinterlassen?« Klara hatte genug. Sie konnte nicht mehr ertragen, wie dieser Widerling mit seinen dicken Stiefeln durch ihre einst so persönlichen Sachen trampelte.

Galvez Priego hielt die Hälfte eines weißen Spitzen-BHs in der Hand und grinste Klara dreist ins Gesicht.

Es juckte ihr in den Händen. Würde Sie vielleicht doch einen Schock geltend machen können, wenn sie den Kotzbrocken ohrfeigte?

Mit einem Knall klappte Sànchez Algarra sein Ringbuch zu und durchbrach die aufgeladene Atmosphäre. »Arturo, bitte sieh doch mal, ob die McEwans schon da sind oder ob du sie auftreiben kannst.«

Sie schwiegen, bis Galvez Priegos zackige Schritte im Treppenhaus verklungen waren.

Sànchez Algarra räusperte sich. »Entschuldigen Sie bitte. Ein paar Fragen noch, dann müssen Sie nicht mehr hier bleiben. Wir warten noch auf die Kollegen von der Spurensicherung, aber ich vermute, der Täter hat Handschuhe getragen. Natürlich versuchen wir alles, aber ehrlich gesagt glaube ich nicht, dass wir den Schuldigen finden werden. Versuchen Sie einfach, ihren restlichen Urlaub zu genießen.« Er blickte ihr fest in die Augen, riss ein Blatt aus seinem Ringbuch und reichte es ihr. »Bitte seien Sie vorsichtig. Ich habe Ihnen hier auch meine Privatnummer aufgeschrieben. Wenn Ihnen irgendetwas verdächtig vorkommt oder Sie Hilfe brauchen, rufen Sie mich an. Jederzeit.«

* * *

»Der Schlampe hab ich's gezeigt!« Niemand brach Miguel ungestraft die Nase, schon gar nicht so ein ausländisches blondes Miststück. Er betastete vorsichtig seine geschwollene Nase, die mittlerweile in Pflaumenblau, Grün und Gelb schillerte. Seine Ehre war wiederhergestellt. Jeannette und Enzo hatte er vorsorglich nichts von seiner kleinen Extratour erzählt. Wie gewünscht, hatte er ihnen Fotoapparat und Laptop besorgt, alles andere war sein Ding.

Nackt stand Miguel vor dem deckenhohen Spiegel in seinem Zimmer, außer einem harten, schmalen Bett, einer Sprossenwand für seine täglichen Übungen und einem Regal für seine wenigen Kleidungsstücke der einzige Einrichtungsgegenstand. Für Komfort hatte er nichts übrig, ließ einen nur nachlässig werden und abschlaffen. Zufrieden musterte er seinen muskulösen Körper und streichelte langsam die hervortretenden Muskelstränge unter der glatt rasierten Haut.

Das war ausnahmsweise mal wieder ein Job gewesen, der richtig Spaß gemacht hatte. Von dem ganzen Kram mit den Kindern hatte er langsam die Nase voll. Nicht, dass er ein Kinderfreund wäre. In seiner Zeit als Söldner hatte er Schlimmeres gesehen und getan als das, was hier im Haus passierte. Der Job an sich war so weit ganz in Ordnung. Auch die Kinder aufzutreiben, meist in Rumänien, wenn neue gebraucht wurden, und ihren Transport nach Spanien zu organisieren betrachtete er immer wieder als Herausforderung. Aber in der letzten Zeit kamen zu viele Unfälle bei Kundenbesuchen vor. Das konnte auf Dauer nicht gut gehen. Hin und wieder eskalierte so ein Spaß mal, sicher. Aber langsam wurde das ja schon fast zur Regel. Die beiden ließen den Kunden zu viel durchgehen, wurden zu abhängig von ihnen. Wie von Cornelsen. Nie hätten sie ihm nachgeben und dieses deutsche Urlauberkind entführen dürfen. Noch drei Jahre, sagten sie, dann hätten sie alle ausgesorgt. Aber seit dieses bleiche Mädchen im Haus war, witterte er Ärger und war ständig auf dem Sprung zu verschwinden, wenn es so weit war.

* * *

Klaras Lungen brannten, ihr Herz raste, der Schweiß lief in Strömen. Neben ihr hechelte die weiße Dogge, dass die Lefzen klatschten. Sie war über den weiten Strand auf Klara zugerast und lief mittlerweile seit einer Stunde tapfer neben ihr her.

Von dem blonden Surfer war weit und breit keine Spur, aber Klara hatte nicht die Absicht, sich auch noch um entlaufene Hunde Gedanken zu machen. Und eigentlich freute sie sich über die schweigende Gesellschaft der Dogge, die völlig zufrieden damit schien, einfach in ihrer Nähe zu sein. Die federnden Sohlen von Klaras Joggingschuhen quietschten auf dem nassen Sand. Sie waren das Einzige, was von ihrem Urlaubsgepäck übrig geblieben war. Langsam verdunkelte der anbrechende Abend das Meer. Klara drosselte ihr Tempo und machte sich auf den Rückweg zum Hotel. Das Laufen hatte ihr gut getan, sonst wäre sie geplatzt vor Wut und Frust. Jetzt fühlte sie sich nur noch erschöpft und sehnte sich nach einer Dusche.

Dusche. Wo konnte sie überhaupt duschen? Die Fähigkeit, klar zu denken, stellte sich nach dem langen Lauf wieder ein. Hoffentlich hatte schon jemand die Macs über den Einbruch unterrichtet, damit sich die erste Aufregung gelegt hatte, wenn sie zurückkam. Langsam musste sie sich Gedanken über die Nacht machen. Heute konnte sie unmöglich in ihrem Zimmer bleiben. Auch morgen würde die Tür vermutlich nicht repariert werden. Danach waren auch die restlichen Zimmer belegt. Aber selbst wenn das Schloss erneuert wäre, war Klara nicht sicher, ob sie wieder in ihr altes Zimmer wollte. Vielleicht sollte sie doch für ein paar Tage bei Gil und Camila auf die Wohnzimmercouch ziehen.

Sie hatten die Klippe des Hotels erreicht, und Klara machte sich bereit zum Aufstieg über die in den Fels gehauenen Stufen.

Diesmal hielt die Dogge kein Abschiedsgeschenk für erforderlich, sondern begnügte sich damit, ausgiebig an Klaras schweißnassen Händen zu lecken, bevor sie zurück in die Dämmerung lief.

* * *

Die Hotelhalle schwirrte von Stimmen wie ein Bienenstock. Der halbe Ort schien sich hier versammelt zu haben. Als Klara schweißtriefend eintrat, verstummten alle schlagartig und starrten sie – teils mitfühlend, teils neugierig – an.

»Ach Klara, das tut uns so Leid. Wären wir nicht weg gewesen, wäre das bestimmt nicht passiert. Hier ist noch nie, niemals jemand eingebrochen.« Ana wand sich vor Schuldgefühlen.

Mac brummte, vermutlich zustimmend, raufte verzweifelt seinen wirren Bart und blickte auf seine großen Füße.

»Ja, da hätte sich bestimmt keiner getraut.« Ein dünner, zittriger Greis, an dem das einzig Stabile sein knorriger Spazierstock war, stimmte inbrünstig zu.

»Ach was, die hätten euch nur was über den Schädel gehauen.« Eine resolute kleine Frau in schwarzer Seide, genauso breit wie hoch, glaubte nicht an die Feigheit der Einbrecher.

»Oder euch erschossen.«

»Niemals, Mac hätte sie fertig gemacht.«

»Mit seinem Säbel.«

Alle begannen gleichzeitig, ihre sehr differenzierte Meinung zu dem Thema zu äußern.

»Wir haben dir ein anderes Zimmer fertig gemacht und die Sachen von Mrs. Pettigrew schon eingeräumt.« Ana klang noch immer schuldbewusst.

Jane, die in eine lebhafte Diskussion mit drei jungen

Frauen verstrickt war, blickte auf, als sie ihren Namen hörte, und hob grüßend die Hand.

Klara begann in ihrer durchgeschwitzten Kleidung zu frieren, trat auf der Stelle und schlang die Arme um ihren Oberkörper. »Wunderbar, ich geh dann mal und dusch mich.«

»Ich komm mit rauf und zeig dir dein neues Zimmer.« Mac ging mit Klara zur Treppe. Anlässlich der Taufe, zu der sie weg gewesen waren, hatte er seinen Kilt angelegt. »Können wir dir irgendwie helfen? Du brauchst doch neue Sachen. Und überhaupt, es tut mir so Leid.« McEwan blieb vor der aufgebrochenen Tür stehen und blickte ins Zimmer. Er schloss die Augen und holte tief Luft. »Und es ist mein Haus, in dem er das veranstaltet hat. Oder sie. Ich will wissen, wer das war.«

»Mach dir wegen meiner Sachen keine Gedanken. Ich bin gut versichert«, sagte Klara leise. »Aber du kannst mir trotzdem helfen. Ich möchte wissen, was mit dem Haus los ist, von dem ich euch erzählt hab. Alles, was ihr rauskriegen könnt. Das Ganze hat erst angefangen, nachdem ich die Fotos gemacht habe. Camila hat sich schon umgehört, aber niemand scheint die Leute zu kennen, die dort wohnen.«

»Gut.« Mac öffnete die Augen und sah Klara ernst an. »Wenn ich das Schwein kriege …«

* * *

Nichts. Das ganze Theater hätten sie sich sparen können. Keine Fotos von Katharina, weder auf der Kamera noch auf dem Notebook. Erleichtert schloss Enzo mit einem Knall den Deckel. Seit sechs Stunden hatte er systematisch die gesamte Festplatte abgesucht. Bilder hatte er massenhaft gefunden, gar nicht mal schlechte, aber noch keins aus diesem Urlaub. Vielleicht war sie Fotografin, darauf deutete auch die teure Kamera hin. Morgen würde er den Kram mit aufs Boot nehmen und weit draußen versenken. Und dann die ganze Geschichte mit den aufdringlichen Weibern vergessen. Enzo stand auf, schaltete das Licht aus und verließ sein Arbeitszimmer.

Sicherheitshalber sollte er vielleicht noch mal die Texte durchgehen. Vielleicht war sie doch schlauer, als er dachte. Immerhin war Katharinas Bild wochenlang durch die deutsche und spanische Presse gegangen. Möglicherweise hatte sie Verdacht geschöpft und etwas darüber geschrieben. Oder gemailt. Es würde nicht lange dauern, ihre Mails durchzusehen, falls sie ihr Kennwort gespeichert hatte. Nachdenklich zögerte er, dann machte er kehrt, schaltete das Notebook wieder ein und klickte das Mailprogramm an. Das Kennwort war tatsächlich gespeichert. Enzo öffnete das Fach für versendete Nachrichten. Zwölf waren archiviert. Unwichtiger Kram: »Hi Mama, falls du auch in Namibia mal die Mails liest, Grüße und Küsse ...« – »Hi Benno, hier ist das Wetter auch nicht besser als bei euch ...« – »Hi Brigitte ... Küsschen für Fee.« Er grinste. Blödes, einfallsloses Zeug. – »Hi Cam, hier das Foto von dem rätselhaften Mädchen. Viel Erfolg beim Modellieren!« Scheiße! Das angehängte Foto hieß »Nebelkind«. Das war's. Er klickte doppelt auf das Bild, und langsam öffnete sich die Datei, bis ein hervorragendes Foto von Katharina den gesamten Bildschirm ausfüllte. Wenigstens hatten sie offenbar keine Ahnung, wer sie war. Aber wenn die Frau wirklich Fotografin war und ihre Fotos irgendwo veröffentlichte? Irgendjemand würde Katharina erkennen. Vielleicht hatte sie die Bilder auf einer Diskette gespeichert.

Was jetzt? Noch war vermutlich überhaupt nichts passiert. Wahrscheinlich wäre es das Beste, gar nichts zu unternehmen. Die beiden würden das unbekannte Mädchen sicher bald vergessen.

Wie war denn wohl das »Modellieren« gemeint? Würde demnächst eine deutsche Hausfrau mit dem Foto in ihrem

Töpferkurs sitzen? Unruhig sprang Enzo auf, tigerte zum Fenster und wieder zurück zum Schreibtisch. Katharinas leere Augen auf dem Monitor waren direkt auf ihn gerichtet und folgten ihm durchs Zimmer. Fröstelnd klickte er das Foto weg und notierte die Mailadresse von »Cam«, an den oder die das Foto geschickt worden war.

Sollte er mit Jeannette reden? Wenn sie besser aufgepasst hätte, wäre das alles nicht passiert. Und gute Ideen hatte sie selten. Nein, das würde er diesmal allein regeln.

* * *

Jeannette war gar nicht böse gewesen, als der Besucher – Katharina vermied es, ihm einen Namen zu geben – wütend gegangen war. Sie hatte sie sogar zusammen mit den anderen Kindern zum Essen geholt.

Bisher waren »die anderen« nur weinende oder schreiende Stimmen für sie gewesen, und sie hatte gewusst, dass sie nicht die Einzige war. Sie hatte versucht, nicht darüber nachzudenken, wer sie waren und warum sie schrien, und sich angewöhnt, laut vor sich hin zu summen, wenn das Weinen begann. Dann hörte sie nichts mehr. Die Wände des alten Hauses waren dick.

Drei Kinder saßen zusammen mit ihr und Jeannette, die als Einzige keinen Teller vor sich hatte, schweigend an einem runden Tisch, der voller Kerben und fleckig war, aber das dunkle Holz glänzte wie frisch poliert. Auf dem Tisch dampften Schüsseln mit Spaghetti, Tomatensoße und gebratenen Fischen. Sie aßen im Raum neben der Küche, einem großen Zimmer mit weiß gekalkten Wänden, schweren dunkelblauen Samtvorhängen, eingerichtet mit alten Möbeln, einem alten Geschirrschrank, ähnlich wie in ihrer Küche zu Hause … Mama …

Katharina saugte das Fleisch ihrer Wangen zwischen die Zähne und biss zu, bis sie das warme Blut schmeckte.

Schlucken, das Würgen unterdrücken. Sie versuchte, den toten weißen Augen der Fische auszuweichen, und konzentrierte sich auf die anderen Kinder. Sie konnten zwar nicht viel miteinander anfangen, saßen nur gemeinsam am Tisch und musterten sich ab und zu, aber wenigstens war sie nicht allein.

Jacko war der einzige Junge und noch sehr klein, vielleicht vier Jahre alt, kugelrund und rosig. Mit seinem flaumigen blonden Haar erinnerte er an einen Engel. Bis auf seinen abgebrochenen Schneidezahn. Als Einziger stopfte er schmatzend das Essen in sich hinein und wollte immer wieder Dodo und Katharina neben sich mit seinen fettigen Fingern berühren und streicheln. Ständig brabbelte und blödelte er, aber niemand lachte, bis er schließlich wieder aufhörte. Es war auch wirklich nicht witzig, wie er idiotische Grimassen schnitt, den Mädchen neben ihm etwas von seinem Fisch auf den Teller legte und dafür selbst von ihrem nahm, aber er wurde so still und traurig, als ihn niemand beachtete.

Jedes der Kinder war ungewöhnlich hübsch. Sammy hatte fast blauschwarze Haut, war schmal und feingliedrig, mit hohen Wangenknochen, riesigen schwarzen Augen, so dunkel, dass Katharina die Pupillen nicht erkennen konnte, und langen, geflochtenen Zöpfchen mit bunten Perlen am Ende, die fröhlich klackerten, wenn sie den Kopf bewegte. Obwohl Sammy überhaupt nicht fröhlich war. Sie hatte ihr nicht einmal hallo gesagt. Sie hatte gar nicht gesprochen, nur mit unbewegtem Gesicht in ihren Spaghetti herumgestochert. Als Jeannette aufstand, um den Nachtisch zu holen, zwei mit Kokoscreme gefüllte Schokoriegel für jeden, hob sie zum ersten Mal ganz langsam den Kopf und schaute ihr nach. Unverhüllter Hass lag in ihrem Blick, in jeder Faser ihres mageren Körpers. Plötzlich sah sie nicht mehr wie ein trauriges kleines Mädchen aus, sondern erinnerte Katharina an Bilder von Kindern, die sie einmal in einer Zeitschrift gesehen hatte, blutig und verdreckt mit riesigen Waffen im Arm. Mit harten, vorzeitig gealterten Augen starrten sie in die Kamera.

Dodo, die Älteste, sah aus wie eine Sonne. Alles an ihr war gelb. Haare, Pulli, Hose, selbst die bernsteinfarbenen Augen schimmerten golden im Licht. Sie hatte als Einzige Jacko zärtlich den Rücken gestreichelt, worauf er begonnen hatte, seinen Pulli über den Kopf zu streifen. Dodo hatte den Pullover sanft wieder runtergezogen und Jacko weggeschoben. »Immer, wenn man mit ihm kuschelt, fängt er an, sich auszuziehen. Das ist, weil er noch so klein ist«, hatte sie Katharina ernsthaft erklärt.

Sammy brachte die Teller in die Küche und sammelte die Plastikbecher ein. Der Stapel rutschte aus ihren Händen. Becher rollten über die glatten, dunklen Steinfliesen. Sie bückte sich, um sie aufzusammeln. Katharina schnappte erschrocken nach Luft. Das leuchtend bunte, kurze T-Shirt war über Sammys schmalem Rücken hochgerutscht und entblößte ihre nackte Haut, die wie das Negativ eines chaotischen Schnittmusters aussah. Hellbraune und rosa Narben zogen sich kreuz und quer über die schwarze Haut. Schnell blickte Katharina zur Seite und beeilte sich, die restlichen Becher aufzuheben und in die Küche zu bringen. Dann kam Jeannette und trennte sie wieder. Die anderen mussten auf ihr Zimmer gehen, und die Türen wurden hinter ihnen abgeschlossen. Katharina hätte gern gefragt, ob sie sie wiedersehen würde, aber sie traute sich nicht.

Sie selbst durfte in den Garten, in den hinteren Teil, weit entfernt vom Eingang. Ihr Lieblingsplatz war ein kleines Wiesenstück zwischen uralten, kreisförmig gepflanzten Kiefern. Sie setzte sich mitten in den Kreis, zog die Knie an die Brust und umfasste sie mit den Armen. Die Jacke hatte sie über den Kopf gezogen. Ganz kurz hatte sie das tröstliche Gefühl, klein und unsichtbar zu sein. Hoch über ihr bogen sich die Spitzen der Bäume im Wind. Katharina mochte ihr Rauschen, das sich mit dem gleichmäßigen Brausen des Meeres mischte. Sie zog die abgetragene Jeansjacke fester um sich. Wem die wohl vor ihr gehört hatte? Der Schrank in ihrem Zimmer war mit Kinderkleidung voll gestopft. Katharina kniff die Augen zusammen und blickte zum Haus. Die untergehende Sonne färbte den Himmel rot. Gleich musste sie zurück. Sie freute sich schon auf die Nacht. Inzwischen blieb Frodo immer bei ihr, hörte zu und raunte ihr seine Geschichten zu, bis sie vor Müdigkeit auf dem Teppich vor der Kommode einschlief.

Katharina hörte ein Wispern. Am Rand der kleinen Wiese hockte ein Gecko. Seltsam. Geckos waren doch Nachttiere. Der Gecko hob den kleinen Kopf und sah sie mit seinen vorstehenden Augen an. Katharina erkannte die helle sternförmige Verfärbung auf seinem blauen Rücken. Frodo! Aber er ging doch nie aus dem Zimmer. Vielleicht hatte er sich verlaufen. Der Gecko drehte sich um und lief auf ein dichtes Jasmingesträuch zu. Katharina stand hastig auf und ging hinter ihm her. Hin und wieder blieb Frodo stehen und reckte seinen Kopf aus dem Gras, als wolle er sehen, ob sie noch hinter ihm sei. Plötzlich wurde er schneller, glitt unter einen Jasminbusch und verschwand. Katharina zwängte sich unter den dichten Strauch und entdeckte ein kleines Loch im Boden. War Frodo darin verschwunden? Besorgt begann sie zu graben.

Das Loch füllte sich mit lockerer Erde, aus der ein feuchter, muffiger Geruch stieg. Wenn sie weitermachte, würde sie Frodo vielleicht verschütten. Katharina spürte etwas Hartes zwischen ihren Fingern. Behutsam zog sie die Hände zurück und betrachtete ihren Fund. Frodo war das nicht, nur eine Scherbe. Vielleicht könnte sie die für ihre Holzbearbeitung gebrauchen! Katharina wischte den feuchten Lehm mit einem Zipfel ihrer Jacke ab. Das war gar keine Scherbe. Stirnrunzelnd hielt sie das Ding ein Stück von sich weg. Es war recht flach und gewölbt, etwa so groß wie ihr Handteller und ziemlich weiß unter dem Dreck. Und leicht.

In Biologie hatte Katharina immer eine Eins gehabt. An das lebensgroße Plastikskelett konnte sie sich genau erinnern. Als Herr Mörlbach einmal aus der Stunde gerufen wurde, hatte Bernd, der bescheuerte Klassenclown, sich das Skelett geschnappt und war »Huhu, ich bin der Tod, ich hole dich!« rufend durch die Reihen der Mädchen gerannt und hatte jeder klappernd den Kopf mit den leeren Augenhöhlen vors Gesicht gehalten. Dieses Ding hier sah genauso aus, wie ein Hüftknochen des Plastikmanns, nur viel kleiner.

Die welkenden Blüten des Jasmins verströmten einen süßen, fauligen Geruch. Katharina ließ den Knochen fallen und würgte. Sie musste das Loch zuschaufeln und die Erde von ihren Kleidern bekommen. Fast zärtlich hob sie den Knochen wieder auf und schob ihn in den Bund ihrer Jeans. Ihr konnte das nicht passieren, Mama würde sie bald holen.

* * *

»Willst du zuerst die schlechte oder die ganz schlechte Nachricht hören?« Klara war zu spät dran. Eigentlich sollte sie schon seit einer Viertelstunde bei Camila und Gil sein, war aber erst vor zehn Minuten aufgewacht. Sie hatte sich nach der Dusche auf das Bett in ihrem neuen Zimmer gelegt und war sofort für zwei Stunden in einen komatösen Schlaf gefallen. Wahrscheinlich würde sie es nie schaffen, sich mit der südländischen Unpünktlichkeit anzufreunden und ganz selbstverständlich eine Stunde nach der verabredeten Zeit aufzutauchen. Sie fühlte sich noch immer verpflichtet, ihre Verspätung anzukündigen.

»Du kommst heute doch nicht zum Essen?«

»Sooo schlimm auch wieder nicht.«

»Okay, zuerst die schlechte.«

»Ich bin nicht dazu gekommen ein Auto zu mieten und geh erst jetzt los.«

»Ich hol dich ab, bin in fünf Minuten da. Und die wirklich schlechte Nachricht?«

»Du musst morgen mit mir zum großen Shoppen nach Cádiz, weil jemand in mein Zimmer eingebrochen ist und absolut alles kaputtgemacht hat.« Klara versuchte, Camila so wenig wie möglich zu beunruhigen.

»Au verdammt«, stöhnte Camila. »Dir bleibt hier aber auch gar nichts erspart. Soll ich dir irgendwas mitbringen, vielleicht etwas zum Anziehen?«

Klara drehte sich bereits zum zehnten Mal hingerissen vor dem großen Wandspiegel. Die eng anliegende schwarze Hose und der weiche schwarze Pulli von Mrs. Pettigrew saßen wie maßgeschneidert. »Danke, ich hab schon was. Aber kann ich heute Nacht auf eurem Sofa übernachten?« Klara fühlte sich unwohl in ihrem neuen Zimmer. Der leere Raum wirkte unangenehm steril ohne persönliche Gegenstände.

»Klar, auch länger, wenn du willst.«

»Nein, nein, nur heute Nacht wär ich gern bei euch.« Klara griff zu der schwarzen Lederjacke. »Ich sag noch den McEwans Bescheid, dass ich heute nicht zurückkomme, und warte vor dem Hotel auf dich.«

* * *

Das Licht des Vollmonds weckte sie auf. Seit Katharina verschwunden war, hatte Sylvie nie länger als eine Stunde durchgeschlafen. Stets erwachte sie frierend und mit trockenem Mund, rasendem Herzschlag, die kurzen blonden Locken, Shirt und Bettwäsche nass, als hätte jemand einen Kübel eiskaltes Wasser über sie geschüttet.

Sie schaltete die kleine Leuchte auf dem Nachttisch ein.

Mit geübten Handgriffen wechselte sie Hemd und Bettzeug, trank einen Schluck Wasser aus der großen Plastikflasche und rubbelte mit dem bereitgelegten Frotteetuch ihre Locken trocken. An ihre Träume konnte sie sich nie erinnern, und sie war froh darüber. Sie war todmüde. Ihr Körper schmerzte vor Erschöpfung, aber sie war viel zu unruhig, um wieder einschlafen zu können. Mit dem Fuß angelte sie nach einem Schlappen, der unter das Bett gerutscht war, und zog sich einen langen Pullover über den Kopf. Sylvie spürte, wie ihr Puls sich langsam beruhigte.

Als sie auf das Fenster zuging, spiegelte sich ihr Bild in der Scheibe. Sie sah elend aus, wie eine wandelnde Leiche, die Augen tief eingesunken, dunkle Löcher. Die Haare hingen strähnig um ihr bleiches, ausgemergeltes Gesicht. Mit der Zunge fuhr sie über die aufgesprungenen Lippen. Sie musste besser auf sich aufpassen. Wenn sie zusammenbrach, würde niemand mehr nach ihrer Tochter suchen.

Sylvie blickte auf die große Karte der Costa de la Luz. So viel hatte sie schon erfolglos abgesucht und mit Nadeln gekennzeichnet, aber es waren nur winzige Fleckchen in dem riesigen Gebiet. Sie ging in die kleine angrenzende Küche und blickte in die gähnende Leere des Kühlschranks. Muffige Luft schlug ihr entgegen. Ein matschig-brauner Kopf Salat gammelte im Gemüsefach vor sich hin, ein glasiger Zipfel Wurst lag in der hintersten Ecke, daneben stand eine Tüte Milch, vielleicht reichte sie noch für einen Kakao. Misstrauisch roch Sylvie an der Packung, schüttete den Inhalt in einen Topf und krümelte eine halbe Tafel Schokolade dazu. Schwer ließ sie sich auf einen der zwei klapprigen Küchenstühle fallen und fühlte sich, als hätte die Aktion ihre gesamten Kräfte erschöpft.

So viele Häuser, so viele Menschen, die sie befragt hatte, nachdem die Polizei schon nach ein paar Tagen die Suche eingestellt hatte. Überall im Umkreis hatte sie Bilder herumgezeigt, unzählige Flugblätter aufgehängt, hinter Scheibenwischer geklemmt, in fremde Hände gedrückt, Zeitungsartikel und Inserate, Radio- und Fernsehsendungen, in denen sie um Hinweise gebeten hatte ... Mutlos legte sie die Stirn auf die kalte Tischplatte. Was konnte sie denn noch tun? Gab es wirklich niemanden, der ihr weiterhelfen konnte? Ein Zischen vom Herd ließ sie hastig aufspringen. Die Milch! Sie schaltete die Flamme unter dem Topf aus und goss die brenzlig riechende Flüssigkeit in einen großen Keramikbecher.

Nicht einen Moment hatte sie geglaubt, dass Katharina tot sein könnte. Sie fühlte irgendeine Art von Verbindung mit ihr. Auch wenn diese in der letzten Zeit manchmal kaum noch spürbar gewesen war, wusste sie, dass Katharina lebte. War ihr Verschwinden vielleicht doch ihre Schuld, wie die Polizei ihr zu verstehen gegeben hatte? Hätte sie ihrer Tochter nicht erlauben dürfen, allein auf die Klippen zu gehen?

Irgendwo klapperte ein unbefestigter Fensterladen im scharfen Wind, der durch die Ritzen eisig hereinzog. Katharina hatte Socken gehasst. Immer, selbst im tiefsten Winter, lief sie mit nackten Füßen durch die Kälte, auch wenn die Lippen schon blau waren. Hoffentlich würde sie sie rechtzeitig finden. In Katharinas zartem Körper steckte ein unglaublich wacher und eigenständiger Geist, der so an Freiheit gewöhnt war. Aber sie war immer bereit, sich in ihre Gedankenwelt zurückzuziehen, wenn sie mit der Außenwelt nicht leben konnte. Sylvie erinnerte sich an Katharinas Phantasiewelten, in denen sie stundenlang versinken konnte, und wie sie hinterher ihre Erlebnisse genauso realistisch schilderte wie einen Kinobesuch mit der Freundin.

Sylvie dachte an Katharinas erstes Schuljahr. Bereits nach wenigen Wochen war sie immer stiller geworden, hatte jeden Tag etwas kleiner gewirkt. Eine starrsinnige Lehrerin hatte Katharinas überdurchschnittlich schnelle Auffassungsgabe als störend für ihren seit vierzig Jahren unveränderten Unterricht empfunden und sie ausgebremst, indem sie sie immer wieder zum Abschreiben und Auswendiglernen anspruchsloser Gedichte auf den Flur schickte, »bis auch die anderen so weit sind. Das verwächst sich schon«. Sylvie hatte gegen eine widerstrebende Schulleitung gekämpft, bis ihre Tochter in die zweite Klasse versetzt wurde und nach wenigen Tagen wieder vor Energie und Lebenslust sprühte.

Niemals wäre Katharina zu nah an die Klippen gegangen! Abrupt stand Sylvie auf, stellte die Tasse so hart auf die Steinspüle, dass ein Stück der Glasur absprang, und ging zurück ins Schlafzimmer.

* * *

Camila stand schweigend auf, stocherte im Kamin und fütterte das prasselnde Feuer mit einem dicken Holzscheit. Sie und Klara hatten Gil beim Essen die Ereignisse der letzten Tage erzählt. Gespannt wartete sie auf seine Reaktion.

»Ich finde das zwar alles recht mysteriös, aber mir ist völlig unverständlich, wie all diese Sachen zusammenhängen sollen.« Gil griff nach dem Teller mit den Tintenfischen. »Ich würde gern das Foto sehen, vielleicht kann ich dann zumindest eure Beunruhigung besser verstehen.«

Klara stippte ein Stück Weißbrot in das Schälchen mit der Aioli. »Lasst uns doch das Ganze für heute Abend vergessen«, murmelte sie kauend. Ihr Blick pendelte zwischen der Tortilla und den Meeresfrüchten hin und her, bevor auch sie sich ein paar kleine Tintenfische auf ihren Teller legte.

»Ich kann auch allein rübergehen.« Gil nahm den Werkstattschlüssel vom Haken neben der Tür.

»Ich komme mit.« Camila sprang auf.

»Ach, ich auch.« Klara griff nach einem Stück Tortilla als Wegzehrung.

Das grelle Licht der Neonröhren flackerte auf. Grauweißer Zement- und Gipsstaub überpuderte alles und knirschte unter den Schuhen. Camila hob das feuchte Tuch von dem Tonmodell und betastete es prüfend. »Du kannst dir den Kopf ansehen. Das Mädchen ist ziemlich genau getroffen. Ich schätze, morgen kann ich mit dem Eingipsen anfangen.«

Gil hatte bereits den Rechner eingeschaltet. Die alte Festplatte begann wie ein Staubsauger zu brummen. »Stunden später ...« Wie üblich dauerte es mehrere Minuten, bis sich die vertrauten bunten Icons vor dem meergrünen Hintergrund des Monitors platzierten. In der Wartezeit war Gil zu Camilas Werkbank hinübergegangen und starrte den hellen Tonkopf an. »Mein Gott!« Nachdenklich knetete er sein Kinn. »Wenn sie wirklich so aussieht, ist mit ihr allerdings etwas nicht in Ordnung.«

Klara hatte den Internetzugang hergestellt. »Ich bin drin. Du kannst gleich die Plastik mit dem Foto vergleichen, Gil. Wie lautet das Kennwort für die Mails?«

»›Beton‹. Aber ich komme schon.« Camila eilte zum Computertisch und öffnete die Mailbox. Sie klickte die aktuellste Nachricht mit dem Titel »Liebe Grüße, Süße« an und öffnete die angehängte Grafik. »Wieso hab ich denn zwei Mails von dir? Hattest du nicht gesagt, du hast eine geschickt? Diese ist von heute, da war dein Rechner doch schon weg.« Während sich die Grafik langsam öffnete, blickte Camila fragend zu Klara, die stirnrunzelnd auf den Monitor starrte. Camila fröstelte. Kein Grund, nervös zu werden, oder? Aber die seltsamen Ereignisse häuften sich.

»Die ist nicht von mir. Das ist mein Absender, aber ich hab die nicht geschickt.« Klara ging einen Schritt zurück, als hätte sie Angst davor, was das Bild gleich zeigen würde.

Langsam erschien ein riesiger, blutroter Rosenstrauß auf dem Bildschirm.

»Was soll das denn? Ein Witz? Öffne mal die andere

Mail von mir, die von gestern.« Klara stützte die Hände auf Camilas Schultern und beugte sich vor.

Plötzlich wurde der Bildschirm schwarz und das Röhren der Festplatte erstarb.

»Was ist denn jetzt los?« In Erwartung eines Zeichens starrten alle gebannt auf den Monitor.

»Jetzt ist er kaputt.« Camila sprach das Offensichtliche aus.

»Ich versuche mal einen Neustart. Vielleicht war es nur ein Wackelkontakt.« Gil schaltete das Gerät aus. Das kleine Lämpchen über der Taste erlosch und leuchtete nach dem Einschalten wieder rot auf. Sonst tat sich gar nichts mehr. Auf dem Monitor rührte sich nichts, die Festplatte blieb still.

»Äh, das liegt bestimmt am Staub, oder? Du sagst mir ja schon lange, dass das kein Computer aushält.« Camilas Stimme war hoch wie die eines Kindes.

»Woran sollte es denn sonst liegen?« Offenbar nicht restlos von seinen eigenen Worten überzeugt, blickte Gil sie fragend an.

»Ja, woran sonst?«, echote Camila. Sie wollte eine harmlose Erklärung haben, wusste aber eigentlich schon, dass sie keine finden würde. »Und dann noch Rosen. Merkwürdig. Kann das eine alte Mail von dir sein, die irgendwie erst zu spät losgeschickt worden ist?«

»Nein, Schatz, ich hab dich zwar ganz lieb, aber rote Rosen hab ich dir noch nie geschickt. Jetzt können wir auch nicht mehr nachsehen, ob da sonst noch was stand. Zum Glück hab ich sämtliche Bilder auf meinem Server gespeichert. Gehen wir doch rüber und laden sie an Gils Computer herunter.« Klara sah, dass sie vor Anspannung die Tortilla zerquetscht hatte, warf den Brei in einen Müllsack voller Steinbrocken und wischte die fettigen Finger an einem farbverschmierten Lappen ab.

Schweigend gingen sie zurück ins Haus und starteten

ohne Umwege Gils Rechner in seiner Arbeitsecke im Wohnzimmer. Klara tippte ihre Daten ein und wartete auf eine Verbindung zum Server ihres Providers in Deutschland.

»Äh-äh«, quäkte es hämisch aus dem Lautsprecher. »Connection refused« erschien auf dem Monitor.

»Schon wieder, in letzter Zeit stürzt der Server von PONG dauernd ab.« Klara brach das Programm ab und schob abrupt die Tastatur zurück.

»Damit ist das Thema für heute wohl erledigt.« Gil ging zurück zum Tisch und schenkte sich Rotwein ein. »Möchtet ihr auch noch?« Fragend hob er die Flasche.

Camila schüttelte den Kopf. »Danke, aber ich geh schlafen.« Sie ging ins Schlafzimmer, holte Decke und Kissen für Klara und streifte frische Bezüge über. Müde war sie überhaupt nicht, eher sogar aufgedreht, aber sie wollte jetzt in Gils Arme. Hoffentlich verstand er ihre unausgesprochene Botschaft und würde bald folgen.

»Ich bin auch müde.« Klara stellte die Teller zusammen und brachte die Essensreste in die Küche.

Camila nahm den Tellerstapel und trug ihn hinterher.

»Ich geh noch eine rauchen.« Gil nahm sein Glas und verzog sich in Richtung Terrassentür.

»Ich dachte, du rauchst nicht«, rief Klara aus der Küche.

»Ich rauche auch nicht, nur vorübergehend.« Er hob entschuldigend die Hände und verschwand im Garten, bevor Klara weitere Fragen stellen konnte.

»Verdammt!« Camila war das Geschirr aus den Händen gerutscht und auf den Fliesen zerschellt. Sie ließ sich auf die Knie nieder und sammelte hektisch die Scherben auf. »Autsch.«

Klara holte eine Rolle Toilettenpapier aus dem Bad und hockte sich neben Camila. »Zeig her.« Sie nahm ihre Hand, legte Papier darunter und zog behutsam einen kleinen Splitter heraus.

»Er raucht wieder, seit er weiß, dass wir nicht, nicht …« Tränen und Blut mischten sich und malten zartrosa Blüten auf das weiße Papier. Jetzt hatte es sie doch wieder eingeholt.

»Ich weiß, ich weiß, komm her, Cam.« Klara drückte sie an sich und murmelte tröstende Worte.

Camila schlang die Arme um Klaras Hals, lehnte den Kopf an ihre Schulter und spürte, wie ihre Tränen im Pulli versickerten.

* * *

Gil hörte das Wasser im Bad rauschen. Meist schmetterte Camila eigenwillige Interpretationen der aktuellen Charts, sobald sie sich allein in gekachelten Räumen befand. Heute sang Camila nicht. Sein Herz zog sich schmerzhaft zusammen. Sie war alles, was er sich wünschte, beste Freundin, mit der er über alles reden konnte, tabulose und leidenschaftliche Geliebte, eigensinnig, witzig, außerdem einer der klügsten Menschen, denen er je begegnet war.

Camila kam nackt aus dem Bad, feucht und nach Duschgel duftend. Gil konnte sich nie an ihr satt sehen. Ihr Körper hatte sich in den Jahren verändert, war weicher, voller geworden, die Schenkel nicht mehr so glatt wie früher, aber für ihn war sie die schönste Frau, die er je gesehen hatte. Sie verteilte eine cremige Lotion auf der Haut und massierte sie gründlich ein, beugte sich über das Bett und griff nach ihrem ausgebeulten Schlafshirt.

Er schluckte und wandte den Blick ab. »Bist du fertig im Bad?« Eigentlich hatte er gar keine Lust, noch zu duschen, aber plötzlich hatte er schreckliche Angst, mit ihr allein zu sein.

»Muss das noch sein?«, fragte sie leise und legte sich unter seine Decke.

»Ich beeil mich.« Er wusste nicht, wovor er sich fürchtete, am liebsten wäre er aus dem Haus gestürmt und durch die Nacht gelaufen. Nach einer halben Stunde unter der heißen Dusche war er ganz schrumpelig. Das Shirt klebte auf der feuchten Haut. An der Schlafzimmertür blieb Gil stehen und blickte prüfend zum Bett. Vielleicht schlief Camila schon.

»Willst du die ganze Nacht da stehen oder kommst du endlich ins Bett?«

Pech gehabt. Sie lag noch immer unter seiner Decke und hob einladend einen Zipfel hoch. Sobald er lag, rollte sie sich zu ihm und legte ein Bein über seine Hüfte.

»Hast du Angst?« Sacht zeichnete sie mit den Fingerspitzen die Konturen seines Gesichts nach. »Wenn du mich loswerden willst, musst du mich schon wegschicken. Freiwillig geh ich nicht.«

Ein erstickter Seufzer brach aus ihm heraus, ein Laut zwischen Lachen und Schluchzen. »Ich würde es nicht ertragen, dich zu verlieren.«

Sie glitt mit einer Hand unter sein T-Shirt und streichelte seinen glatten, warmen Bauch. »Das wirst du auch nicht.«

»Bitte, halt mich einfach nur fest.« Gil spürte, wie Tränen über sein Gesicht liefen. Noch nie hatte er vor Camila geweint, auch vor keiner anderen Frau – überhaupt nicht mehr, seit er als Sechsjähriger mit dem Knie in eine Rolle Stacheldraht gefallen war. Aber es fühlte sich gut an.

* * *

Das Licht des Vollmonds hielt sie wach. Klara setzte sich auf dem Sofa auf und blickte in den verwucherten Garten. Irgendwelche nachtaktiven Vögel tschilpten, waren aber nicht zu sehen. Wie einfach und unkompliziert doch ihr Leben zu Hause in Dortmund war. Sie stand auf, schaltete die Lautsprecher an Gils Computer aus und versuchte erneut, die Verbindung mit ihrem Server herzustellen. »Connection refused.« Die Jungs von PONG schienen diesmal mit dem Problem gründlich überfordert zu sein.

Wenn sie schon nicht schlafen konnte, konnte sie auch den Vollmond genießen und zum Meer hinuntergehen. Klara zog sich leise an, legte einen Zettel auf das Kopfkissen, nahm den Schlüssel vom Haken und zog geräuschlos die Tür hinter sich ins Schloss.

Der Wind hatte nachgelassen und die Nachtluft war überraschend mild. Klara streifte die Schuhe ab und ließ ihre Füße vom Wasser umspülen. Dann trocknete sie sie mit dem kalten Sand und genoss die Stille, die nur vom Plätschern der Brandung gefüllt wurde. – Und von einem mittlerweile fast vertrauten Hecheln, Schnaufen und Schlabbern. Im Mondlicht silbrig schimmernd, näherte sich die Dogge, wälzte sich begeistert vor Klaras Füßen und ließ sich den feuchten, sandigen Bauch kraulen. Klara setzte sich hin und schmiegte sich an das warme Fell des Hundes. Gemeinsam blickten sie auf das glitzernde Meer und den fahlen Mond, der dicht über dem Wasser hing.

* * *

Das gelbe Mädchen fehlte.

In der Nacht waren die Schreie lauter und grässlicher gewesen als sonst. Katharina hatte lange mit erhobener Stimme summen müssen, um sie zu übertönen, und sich nicht mit Frodo unterhalten können. Als es wieder still war, hatte sie ihm von dem Knochen erzählt, ihn gefragt, ob noch mehr dort in der Erde liege. Er hatte ihr nicht geantwortet.

Jetzt war Dodo nicht beim Essen. Niemand aß. Jacko weinte still vor sich hin, Tränen tropften auf seinen Pudding. Er krampfte seine kleine Faust um den Löffel und rührte unablässig um. Sammy konnte sich kaum bewegen, zitterte vor Anspannung. Sie wirkte wie eine Zeitbombe. Fast war das Ticken zu hören. Alle außer Katharina schienen zu wissen, was los war.

»Wo ist Dodo? Ist sie krank, ich …« Katharinas zaghafte Stimme wurde immer leiser und erstarb dann ganz.

Jacko schaute sie an. Sein Blick glitt verängstigt zu Jeannette. Sammy hielt die Augen auf ihren vollen Teller gesenkt, als hätte sie nichts gehört. Niemand antwortete, nur Jackos Tränen tropften schneller.

Jeannette schob jäh ihren Stuhl zurück und sammelte die noch vollen Teller ein. »Wenn ihr keinen Hunger habt, können wir die fröhliche Runde ja auch auflösen. Du kannst noch raus«, wandte sie sich an Katharina. »Ihr anderen kommt mit.«

Der Himmel verdunkelte sich, als Katharina aus der gläsernen Tür des Wintergartens hinab in den Garten trat. Die Mittagssonne verschwand hinter einer dunkelgrauen Wolkenwand, die der Wind von Norden her über den Himmel schob. Katharina achtete nicht auf die plötzliche Kühle und ging zu ihrer kleinen Wiese hinter den Pinien. Sie hockte sich auf den Rasen, versteckte den Kopf zwischen ihren Knien und begann, vor und zurück zu schaukeln. Der süße Gestank der welkenden Jasminsträucher wehte zu ihr herüber.

Wo war Dodo? Vielleicht einfach krank.

Langsam erhob sie sich und ging zu den Sträuchern. Alles sah noch so aus wie gestern. Mit ausgebreiteten Armen legte sie sich flach auf den weichen Teppich aus faulenden Blättern und Blüten und versuchte zu fühlen, was unter ihr war. Vielleicht gar nichts, und sie hatte einfach ein Teil von einem Tier gefunden.

Und wenn Mama kommen würde, um sie zu holen? Bevor Jeannette sie das erste Mal in den Garten gelassen hatte, hatte sie ihr erklärt, das gesamte Grundstück sei gesichert, es sei unmöglich, an irgendeiner Stelle unbemerkt rein- oder rauszukommen. Katharina bewegte die Füße in den Schuhen und spürte das Kratzen der Socken. Ob Mama sich Sorgen wegen ihrer nackten Füße machte? Katharina versuchte sich vorzustellen, was ihre Mutter gerade tat. Unmöglich. Das Leben endete für sie an den Grenzen des Parks. Was, wenn sie ihre Mutter erwischten? Würden sie sie auch unter dem Jasmin verscharren? Hoffentlich würde Mama sie nie finden.

Frodo hatte gesagt, er würde ihr zeigen, wie sie von diesem Ort verschwinden könnte. Aber sie hatte nicht mitgehen wollen. Sie musste ja hier sein, wenn Mama kam. Aber vielleicht war es doch besser, weg zu sein.

* * *

Camila drückte kleine Tonwürste auf die Plastik. Das würden später die Nahtstellen der Gussform sein. Sie tauchte ihre Finger in den sämig angerührten kalten Gips und schnipste die Flüssigkeit auf den Kopf. Rinnsale liefen wie Tränen die Wangen hinab. Nach und nach verbanden sie sich zu größeren Flächen, bis der Tonkopf völlig bedeckt war. Sorgfältig prüfte Camila die Konsistenz der feinen Schicht, bevor sie den restlichen, mittlerweile quarkfesten Gips dick mit dem Spachtel darüber strich.

Dieser Akt war jedes Mal ein Abschied. Um die Form in einigen Tagen intakt abnehmen zu können, musste sie das Modell zerstören. Sie würde die Nahtstellen mit einem Spachtel behutsam öffnen und Wasser unter die Schale laufen lassen, bis der Ton so voll gesogen war, dass er den Gips absprengte. Die einzelnen Teile konnte sie dann zu einer Form zusammenfügen und ausgießen. Sie strich sich eine immer wieder über die Augen rutschende Locke aus dem Gesicht und gipste sie ein, ohne es zu bemerken.

Camila liebte die Technik der verlorenen Form gerade

wegen des Risikos, alles zu verlieren. Sie war nie vollständig kalkulierbar. Ein fehlerhafter Abguss oder irgendein Defekt des Materials, und die gesamte Arbeit war umsonst. Plötzlich wurde ihr bewusst, dass sie womöglich gerade dabei war, das einzige Abbild des Nebelkinds zu zerstören. Außer den Fotos auf Klaras Server, an die zur Zeit nicht heranzukommen war, existierte nur noch diese Plastik.

Sie kratzte noch etwas Gips aus dem Eimer. Der Kopf war nur noch ein unförmiger weißer Klumpen.

* * *

Klara begann zu rennen. Ihre Füße versanken im trockenen Sand. Der scharfe Wind blies ihr kraftvoll entgegen. Über ihr war der Himmel fast schwarz. Ein Stück weiter vorn trieben schon graue Regenschleier über den Strand. Noch vor einer halben Stunde hatte die Sonne von einem fast wolkenlosen Himmel gestrahlt, und Klara hatte nach einem erfolgreichen, aber anstrengenden Einkaufsbummel in Cádiz einen Strandspaziergang für eine gute Idee gehalten.

Sekunden bevor das Wasser schwallartig herabstürzte, erreichte sie das schützende Dach der *La Ola Bar*. Die graue See schäumte und schleuderte meterhohe Brecher an den Strand. Klara verzichtete heute auf den Meerblick und flüchtete ins Innere. Drei Plastiktische mit roten Lackdecken und hochlehnigen Holzstühlen waren locker im Raum verteilt. Klara zog einen Platz an der Bar vor.

»Hey, Glück gehabt.« Lola polierte Gläser hinter dem Tresen. Ihre Rastalocken thronten heute zu einer gewaltigen Krone verschlungen mittig auf dem Kopf. »Willst du was trinken?«

»Ja, was Heißes.« Klara musterte die Flaschenreihen über der Bar. »Vielleicht …«

Die blau lackierte Blechtür wurde aufgestoßen und knallte krachend an die Wand. »Sorry, das war der Wind.«

Klara und Lola starrten auf den triefenden Mann, der sich das Wasser aus den Haaren schüttelte. Schwarze Locken hingen strähnig in ein schmales, äußerst attraktives Gesicht. Die ebenso schwarzen Augen, gesäumt von langen gebogenen Wimpern, schienen sich zu entschuldigen. Unter dem nassen T-Shirt und der leichten Baumwollhose zeichnete sich deutlich sein sehniger Körper ab.

»Lecker.« Lola riss ihre Augen von dem Ankömmling los und warf Klara einen schmunzelnden Blick zu. »Also, ja, immer lecker bei dem Wetter ist Kaffee mit Brandy. Oder ein Grog.«

»Ja, den nehm ich. Ist hier noch frei?« Der Hübsche war zur Bar gekommen und bestieg elegant den Hocker neben Klara.

»Sicher, außer uns ist keiner hier. Ich hätte auch gern einen Grog.« Mit einer ungeschickten Handbewegung stieß Klara vor den Aschenbecher, der auf der anderen Seite rumpelnd auf den Boden fiel.

Lola hob ihn mit ungerührter Miene wieder auf, goss großzügig doppelte Portionen Rum und heißes Wasser in drei Gläser und setzte sich zu den beiden.

»Sie sind bestimmt Italiener, stimmt's?« Lola zwinkerte Klara zu und freute sich wohl schon auf einen neuen Überraschungserfolg.

»Nein, waschechter Spanier.«

Klara glaubte ein kurzes Aufblitzen von Ärger in seinen Augen wahrzunehmen, aber es war so schnell vorbei, dass sie es sich vermutlich nur eingebildet hatte. Er ging nicht weiter auf Lolas Einschätzung ein, sondern wendete sich Klara zu und strahlte sie an. Für einen Moment verhakten sich ihre Augen ineinander. Klara senkte die Lider und betrachtete interessiert ihre Hände, die unablässig den blauen Glasaschenbecher drehten.

Lola blickte von einem zur anderen. »Ich muss noch spülen. Wenn ihr was wollt: einfach rufen!« Sie rutschte vom Hocker und verzog sich diskret in die Küche.

Klara legte ihre Hände um den wärmenden Grog und spürte, wie die Hitze direkt in ihre Wangen stieg. Sie stellte das Glas zurück auf den Tresen und versuchte sich auf die richtige Dosis Zucker zu konzentrieren, aber ihr Blick verirrte sich immer wieder zu den vollen Lippen ihres Nachbarn. Das aufregendste Erlebnis des letzten Jahres mit einem Mann war die Mund-zu-Mund-Beatmung im Erste-Hilfe-Kurs gewesen.

»Machen Sie Urlaub oder sind Sie beruflich hier?«

»Nicht beruflich, nur Urlaub.« Bravo, intelligent und eloquent, lobte Klara sich.

Der Schöne bewegte fröstelnd die breiten Schultern unter seinem nassen Shirt und zupfte an den klebenden Hosenbeinen. Beim Lächeln erschien in seiner rechten Wange ein Grübchen.

Klaras Gesicht leuchtete inzwischen vermutlich wie ein Feuerlöscher. Mechanisch rührte sie noch immer im Grog. »Und Sie, leben Sie hier?«, übernahm sie souverän die Gesprächsführung.

»Ja, normalerweise ist das Wetter um diese Jahreszeit deutlich besser.«

»Ich weiß, ich bin öfter hier.« Tolles Gespräch.

»Wenn Sie sich einen Strandurlaub vorgestellt haben, wird Ihnen bei dem Wetter bestimmt öfter langweilig sein? Oder unternehmen sie auch Ausflüge ins Umland?«

»Ach, kaum. Ich genieße vor allem die Ruhe«, erklärte Klara und stieß zielstrebig den Grog um. Das heiße Getränk ergoss sich über die Hose ihres Gesprächspartners, der hastig aufsprang und dabei den Hocker umwarf.

»Bei euch alles klar?« Lola steckte besorgt das gekrönte Haupt aus der Küche.

»Ja, ja, alles in Ordnung.« Er wedelte mit den Hosenbeinen, um sie abzukühlen. »Wir hätten gern noch einen Grog. Wenigstens ist mir jetzt nicht mehr so kalt. Schade, nachdem Sie so lange gebraucht haben, um den Drink zu zuckern.«

Klara verwarf den Gedanken, ihn mit einer Serviette abzutupfen, und schaute verzweifelt zum Fenster. Der Wind peitschte den Regen fast waagerecht über den Strand. An Flucht war nicht zu denken.

Lola erfasste die Lage mit einem Blick und schüttete grinsend einen dreifachen Rum in Klaras Glas. »Versuch mal, ihn zu trinken, das hilft.« Sie verschwand trotz Klaras beschwörenden Blicken ungerührt hinter der Küchentür.

Der waschechte Spanier stellte seinen Hocker hin und setzte sich wieder. »Also, Sie sind öfter hier?«, nahm er den etwas eintönigen Gesprächsfaden wieder auf.

Klara holte tief Luft und zwang sich, ihn anzublicken. Immerhin, schlimmer konnte es nicht mehr werden. »Ja, ich besuche Freunde.«

»Spanier oder Residenten?«

»Echte Eingeborene. Wenn Sie hier leben, haben Sie bestimmt schon von meiner Freundin gehört. Sie gehört quasi zur Lokalprominenz. Camila Cabrera.«

»Was? Die Bildhauerin?!« Er wirkte beeindruckt, fast schon bestürzt.

»Mögen Sie ihre Sachen?«

»Ja, das heißt, nein, eigentlich kenne ich gar nichts von ihr. Bis auf den Namen.«

»Ach, ich dachte. Sie hörten sich gerade so überwältigt an, als wären Sie ein glühender Bewunderer.«

»Nein, nein, ich mach mir nichts aus Kunst. Aber ihre Plakate hängen ja überall rum. Sie hat doch demnächst eine Ausstellung, oder?«

»In sechs Wochen. Aber dann bin ich schon wieder in Deutschland.« Klara fühlte sich langsam sicherer, der andere wirkte immer nervöser.

»So, es hört langsam auf zu regnen. Ich muss dann mal wieder los.« Seine Lippen waren zu einem schmalen Strich zusammengekniffen.

Klara verstand plötzlich nicht mehr, wieso sie ihn noch vor ein paar Minuten so attraktiv gefunden hatte. Er kramte ein paar Münzen aus der Hosentasche und legte sie auf den Tresen. Sie sah aus dem Fenster. Es regnete unverändert heftig.

»Adiós.«

Lola spähte aus der Küche. »Wie, ist er schon gegangen? Aber es gießt doch noch. War er etwa sauer, weil du ihn ein bisschen mit dem Grog verbrüht hast?«

»Keine Ahnung. Plötzlich meinte er, es hört auf zu regnen, und war weg.«

»An deiner Flirttechnik solltest du vielleicht noch etwas arbeiten«, schlug Lola grinsend vor. »Was hältst du jetzt von ein paar Tapas?«

* * *

»Wir unterhalten hier kein Kindererholungsheim. Wenn Cornelsen sie nicht mehr will, werden wir sie bei den anderen einsetzen oder sie muss weg.« Jeannette saß in einem weißen Hausanzug auf dem Bett in ihrem Schlafzimmer und lackierte sich die Fingernägel. Der stechende Geruch von Lösungsmittel hing im Raum. Am Fußende lagen ineinander verschlungen der helle und der dunkle Hund.

»Aber das schafft sie nicht. Sie ist so durch den Wind, sie würde nur die Kunden verschrecken. Wir sollten ihr noch ein paar Wochen Zeit mit den anderen Kindern geben, bevor wir sie im normalen Betrieb einsetzen.« Enzo hatte sich auf dem geblümten Polsterhocker vor dem Spiegeltischchen niedergelassen und aschte in eine halb volle Espressotasse.

»Ach was, ich dachte da an Berjeaux, der steht doch auf komplett abgedrehte Sachen. Dem kann's gar nicht herb genug sein. Dann muss nicht immer Sammy dran glauben. Nach dem, was er mit ihr angestellt hat, ist sie ganz schön im Wert gesunken.« Jeannette betrachtete Enzos Bauch, dessen Waschbrett-Muskeln, in die er einen großen Teil seiner Zeit investierte, sich deutlich unter dem hautengen T-Shirt abzeichneten. Eigentlich reizte er sie nicht mehr, aber immer, wenn er ihr das Gefühl gab, sie widerlich zu finden, begann es zwischen ihren Beinen zu pochen. Allerdings wäre es mehr als unklug, ihn ihr Verlangen spüren zu lassen. Nervös rutschte sie auf dem Bett hin und her.

Enzo schob Cremetöpfchen über den Tisch und gruppierte sie um die Espressotasse. »Stimmt, Berjeaux müsste klappen. Aber es kann gut sein, dass er mit ihr die Nummer seines Lebens schiebt und sie danach gar nicht mehr zu gebrauchen ist. Das sollten wir beim Preis berücksichtigen.« Mit einem Finger zeichnete er ein Dollarzeichen in die Luft.

»Na also, sind wir uns mal wieder einig. Er hat einen Termin in zwei Wochen. Dann kann sie auch noch eine Weile ihre Ruhe genießen.« Jeannette leckte sich die Lippen wie eine zufriedene Katze und lächelte ihn an. »Und wenn sie wirklich durchdreht, schaffen wir sie uns vom Hals. Das wäre sowieso die sicherste Variante. Aber diesmal weit weg von hier.«

Enzo drehte ihr den Rücken zu und musterte sie im Spiegel mit einem eiskalten Blick, der ihr vor Begehren den Schweiß ausbrechen ließ, aber sie hielt sich zurück. Vermutlich würde er sie ohnehin abweisen.

Bei der Vorstellung einer Zurückweisung stiegen wieder die Erinnerungen in ihr auf. Jeannette atmete tief ein. Vorbei. Sie hatte es geschafft, sie war reich, hatte die Macht. Niemand würde je wieder Gelegenheit bekommen, sie abzuweisen. Sie stand auf, öffnete die hohen Fensterflügel und blickte in den Garten. »Ich denke, wir haben alles besprochen. Ich möchte allein sein.«

* * *

Weit draußen schipperte ein Fischerboot. Hungrige Möwen flatterten um den Mast. Der böige Wind kühlte Klaras schweißnasses Gesicht und riss reihenweise die Segel der Surfer um. Klara schirmte die Augen mit der Hand gegen die grelle Morgensonne ab und blickte über den Strand. Die Dogge war nicht zu sehen. Etwas enttäuscht richtete sie ihre Aufmerksamkeit wieder auf das Meer.

»Au, verflucht!« Sie hätte besser auf Seeigel geachtet. Die Joggingschuhe hingen fein säuberlich zusammengeknotet um ihren Hals.

Klara hatte sich im Laufe der Zeit schon einige Splitter aus den Füßen gepult, aber es war immer wieder ein unvergleichliches Gefühl, den nassen Sand unter den Füßen zu spüren. Seeigelstachel in der Ferse allerdings auch. Sie ließ sich auf ihr Hinterteil fallen und begutachtete den Schaden. Abgebrochen, zwanzig Stacheln, mindestens. Vor Schmerz und Wut traten ihr Tränen in die Augen. Zu blöd. Sie erhob sich vorsichtig und versuchte, nur mit der Fußspitze aufzutreten.

»Verdammt!« Mit einem Schmerzensschrei ließ sie sich sofort wieder fallen. Sie würde auf den Knien zum Hotel rutschen müssen. Klara zitterte. Der Wind fuhr schneidend kalt unter ihr durchgeschwitztes Sweatshirt. Sie krabbelte schneller, um sich aufzuwärmen.

Plötzlich blickte sie direkt in die Augen der Dogge. Begeistert über Klaras erfinderisches Spiel stupste sie ihr die nassen Lefzen ins Gesicht, warf sich auf den Rücken und strampelte glücklich mit den langen Beinen.

Mit etwas Abstand kam langsam der Hundebesitzer auf

Klara zu, diesmal in Jeans und Norwegerpulli. Der gesichtslose blonde Surfer im Gummianzug entpuppte sich als gut aussehender Mittdreißiger. »Hast du etwas verloren?«

Ausgerechnet jetzt kroch sie wie eine Schnecke über den Strand. »Äh, nein, nicht direkt.« Wie geistreich. Im lockeren Geplauder mit attraktiven Männern war sie offenbar etwas außer Übung. »Genau genommen kann ich nicht laufen.« Sie wurde deutlich besser. »Jedenfalls nicht jetzt. Ich bin in einen Seeigel getreten.« Jammervoll hob sie ihren Fuß.

Der Surfer setzte sich zu ihr in den Sand und besah sich ihre Ferse. Sein schmales Gesicht spiegelte Besorgnis.

Aufgeregt bellend rannte die Dogge um sie herum und quetschte sich hechelnd zwischen sie.

»Kann ich dir helfen? Dich vielleicht zu einem Arzt bringen?«

Darauf brauchte sie sich noch nichts einzubilden. Er konnte sie schließlich schlecht mit einem »Tut mir Leid« weiterrobben lassen.

»Nein, danke, ich möchte nur zurück zum Hotel. Die Wirtin dort hat ein geniales Hausmittel. Sie macht Tomatenwickel, die ziehen die Stacheln raus.«

»Ich kann dich fahren, mein Auto steht an der Surfstation. Ich bin übrigens Jan Lempert.« Er zeigte auf den Hund, der Klara seinen schweren Kopf auf den Oberschenkel gelegt hatte und sich genüsslich das Kinn kraulen ließ. »Und das ist Elfchen.«

»Elfchen?«

»Ich weiß, ein absolut bescheuerter Name. Aber Elfchen weigert sich, auf irgendetwas anderes zu hören.«

»Oh, witzig. Ich heiße Klara. Ich würd mich freuen, wenn du mich fährst.« Klara begann, in Richtung Auto zu kriechen.

Jan stand auf und ging ihr nach. »Ich denke, es geht schneller, wenn ich dich trage, okay?«

»Wenn ich nicht zu schwer bin.«

Er blickte lächelnd auf sie ihr hinunter. »Wird schon klappen.«

Siedend heiß wurde Klara bewusst, dass sie wie ein Puma stinken musste. Am besten, sie versuchte, die Arme möglichst dicht am Körper zu halten. Mühelos hob er sie auf. Unter dem kratzigen Pulli spürte Klara seinen harten Körper. Elfchen leckte winselnd ihre Knöchel. Sie hätte es vorgezogen, zusammen mit dem Hund weiter auf allen vieren über den Strand zu robben.

»In welchem Hotel wohnst du?« Jan drehte den Kopf und blickte sie an.

Klara wurde ein wenig schwindelig. Seine Augen waren so nah, dass sie die Wimpern zählen konnte. »Im *La Luz*. Kennst du es?« Sie reckte möglichst unauffällig den Kopf und schnupperte am Ausschnitt seines Pullis. Er roch gut.

»Sicher, das kleine Hotel direkt am Hafenausgang. Mit dem Wagen ist es nicht weit.« Sie hatten sein Auto erreicht, einen blauen Kombi, voll gepackt mit Surfutensilien. Sanft ließ er Klara auf den Sitz voller Hundehaare gleiten und öffnete die Heckklappe für Elfchen. Klara verzog das Gesicht, als sie ihren verletzten Fuß auf den Boden stellte.

»Geht's so?«

»Bestens. Lebst du hier?« In Gesprächsanfängen bekam sie langsam Routine.

»Für eine Weile.« Er blickte sie kurz von der Seite an. »Seltsam, dass Elfchen so begeistert von dir ist. Normalerweise lassen Fremde sie völlig kalt. So was hat sie noch nie gemacht.«

Die Dogge hörte ihren Namen und legte den Kopf schnaufend neben Klara auf die Rückenlehne.

»Wir sind da«, stellte Klara leise fest. Sie hätte noch stundenlang mit den beiden herumfahren können.

Direkt vor dem Haus parkte ein pinkfarbener Chevy.

Aus den geöffneten Fenstern dröhnten Techno-Beats. Die beiden bemützten Jungs stellten den Motor ab, hievten Ghettoblaster und Rucksäcke aus dem überdimensionalen Kofferraum und schlenderten im Rhythmus ins *La Luz*.

»Zimmernachbarn?« Jan parkte den Kombi neben der staubbedeckten Karosse.

»Das sind wahrscheinlich die neuen Gäste.«

»Elfchen, du wartest hier.«

Leise winselnd kroch der Hund auf den Vordersitz und rollte sich mit einem leidenden Blick zusammen.

Klara kuschelte sich noch einmal an den angenehm kratzigen Norwegerpulli, bevor Jan sie in der Hotelhalle in einem der Korbstühle absetzte. Aufmerksam zog er einen zweiten Stuhl heran und legte ihren Fuß auf das weiche Kissen. Er hockte sich vor Klara hin, legte die Arme auf die Lehne und musterte sie. »Soll ich jemanden holen oder dich auf dein Zimmer bringen?«

»Nein, danke, ich warte hier. Ana kommt bestimmt gleich. Wirklich nett von dir, mich zum Hotel zu bringen. Das Kriechen war doch etwas mühselig.«

»Hab ich gern gemacht. Dann viel Glück mit dem Fuß. Vielleicht treffen wir uns noch mal am Strand.« Er machte nicht den Eindruck, als wollte er sie unbedingt wiedersehen.

»Ja, vielleicht. Bis dann. Und danke.«

»Bis dann, adiós.«

Klara beobachtete leicht enttäuscht, wie Jan ohne einen Blick zurück in den Wagen stieg.

»Wow, wer um Himmels willen war das denn?« Jane stürmte durch die Terrassentür herein. »Ich hab euch durchs Fenster beobachtet, aber ich dachte, ich störe lieber nicht.«

»Das haben Sie gut gemacht. Aber leider gab's gar nichts zu stören. Jan hat mich am Strand aufgesammelt, als ich gerade in einen Seeigel getreten war, und mich nur abgesetzt.« Klara zog ihren lädierten Fuß auf den Schoß und begutachtete die mittlerweile auf Faustgröße angeschwollene Ferse. »Ich fand, er sah ganz nett aus«, murmelte sie beiläufig.

»Nett? Kindchen, um so einen Mann kennen zu lernen, würd ich mit Begeisterung in einen Seeigel treten.«

Klara blickte auf Janes unberingte Hand. »Sind Sie eigentlich verheiratet?«

»Soweit ich weiß, zur Zeit nicht. Aber schon ein paar Mal. Ziemlich unergiebige Angelegenheit. Nicht, dass ich dem männlichen Geschlecht abgeneigt wäre. Allerdings würde ich ihm nicht unbedingt vor dem weiblichen den Vorzug geben. Mit Frauen amüsiere ich mich viel besser. Unter anderem. Aber das führt jetzt zu weit. Nein, ich hatte durchaus einige anregende, spannende Beziehungen, allerdings nie für lange Zeit.«

»Wo leben Sie eigentlich?«

»Im Moment hier. Solange es mir gefällt.«

Klara seufzte neidisch. »Haben Sie schon immer so gelebt oder irgendwann damit angefangen?«

»Es hat sich so ergeben, als der Zeitpunkt stimmte. Aber jetzt sollten langsam die Stacheln aus Ihrem Fuß entfernt werden, bevor Sie uns an einer Blutvergiftung wegsterben.«

* * *

Behutsam führte Camila das Messer ein. Mit einer sanften Drehung erweiterte sie den Spalt. Das müsste reichen. Seit einer Stunde öffnete sie zentimeterweise die Nahtstellen der Gipsschicht. Dann hob sie den schweren Kopf auf, setzte ihn in das große, quadratische Keramikwaschbecken und berieselte ihn mit einem weichen Wasserstrahl. Sie spürte das vertraute Kribbeln im Bauch, das die entscheidenden Arbeitsgänge begleitete. Vorsichtig schob sie ihre Finger in die Zwischenräume. Das Tonmodell wurde vom einströmenden Wasser aufgeweicht und fühlte sich kalt und glitschig an. Der Gips blieb hart. Camila steckte die Fingerspitzen unter die Form. Mit Geduld und Gefühl wiederholte sie den Vorgang an der nächsten Naht, bis sie das erste Stück abheben konnte. Langsam saugte sich der Ton mit Wasser voll, dehnte sich aus und begann, die Gipsschale abzusprengen.

Camila legte die Einzelteile der Gussform auf ein trockenes Tuch. Vom ursprünglichen Modell war nur noch ein deformierter, vom Wasser dunkel gefärbter Klumpen geblieben.

In einem Plastikeimer rührte sie neuen Gips zu einer festen Pampe, mit der sie die Nahtstellen verschloss. Später würde sie den Abguss anfertigen.

* * *

Dicke schwarzgraue Gewitterwolken verdunkelten den Himmel, über den immer wieder helle Blitze zuckten. Das aufgewühlte Meer brandete wild an die Felsen unter Klaras Balkon und wurde nur vom Krachen des Donners übertönt. Die Luft roch nach Ozon. Noch regnete es nicht. Klara lag in einem dicken Wollpulli bei geöffneten Balkontüren auf dem Bett und genoss das Toben der Elemente. Der rechte Fuß war dick mit Tomatenscheiben und Mulltüchern umwickelt und steckte in einer Plastiktüte.

»Störe ich?« Die Zimmertür öffnete sich einen Spalt und Jane steckte den Kopf herein. »Mein Klopfen haben Sie bei dem Getöse vermutlich nicht gehört. Haben Sie Lust auf einen kleinen Drink? Sherry. Knochentrocken, Spezialabfüllung.« Sie schob einen Arm mit einer Flasche ins Zimmer und den zweiten mit Gläsern hinterher.

»Gern, kommen Sie doch ganz rein.« Klara setzte sich auf und räumte den Nachttisch frei.

»Ich habe Ihnen noch etwas mitgebracht.« Jane zog eine ausziehbare Krücke aus Aluminium hervor. »Sehr stabil und wiegt fast nichts.«

»Sie sind ein Engel.« Klara klopfte einladend neben sich auf das Bett und beobachtete lächelnd, wie Jane den hellen Sherry großzügig in zwei Wassergläser einschenkte. »Ihrem Zimmer nach scheinen Sie sich mit Computern auszukennen. Ich hab möglicherweise ein Problem in dem Bereich. Vielleicht können Sie mir weiterhelfen?«, fragte Klara zögernd.

»Versuchen Sie's!« Jane hob auffordern ihr Glas und nahm einen tiefen Schluck, den sie genussvoll im Mund kreisen ließ. Erwartungsvoll sah sie Klara an.

»Gestern Abend ist der Computer meiner Freundin kaputtgegangen, als sie eine E-Mail von mir geöffnet hat, die abgeschickt wurde, nachdem mein Rechner schon gestohlen war. Ist es möglich, durch eine E-Mail einen fremden Computer komplett zu zerstören?« Von einem grellen Blitz geblendet schloss Klara die Augen.

»Ein Kinderspiel. Im wahrsten Sinne des Wortes. Es reichen geringe Pearl-Kenntnisse, um ein Script zu schreiben, das den Computer lahm legt, wenn es geöffnet wird. Jemand verschickt eine Mail mit einem Miniprogramm. Üblicherweise nimmt man dazu eine Mail mit angehängtem Foto. Wird das Bild angeklickt, wird gleichzeitig das unsichtbar mitgeschickte Programm gestartet. Während sich das Bild aufbaut, läuft es im Hintergrund und löscht alle Daten auf der Festplatte. Sie und Ihre Freundin hatten wohl etwas auf Ihren Rechnern, von dem jemand nicht wollte, dass es dort war. Haben Sie eine Ahnung, was das gewesen sein könnte?« Jane goss noch etwas Sherry in beide Gläser. Offenbar fand sie die Ereignisse recht alltäglich.

»Mir fallen nur die Fotos des Mädchens aus dem Park ein.« Klara erzählte Jane von ihrem Erlebnis vor der Villa und den seltsamen Dingen, die sich seither ereignet hatten. »Aber wem sollten die Bilder nützen? Ich habe sie auch noch auf meinem Server.«

»Sind Sie sicher?«

»Ja, schon, ich konnte zwar seit zwei Tagen …« Klaras Worte gingen im Getöse des Donners unter.

»Wir können nachschauen. Schaffen Sie es zu meinem Zimmer?« Janes Augen funkelten begeistert. Ohne eine Antwort abzuwarten, erhob sie sich und ging zur Tür. Klara griff nach der Krücke und humpelte mühsam hinterher.

Jane hob die Bücher von zwei Stühlen auf den Teppich und rückte sie vor die Computertische. »Nennen Sie mir Ihre Zugangsdaten!« Mit unglaublicher Geschwindigkeit hämmerten ihre Finger in die Tasten.

»196.936.75.7, user ID ›klara‹, Kennwort ›Fee‹.

Ohne hinzuschauen tippte Jane die Angaben ein und zündete sich dabei eine Zigarette an. »Connection refused.«

»Ach, das ist ganz normal, das geht schon seit Tagen so.«

Jane ignorierte Klaras beruhigende Worte, suchte über die Online-Telefonauskunft bereits die Hotline-Nummer von PONG und hielt Klara den Hörer hin. »Dann rufen Sie Ihren Provider an und erkundigen sich.«

»Ist das nicht leicht paranoid?«

»Paranoia ist in diesem Bereich überlebenswichtig. Die Frage ist immer nur, in welchem Maße.«

Zögernd und ohne rechte Überzeugung nahm Klara den Hörer. »Da ist jetzt ohnehin niemand mehr.« Sie wählte. »Klara Keitz, hallo, ich bin eine Ihrer Userinnen und komme nicht … – Oh, äh … Ja, das bin ich. Wann war das? Nein, auf keinen Fall von mir.« Sie warf Jane einen ungläubigen Blick zu. »Ja, mein Notebook ist gestohlen worden … Tut mir wirklich Leid … ja, ja … nein … ja, tschüss.«

Klara legte bestürzt den Hörer auf. »Sie hatten offenbar Recht. Gestern ist der Server lahm gelegt worden, verursacht durch eine Mail, die über mein Postfach reinkam. Sie haben die ganze Nacht durchgearbeitet, und als sie das wieder im Griff hatten, ist heute Morgen eine Mail mit meinem Absender eingegangen, laut Betreffzeile eine Entschuldigung und Erklärung. Beim Öffnen ist dann ein Virus in Gang gesetzt worden, der sämtliche Daten auf dem Server endgültig zerstört hat. Die Jungs sind völlig fertig. Und sauer natürlich. Ich hab das Gefühl, es ist meine Schuld.« Klara ließ die Schultern hängen.

»Blödsinn, das ist die Schuld desjenigen, der den Virus geschickt hat. Und derjenigen, die ihren Server nicht vernünftig gesichert haben. Unglaublicher Leichtsinn, auf so etwas fallen heutzutage schon die meisten Privatleute nicht mehr rein. Aber sind Sie denn gar nicht neugierig, warum das alles passiert? Wenn sich jemand so viel Mühe gibt, um ein paar Fotos zu vernichten, muss da doch eine äußerst brisante Geschichte hinter stecken.« Jane zündete sich eine neue Zigarette an.

»Nun, wir haben uns schon umgehört, aber nichts herausbekommen. Niemand weiß etwas über diese Villa, und die Polizei fand die Vorfälle auch nicht alarmierend. Camila und ich wollen eigentlich noch mal zu dem Haus fahren, aber ich denke nicht wirklich, dass uns das neue Erkenntnisse bringt.«

»Was halten Sie denn von einer kleinen Online-Recherche? Man könnte zum Beispiel beim hiesigen Grundbuchamt nachschauen, wem das Haus gehört.« Jane schien in ihrem Element und wirkte lebendig und unternehmungslustig wie ein junges Mädchen.

»Aber zu diesen Informationen hat man doch keinen Zugang.«

»Man nicht ...« Geübt schob sie die Zigarette in den Mundwinkel und hackte in die Tasten. Rasend schnell wechselten die Bilder und Schriftzüge auf dem Bildschirm. Ab und zu piepste der Computer. Prasselnd setzte der

Regen ein und verdeckte wie ein silberner Vorhang die Sicht auf den Hafen.

»Na also, drin. Ich muss mich jetzt nur etwas beeilen … Da haben wir's!« Zügig schloss Jane sämtliche Fenster auf dem Monitor und öffnete die heruntergeladene Datei. Mit zusammengekniffenen Augen überflog sie den Inhalt und drückte die Zigarette aus. »Voilà, die Besitzerin! Mrs. Jeannette Gavenport. Seit vier Jahren Eigentümerin der Villa Vejez. Wie nett: Villa Lebensabend. Hier, sehen Sie, Klara, jede Menge Umbauten, für die Genehmigungen beantragt wurden, fast als hätte sie aus dem Landhaus ein Hotel machen wollen. Und hier haben wir sogar den Name des Architekten, der den Umbau übernommen hat.« Jane lehnte sich zurück, blickte sehr zufrieden zu Klara und zündete sich eine neue Zigarette an. Dicke Rauchschwaden waberten durchs Zimmer.

»Äh, Jane … War das möglicherweise illegal?«

»Ach, meine Liebe, illegal, das ist ein weiter Begriff …« Jane wedelte mit der Hand lässig durch den Qualm. »Da gab's doch noch nicht mal Firewalls, die ich hätte knacken können. Ich würde es eine kleine Fingerübung nennen.« Sie schaute auf ihre winzige Platinuhr. »Ich muss jetzt noch etwas arbeiten. Wenn ich fertig bin, könnte ich mal nachsehen, ob es irgendetwas über die Besitzerin zu finden gibt.«

Klara hinkte kichernd zur Tür. »Was genau machen Sie beruflich eigentlich?«

* * *

»Mmmpfhh.« Klara biss fester auf das zusammengerollte Küchentuch und quetschte Camilas Hand, bis diese aufstöhnte.

»Halt still, wenn du immer wegziehst, bekomme ich die Stacheln nie raus«, schimpfte Ana, die sich mit einer

Pinzette über Klaras Fuß beugte. »Nur noch drei Stück. Eine Minute, wenn du mit dem Gezucke aufhörst. – Das war's. War doch gar nicht so schlimm.« Ana ließ den letzten Stachel auf ein Glastellerchen fallen, strich antiseptische Salbe auf Klaras Ferse und legte einen festen Verband an.

»Du warst so tapfer. Ich bin stolz auf dich.« Camila zog das Tuch zwischen Klaras Zähnen hervor und tupfte ihr imaginäre Schweißtropfen von der Stirn.

»Bilde ich mir das ein, oder macht ihr euch über mich lustig?« Klara schmollte, musste dann aber selbst grinsen.

»Ich hab was!« Jane stürmte papierwedelnd in Klaras Zimmer. »Jeannette Gavenport, die Besitzerin der Villa, ist immerhin nicht unbescholten, vielleicht hat sie sogar ihren Vater auf dem Gewissen.«

»Aua! Verdammt! Wieso ist sie dann in einer Villa in Andalusien und nicht im Gefängnis?« Stöhnend legte Klara ihr Bein auf einen anderen Stuhl und massierte ihren Oberschenkel.

»Na ja, genau genommen … Ihr konnte nie etwas nachgewiesen werden. Aber ich finde es zumindest verdächtig, wenn nicht eindeutig.« Jane blickte auf die Blätter in ihrer Hand. »Diese Jeannette, jetzige Gavenport, ist eine geborene von Bredow, alter deutscher Industrieadel. Ich weiß nicht, ob eine von Ihnen die Klatschspalten liest, ist auch schon länger her, aber dort tauchten sie früher regelmäßig auf. Die klassische Bilderbuchfamilie. Jeannette war das kleine Prinzesschen, bis plötzlich, sie war vierzehn, der Vater bei einem Unfall starb. Er stürzte im eigenen Haus die Treppe runter. Nur die Tochter war dabei. Am nächsten Tag wurde Jeannette in ein piekfeines Internat in Lausanne geschickt, und die Mutter wollte sie bis zu ihrem Tod vor sieben Jahren nie wieder sehen. In dieser Zeit hat sie fast das gesamte Erbe durchgebracht. Der Rest reichte Jeannette gerade für ein angemessenes Studium in Oxford, wo sie einen zwanzig Jahre älteren Richter heiratete, der bei einem mysteriösen Einbruch vor vier Jahren starb.« Jane holte tief Luft und blickte die anderen erwartungsvoll an.

»Und jetzt ist sie hier und hat ein Mädchen im Garten, das unter keinen Umständen fotografiert werden soll. Und was sagt uns das?« Ratlos sah Camila die anderen an.

»Nun, erst mal sagt mir das gar nichts.« Klara erholte sich zusehends. Sie warf einen Blick zu Camila. »Wenn du den Kopf fertig hast, sollten wir ihn vielleicht mal dem netten Polizisten zeigen. Vielleicht fällt ihm dazu was ein.«

* * *

»Ich versteh nicht, was das soll. Entweder irgendwas stimmt wirklich nicht, dann ist es Sache der Polizei, oder ihr steigert euch da in was rein.« Gil goss bernsteinfarbenen Honig auf eine Brotscheibe und schob sich den Happen genüsslich in den Mund.

Camila funkelte ihn an. »Du hast überhaupt nicht zugehört. Womit, bitte schön, sollen wir denn zur Polizei gehen?« Wütend spießte sie ein Anchovisfilet auf und wünschte, sie hätte das Thema heute Abend nicht angeschnitten. Die Stimmung war ohnehin schon gereizt genug. Gil zeigte in den letzten Tagen völlig neue Machoseiten und brachte sie damit jedes Mal im Rekordtempo aus der Fassung.

»Wenn es keinen Fall für die Polizei gibt, dann erst recht nicht für zwei Amateurdetektivinnen.« Gil klang entschieden herablassend.

Camila knallte ihr Glas auf den Tisch und schob den Stuhl zurück. »Tut mir Leid, dass ich dir überhaupt was erzählt hab.« Sie biss sich auf die zitternde Unterlippe und schluckte die verletzende Bemerkung, die ihr auf der Zunge lag, herunter.

»Du wirst unsachlich.« Gil schnitt ein dickes Stück *chorizo* ab und bediente sich großzügig bei den eingelegten Oliven. Noch nie hatte er so von oben herab mit ihr geredet.

Wortlos stand Camila auf.

»Warte doch.« Gil versuchte ungeschickt einzulenken. »Mal ganz ehrlich: Glaubst du etwa, dass diese Jeannette das Mädchen entführt hat und gefangen hält?« Er grinste breit.

Camila ließ sich langsam wieder auf ihren Stuhl sinken und sah Gil überrascht an. »Ja ... wenn du es so ausprichst ... Eigentlich glaube ich genau das.«

»Das meinst du wirklich ernst, oder?« Gil hörte auf zu lachen und setzte sich auf. »Ich wäre froh, wenn ihr euch da nicht weiter reinhängt, zum Beispiel noch mal am Haus vorbeifahrt oder etwas in der Art.« Er stand auf und ging in die Küche.

Camila hörte das Blubbern der Espressomaschine. Das Aroma frischen Kaffees zog durch die geöffnete Tür.

»Möchtest du auch einen Cappuccino?«

Camila fühlte sich schon reichlich aufgedreht, nahm aber Gils Friedensangebot an. »Gern, aber bitte mit viel Milch. Ich mache gleich noch den Abguss und brauche ruhige Hände.«

* * *

Behutsam entfernte Camila die Bänder, die die einzelnen Gipsschalen der Form fixiert hatten. Damit beim Einfüllen des Betons die überflüssige Luft entweichen konnte, stach sie mit einem feinen Handbohrer Löcher in den harten Gips. Mit einem henkellosen Keramikbecher maß sie Zement und Sand ab und verrührte die Mischung in einem Plastikeimer mit Wasser zu zähflüssigem Beton.

Camila schloss die Augen. Sie kannte jede Bewegung. Unzählige Male hatte sie diese Handgriffe schon ausgeübt. Doch diesmal war es anders. Der Kopf war ihr so wichtig geworden, dass sie Angst spürte, einen Fehler zu machen. Sie atmete tief ein, langsam wieder aus, bis sie fühlte, wie ihre Hände ruhig wurden. Dann öffnete sie die Augen, griff zu einer Schöpfkelle und begann, die Flüssigkeit einzufüllen.

* * *

Wie ein Schwarm Termiten fielen die hungrigen Kinder in die warme Küche ein.

»Hände waschen! Dann können wir essen«, übertönte Magalís tiefe Stimme das schrille Gekreisch.

Mit unterdrücktem Gekicher verschwanden die drei im Badezimmer. Comisario Manuel Sànchez Algarra war immer wieder beeindruckt von dem dröhnenden Bass seiner winzigen, zarten Frau, mit dem sie Ordnung in jedes Chaos brachte und der ihm immer noch kleine Schauer über den Rücken jagte, selbst wenn sie nur den Einkaufszettel vorlas.

Sànchez Algarra verteilte die dicken Steingutteller und hievte die riesige Paella-Pfanne vom Herd auf den runden Küchentisch. Verlockende Düfte nach Knoblauch, Fleisch und Muscheln erfüllten die Küche. Sein Bruder Jesús, einer der zahlreichen Coniler Fischer, hatte am frühen Morgen einen Sack frischer Meeresfrüchte vorbeigebracht. Er lebte vom Thunfischfang, weigerte sich aber, diesen zu essen. Am liebsten mochte er Krebse und Muscheln, die er an freien Tagen in Buchten fing, die nur mit dem Boot zugänglich waren. Magalí hatte den ganzen Tag damit zugebracht, das aufwändige Lieblingsgericht der ganzen Familie zuzubereiten, genug für ihre drei Kinder, Manuels frisch verheirateten Bruder und dessen junge Frau Violeta.

Sànchez Algarra versuchte seine Gedanken auf das bevorstehende Festmahl zu konzentrieren, anstatt immer wieder über den merkwürdigen Hoteleinbruch zu grübeln. Dieser

Fall ließ ihn nicht los. Er kannte alle einheimischen Gauner, manche noch aus der Schule. Normalerweise bestand seine Arbeit nur darin, sich die Querelen von Touristen anzuhören oder Nachbarschaftsstreitereien zu schlichten. Einzige schreckliche Ausnahme war das verunglückte deutsche Mädchen vor ein paar Monaten gewesen. Ein paar harmlose Diebe und Autoknacker waren schon das Exotischste, was Conil sonst zu bieten hatte. Teenies klauten sich gegenseitig ihre frisierten Mopeds. Prügeleien unter Betrunkenen kamen hin und wieder vor, ganz selten eine Messerstecherei. Die blinde Zerstörungswut, die er im Hotel gesehen hatte, traute er niemandem aus dem Ort zu. Und jemand von außerhalb würde kaum zielstrebig in das Zimmer der Doctora einbrechen, die unglaublich teuren elektronischen Geräte einstecken und all die persönlichen Sachen in Trümmer legen. Außerdem waren in den letzten Wochen im ganzen Umkreis keine weiteren Einbrüche gemeldet worden.

Seine Idee, die Villa, die die Touristin erwähnt hatte, formlos zu überprüfen, war auf massiven Widerstand des Bürgermeisters, des *alcalde,* gestoßen, dem sie als Angehörige der *Policía Nacional* direkt unterstanden. Die Besitzerin Señora Gavenport sei eine reizende Dame und dürfe nicht wegen so eines Unfugs belästigt werden. Auch das ließ Sànchez Algarra keine Ruhe. Noch nie hatte Doctor Rivera Garrido sich persönlich in kleinere Untersuchungen eingemischt. Außerdem hatte er festgestellt, dass sein Kollege Arturo dem Bürgermeister über jeden seiner Schritte Bericht erstattete. Sànchez Algarra hatte Arturo zwar noch nie sympathisch gefunden, aber bisher auch keinen Grund gehabt, ihm zu mistrauen. Allerdings schwelten seit dem Verschwinden des deutschen Mädchens einige offene Fragen in seinem Kopf. Auch wenn er versuchte, nicht darüber nachzudenken, fand er die Unbefangenheit, mit der er seinen Beruf bis dahin ausgeübt hatte, nicht wieder. Er hatte während dieser Untersuchung die Überzeugung verloren, dass die Polizei stets alles tat, was in ihrer Macht stand, um Verbrechen aufzuklären. Was immer er damals für sinnvoll gehalten hatte, war mit wenigen Worten des *alcalde* vom Tisch. Diskussionen über das Thema waren »unerwünscht« gewesen.

»Papá, ich will die ganz lange da!«, riss ihn Carlota, das fünfjährige Nesthäkchen, aus seinen Grübeleien. Sie kniete auf ihrem Stuhl und stupste mit ihrem pummeligen Zeigefinger die zehn Zentimeter lange Schwertmuschel an, die mitten auf der Paella prangte.

»Ich, ich, ich«, meldete auch der neunjährige Alvaro aufgeregt seinen Anspruch auf den Leckerbissen an.

Würdevoll verkündete der elfjährige Rafael sein unwiderlegbares Argument: »Ich bin der Älteste.«

»Was du nicht sagst. Sind alle einverstanden, dass Magalí sie bekommt? Schließlich hat sie für uns den ganzen Tag in der Küche gestanden.« Sànchez Algarra fischte die prächtige Muschel aus dem dampfenden Reis und legte sie mit einer kleinen Verbeugung auf Magalís Teller. Seine Frau zwinkerte ihm lächelnd zu. Er fand, Diplomatie zählte in einer Großfamilie zu den wichtigsten Eigenschaften.

Im Wohnzimmer klingelte das Telefon.

»Hier Magalí Jover … Nein, nein, Sie haben sich nicht verwählt. Das ist die Nummer von Comisario Sànchez Algarra.«

Der Kommissar nahm seiner Frau den Hörer aus der Hand. »*Hola,* Comisario Sànchez Algarra – oh, Señora Keitz.« Mit hochgezogenen Augenbrauen blickte er zu seiner Frau und zuckte entschuldigend die Achseln. »Nein, Sie rufen nicht ungelegen an.« Er schloss die Tür hinter ihr.

»Musst du noch einmal weg?« Magalí blickte mitleidig zu ihm auf, als er zurück in die Küche kam.

»Nein, heute nicht mehr. Morgen früh.«

»Aber morgen ist Samstag, Papá. Du hast versprochen, dir mein Fußballspiel anzusehen«, beschwerte sich Alvaro.

»Das ist doch erst am Nachmittag. Bis dahin bin ich auf jeden Fall zurück.«

»Kann ich auch mit, Papá?«

»Ich auch?«

»Sicher.« Sànchez Algarra füllte sich eine zweite Portion von der Paella auf und versuchte sich zu entspannen. Er musste morgen vorsichtig sein. Was er vorhatte, würde gegen die ausdrücklichen Anweisungen seines Vorgesetzten verstoßen. Aber er konnte seinen Verstand nicht einfach ausblenden. Den Fall als ungeklärt zu den Akten zu legen, solange es noch Spuren gab, fühlte sich einfach nicht richtig an.

* * *

Sànchez Algarra setzte die Kaffeetasse ab, schluckte die Reste seines Frühstücks hinunter und wischte sich mit dem Handrücken über den Mund.

»Papá, du musst unbedingt zum Spiel wieder da sein. Julio hat gesagt, du wärst ein Bullenschwein. Wenn er nicht weggelaufen wär, hätte ich ihn dafür verprügelt. Und dann hat er gesagt, gewinnen können wir sowieso nicht. Und er würde mir heute beim Spiel in die Fresse hauen, wenn keiner hinsieht.«

»Ich werde hinsehen. Wozu bin ich schließlich ein Bullenschwein? Wir sehen alles. Und nach dem, was ich beim Training gesehen habe, könnt ihr gewinnen, sogar gegen Julios Mannschaft. Ich bin sicher, ihr macht sie nass.« Der Kommissar zauste seinem Sohn die Haare und stand auf.

Alvaro strahlte wieder und mopste Carlota in einem unbeobachteten Moment die letzte rote Traube von ihrem Frühstücksteller. Bevor das zu erwartende Gebrüll einsetzte, zog Sànchez Algarra seine schwarze Strickmütze über die Ohren und griff nach dem dicken Parka. Heute würde er so privat wie möglich unterwegs sein, um sich umzuhören. Schwierig, da die meisten Einheimischen ihn kannten.

Magalí stellte sich auf die Zehenspitzen und drückte ihm einen schmatzenden Kuss auf die stoppelige Wange. »Bis später, Manuel.« Sie stellte keine Fragen. Noch konnte er mit ihr nicht über seine Bedenken reden, da er selbst nicht mehr als ein ungutes Gefühl hatte.

Der böige Wind wehte ihm feinen Nieselregen ins Gesicht, als er die Tür öffnete und aus der warmen Wohnung in die Kälte trat. Ein frühes Moped knatterte vorbei und zog eine stinkende Abgaswolke hinter sich her. Sànchez Algarra ging über den schmalen, von Autos gesäumten Gehsteig, vorüber an dem schwarzweißen Dienstwagen zu seinem alten, aber gepflegten roten Corsa.

Beim nächsten Kreisverkehr nahm er die Abfahrt nach El Palmar de Vejer. Er wusste, von welchem Gebäude Señora Keitz gesprochen hatte. Zwar kannte er nicht jedes Haus in seinem ausgedehnten Revier, aber die feudale alte Finca am ehemaligen Leuchtturm war etwas Besonderes. Er erinnerte sich, dass vor einigen Jahren der neue Besitzer eine Sicherheitsanlage eingebaut hatte, die den Alarm direkt an die Polizeistation weiterleitete. Er hatte die merkwürdige Weisung bekommen, in einem solchen Fall nichts zu unternehmen, sondern umgehend seinen Vorgesetzten Doctor Rivera Garrido einzuschalten. Bisher war nie etwas vorgefallen, und er hatte nicht mehr an die abgelegene Villa gedacht.

El Palmar de Vejer war kein richtiger Ort, nur ein Gestüt und eine Hand voll alter Häuser, in denen früher Landarbeiter gewohnt hatten. Inzwischen wurden einige an wanderfreudige Touristen vermietet, die den Coniler Trubel meiden wollten. Ein winziger Laden, der neben Lebensmitteln zum Beispiel auch Telefonkarten, Schnürsenkel und guten Landwein anbot, gehörte Angel Valverde Molina, einem alten Schulkollegen des Kommissars. Wer für kleine Besorgungen den weiten Weg in die Supermärkte Conils scheute, konnte bei Angel fast alles finden.

Der winzige Platz vor dem Laden war noch leer, nur zwei grau getigerte Katzen liefen über die Mauer des kleinen Brunnens. Unter der grünen Markise hatte Angel bereits seine Gemüsestände aufgebaut. Die verglaste Tür war geschlossen, aber ein rotes Emailleschild verkündete *»abierto«*. Der Kommissar trat unter lautem Geschepper der Türglocke ein, und sofort stieg ihm der Geruch nach gemahlenem Kaffee, frischem Brot und Gewürzen in die Nase.

»He, Manuel!«

»Morgen, Angel.«

»Was für eine Freude! Möchtest du einen Kaffee? Vielleicht mit einem Schüsschen zum Aufwärmen bei dem Wetter?« Sein breites Grinsen ließ die dicken, rosigen Wangen wackeln.

»Nein, nein, danke, nur Kaffee.« Sànchez Algarra setzte sich an einen der beiden kleinen Tische vor dem großen Fenster und streckte seine stämmigen Beine aus.

»Was machst du denn hier? Bist du im Dienst? Du kommst doch bei dem Wetter bestimmt nicht zum Einkaufen raus.«

Mit der Frage hatte er gerechnet und beschlossen, bei der Wahrheit zu bleiben. »Auf jeden Fall nicht offiziell. Wenn irgendjemand erfährt, dass ich hier war, bekomme ich Ärger.« Er nahm seine Mütze ab und kratzte sich den Kopf.

Angel stellte einen Teller mit überzuckerten Hefeteilchen, zwei große Tassen und eine angeschlagene, dampfende Kaffeekanne auf den Tisch und setzte sich. »Wir kennen uns doch wohl lange genug. Ich quatsche nicht.«

»Eben. Darum bin ich hier. Es geht um die alte Villa am

Leuchtturm. Eine Touristin ist überfallen worden, nachdem sie dort rumgestöbert hatte. Hat wahrscheinlich gar nichts miteinander zu tun. Aber weißt du was über die Bewohner?«

»Kaum. Den alten Señor Erico Busch, der vorher dort gelebt hat, den kannte ich gut. Der kam jeden Tag hier vorbei. Abends hat er immer mit seinen Hunden einen langen Spaziergang gemacht und dann hier noch einen Wein getrunken. Aber die neuen … Nee. Die sind sich alle zu fein, um mit uns was zu tun zu haben.«

»Alle? Wie viele wohnen denn da?«

»Drei. Eine junge Frau, aufgetakelte, arrogante Zicke, ein junger Mann, so ein geleckter Schönling, und noch jemand. Dem möchte ich nicht im Dunkeln über den Weg laufen. Ein Killertyp, eiskalt, aber nur die Augen, sonst sieht er ganz unauffällig aus. Komisches Trio. Wer da was mit wem hat, weiß ich nicht. Und Besuch haben sie oft. Dicke Limousinen fahren zu ihnen raus, ab und zu landet auch mal ein Hubschrauber. Meist Männer, ab und zu auch eine Frau. Und dann gibt's noch den Bootsanlegeplatz.«

Auf Angel konnte man sich verlassen. Wenn es was zu wissen gab, wusste er es. Der Kommissar lehnte sich auf seinem Stuhl vor. »Gibt's auch Kinder in dem Haus?«

Angel schwieg eine Weile und blickte aus kleinen, scharfen Augen aufmerksam in Sànchez' Gesicht. »Kannst du mir sagen, worum genau es eigentlich geht?«

Sànchez hielt seinem Blick stand. »Das weiß ich selbst noch nicht. Ist nur so eine vage Ahnung, dass da was nicht stimmt.«

»Nein, Kinder gibt's da nicht. Hab ich noch nie gesehen. Auch nicht bei den Gästen.«

Algarra spülte den letzten Happen des Gebäcks mit Kaffee hinunter. »Auf jeden Fall vielen Dank. Das war mehr, als ich gehofft hatte. Wenn ich weiß, worum es geht, erzähl ich's dir. Mach's gut.«

»*Adiós.*« Angel blickte dem Kommissar nach, der gerade die Wagentür schließen wollte. »He, Manuel! Warte!« Auf kurzen, dicken Beinen eilte Angel über den Platz. »Die Frau hat mal Schokolade bei mir gekauft. Nicht nur ein, zwei Tafeln, sondern gleich meinen ganzen Vorrat an Schokoriegeln. Fünfzig Stück oder mehr. Zwei Mal ist das vorgekommen. Fiel mir zu den Kinder noch ein.«

»Danke, *adiós,* Angel.«

Ein Windstoß fuhr Angel unter sein kariertes Flanellhemd, und er eilte armereibend zurück in seinen Laden.

Sànchez Algarra hatte zu viel Kaffee getrunken. Langsam stieg ein Schwall Magensäure seine Speiseröhre herauf und quälte ihn mit schmerzhaftem Sodbrennen. Der Regen war heftiger geworden. Der Wind traf von der rechten Seite so hart auf den Corsa, dass er gegenlenken musste, um auf seiner Spur zu bleiben. Er blickte auf das Straßenschild mit der Aufschrift »Conil« und erwog kurz, zu Magalís linderndem Haferbrei zurückzukehren, stellte dann aber den Scheibenwischer auf die höchste Stufe und gab Gas.

Als er in den Feldweg zum alten Leuchtturm einbog, wirbelten seine Reifen Schotter und Matsch auf. Der Sturm hatte eine kleine Pinie umgeknickt, die quer über dem Weg lag. Schlitternd bremste er, schloss den Reißverschluss des Parkas und zerrte das Bäumchen zur Seite, bevor er weiterfuhr. Der Ausflug hätte vielleicht nicht unbedingt heute sein müssen, morgen konnte er den ganzen Tag das Auto putzen. Hoffentlich würde der Corsa nicht im Schlamm stecken bleiben.

Nach einer Viertelstunde erreichte er das Landhaus. Der Regen hatte aufgehört. Algarra fuhr an dem verschlossenen Eisentor vorbei und stoppte den Wagen hundert Meter weiter. Er zog die Mütze tief in die Stirn, stellte den Kragen hoch, vermummte sein Gesicht bis zu den Augen mit einem Schal und ging zurück. Dabei fand er sich komplett lächerlich, als hätte er ein paar amerikanische Krimis zu viel gesehen. Der Wind schüttelte die nassen Pinien und ein Schauer kalter Tropfen ergoss sich in seinen Nacken. Das Haus war hinter dem gut zwei Meter hohen blickdichten Zaun nicht zu sehen. Er ging näher an das Tor heran. Namensschild oder Klingel gab es nicht. Ein schwarzer Kasten mit einer Kamera war auf den Platz vor dem Eingang gerichtet. Sànchez bewegte sich außerhalb ihres Blickfelds und inspizierte die in die Zaunstäbe geflochtenen Schilfmatten. Feine Drähte waren in regelmäßigen Abständen in die dichten Teppiche verwebt. War Strom auf dem Draht oder würde eine Berührung Alarm auslösen? Er hatte keine Lust es auszuprobieren. Ein unbehagliches Gefühl erfasste ihn. Das Frösteln lag nicht nur an dem kalten Wasser, das seinen Rücken hinunterlief. Er ging zurück zum Auto. Eigentlich war er nicht viel weiter als zuvor. Aber er war sicher, dass hier irgendetwas ganz und gar nicht in Ordnung war.

* * *

Klara schrak zusammen, als der Stuhl über die Marmorfliesen kratzte.

»Darf ich?« Ohne ihre Antwort abzuwarten, setzte der Mann sich an ihren Tisch im Speiseraum und stellte ein großes Bier vor sich ab. »Ich bin Dr. Michael Groß. Auch wenn ich nicht so aussehe, hähä.« Meckerndes Gelächter begleitete das Witzchen, das er sicherlich nicht zum ersten Mal anbrachte.

Klara musterte ihren Tischgenossen unwillig. Seine mit geplatzten Äderchen überzogene rote Nase und die wässrigen Augen ließen auf üppigen Alkoholkonsum schließen, ebenso wie der Spitzbauch und die dürren Beine. Dr. Groß strahlte Klara erwartungsvoll an und schien sich unwiderstehlich zu finden. Wortlos wandte sie sich ab und blickte wieder auf das aufgewühlte Meer. Hoffentlich kam

Camila bald. Sie wollten sich heute endlich die große Finca ansehen.

»Sind Sie auch Gast des Hotels?« Offenbar war ihm dringend nach einer Unterhaltung zumute.

»Ja.«

»Wie erfreulich. Es geht doch nichts über die Gesellschaft schöner Frauen, hähä. Dann sehen wir uns ja in den nächsten Tagen bestimmt öfter.« Bei der Vorstellung leuchteten seine geröteten Augen. Er unterdrückte einen Rülpser. »Wie ist denn Ihr werter Name?«

»Keitz.«

»Ah, Sie sind dann bestimmt Klara Keitz. Ich habe Ihren Eintrag im Gästebuch gelesen. Darf ich Sie Klara nennen?«

»Nein.« Klara beschloss, an der Rezeption auf Camila zu warten, und humpelte zum Eingang. Groß blickte ihr mit einem selbstzufriedenen Grinsen nach und schien ihre Begegnung als einen seiner größeren Erfolge zu verbuchen.

»Bin ich zu spät?« Camila legte Klara einen Arm um die Taille und half ihr zum Wagen.

»Etwas.«

Bleigraue Wolken jagten über den Himmel, aber im Moment regnete es nicht. Die Luft war deutlich wärmer geworden. Neben Camilas Mini parkte der kleine Geländewagen von Marisol, der Immobilienmaklerin.

»Heute fährt sie vor uns her«, erklärte Camila grinsend.

Nach einer Viertelstunde Fahrt auf der Landstraße setzte Marisol den linken Blinker und machte durch Winken und lautes Hupen auf die Abzweigung aufmerksam. Der Feldweg schlängelte sich durch einen lichten Pinienwald und führte nach wenigen Minuten an einem kleinen See vorbei. Dann bogen sie in eine lang gestreckte Kiesauffahrt und hielten auf dem runden Vorplatz. Klara und Camila blieben schweigend im Auto sitzen und betrachteten beinahe andächtig das alte Haus.

»Ist das schön«, flüsterte Camila.

»Unglaublich.« Klara stieg langsam aus und hüpfte mit ihrer Krücke zu der breiten Steintreppe.

»Da hinten steht noch ein kleines Haus«, stellte Camila nach einem Blick in die Runde fest.

»Das ist ein alter Stall. Könnte man sehr schön zu einem Gästehaus ausbauen. Dürften etwa 40 Quadratmeter Grundfläche sein, man kann aber bei Bedarf noch anbauen.« Marisols rosa geschminkte Lippen verzogen sich zu einem Lächeln. Sie war darauf spezialisiert, erstklassige ländliche Wohngebäude zu suchen und an wohlhabende Städter und Residenten zu vermitteln. Dieses Haus war nicht ganz ihr Stil, etwas zu verfallen, schon lange leer stehend, aber gerade darum auch für Camila erschwinglich. »Trotz der ruhigen Lage fährt man nicht zu lange in die Stadt. Fünfzehn Minuten nach Conil, eine knappe halbe Stunde nach Jerez. Und das Meer liegt vor der Haustür.«

Knorrige Kiefern und struppiges Gehölz verdeckten die Sicht, aber die Brandung war gedämpft zu hören. Camila steuerte auf den Weg zum Wasser zu und Klara folgte ihr. Hinter den Bäumen führte ein steiler Pfad den Fels hinab. Im Südosten konnte man bis Kap Trafalgar sehen, im Nordwesten erstreckte sich kilometerweit die rote Steilküste mit eingelagerten Sandbuchten, und über allem lag das flirrende Licht des offenen Ozeans.

»Die Lage ist exzellent und unverbaubar. Das Grundstück gehört bis zum Abhang dazu. Aber gehen wir erst mal hinein.« Marisol schloss die massive Holztür mit Messingbeschlägen auf und sie betraten die Eingangshalle. Alte Keramikfliesen schimmerten unter dem Staub. Von dem quadratischen Raum gingen mehrere geöffnete Türen ab und gaben den Blick auf großzügige helle Zimmer frei.

Oleander und Rosenbüsche säumten die Terrasse hinter

dem Haus. Camila stieß ein Fenster auf. Der Duft von wildem Rosmarin wehte herein. Sie strich mit der Hand über die breite hölzerne Fensterbank. »Hier könnte man Kissen drauflegen.«

Sie schlenderten durch alle Räume. In den Zimmern im ersten Stock diskutierten sie bereits darüber, welche Vorhänge am besten zu welchen Möbeln passen würden. Camila zeigte Klara hingerissen die riesigen weißen Porzellanbecken in einem der Badezimmer. »Gil wird begeistert sein, auch wenn es so groß ist und nach massenhaft Arbeit aussieht.«

»Das kann ich gut verstehen«, sagte Klara leise und trat an eines der Fenster. Sie blickte in den Garten. Hinter den alten Bäumen erkannte sie die Mauern des Stalls. »Von hier oben aus kann ich das Meer sehen.«

* * *

Schon immer wollte sie am Meer leben, hatte geglaubt, dort ein Stück vom Glück zu finden, aber nie den Absprung gefunden. Sylvie hatte darauf vertraut, dass sie den richtigen Zeitpunkt erkennen würde. Sie starrte müde auf das dunkle Wasser, das gleichförmig ans Ufer schwappte und das Mondlicht reflektierte. Irgendwo lachten Leute. Eigentlich waren die größten Katastrophen in ihrem Leben immer ihre erfüllten Wünsche gewesen.

Fünf Stunden Suche und wieder sieben Häuser mehr, in denen sie ihre Tochter nicht gefunden hatte. Heute war ein Jubiläum, auch wenn es keinen Grund zum Feiern gab. Genau eintausendfünfhundert Häuser, die sie in den letzten Monaten ohne jedes Ergebnis durchsucht hatte. Wie viele gab es noch? Zwanzigtausend? Dreißigtausend? Mehr jedenfalls, als sie schaffen konnte. Außerdem kam sie an die wirklich interessanten gar nicht heran. Die waren so gut gesichert, dass schon der Gedanke an einen Einbruch absurd war. Aber besser, als sich den Schatten hinzugeben, sich immer wieder auszumalen, was wohl gerade mit Katharina geschah.

Vielleicht war sie schon längst nicht mehr hier. Oder nicht mehr am Leben. Und ihre Sicherheit, Katharinas Nähe zu spüren, war nicht mehr als die Weigerung, das Unerträgliche an sich heranzulassen. Sylvie ließ sich mit ausgebreiteten Armen rückwärts in den kalten Sand fallen und fühlte, wie die Feuchtigkeit durch ihre Kleidung drang. Ihr Körper reagierte mit Zittern, obwohl ihr die Kälte nicht unangenehm war. Wie lange würde sie noch durchhalten, ohne vollends den Verstand zu verlieren?

* * *

»Wo ist Dodo?« Katharina hatte ihren ganzen Mut zusammengenommen, aber sie zitterte vor Angst.

Jacko mied ihren Blick, Sammy starrte wie immer vor sich hin und schien sie nicht zu hören. Aus der geöffneten Backofentür quoll Rauch, und Jeannette drehte ihnen den Rücken zu, als sie eine Auflaufform aus dem Ofen holte. Blitzschnell glitt Sammys Blick über den Tisch und verharrte kurz bei einer der Plastikgabeln. Aus ihren Augen sprühte mörderischer Hass. Als Jeannette sich herumdrehte und mit der dampfenden Schüssel zum Tisch kam, senkte sie den Kopf und wirkte wieder so abwesend wie zuvor.

»Das geht dich nichts an. Sie ist weg. Aber in ein paar Tagen kommen zwei neue Kinder.« Jeannette setzte sich neben Katharina und legte ihr eine Hand auf die Schulter. »Du solltest etwas essen. Versuch heute wenigstens mal ein paar Gabeln voll. Ich hab zum Nachtisch Karamellstangen gekauft. Die magst du doch.«

Die seltene Freundlichkeit löste den Kloß in Katharinas Hals und ließ ihr Tränen in die Augen steigen. Gehorsam schob sie etwas Lasagne auf die Gabel, kaute und versuchte zu schlucken. Der Bissen wurde immer größer in ihrem Mund, aber sie würgte ihn tapfer hinunter und nahm den nächsten Happen in Angriff. Aus den Augenwinkeln glaubte sie Verachtung in Sammys Gesicht zu erkennen, aber sie schluckte noch einmal und genoss den sanften Druck der Hand, die noch immer auf ihrer Schulter ruhte. Die Nudeln schmeckten leicht verkohlt. Seit zwei Tagen bereitete Jeannette das Abendessen selbst zu. Der Mann mit den Augen von toten Fischen, der vorher gekocht und sauber gemacht hatte, war nicht mehr da. Seit Dodo weg war, hatte sie ihn nicht mehr gesehen. Durch ihre Tränen konnte sie den Teller nicht mehr erkennen und tastete blind nach dem Essen. Jeannette nahm ihr die Gabel aus der Hand und wischte ihr Gesicht ab, bevor sie sich seufzend erhob und ihr zwei Schokoriegel in die Hand schob.

* * *

Jeannette hörte das Stöhnen und Ächzen bis auf den Flur. Sie fuhr sich mit den Fingern durchs Haar, leckte sich über die Lippen und betrat gefolgt von ihren Hunden den Fitnessraum. Enzo unterbrach seine Situps und setzte sich auf. Auf einen Wink hin warf sie ihm ein Handtuch zu, mit dem er sich Gesicht und Arme trocknete, bevor er es um den Hals legte. Sie nahm auf einer Hantelbank Platz und starrte auf ihre Füße.

»Hoffentlich ist Miguel bald zurück. Ich schätze, du hattest Recht. Nach dem Besuch von Berjeaux wird Katharina nicht mehr lange durchhalten. Sie ist jetzt schon halb verhungert. Wir müssen sie vermutlich bald verschwinden lassen. Berjeaux kommt in vier Tagen.« Gedankenverloren streichelte Jeannette den seidigen Kopf des Afghanen, den er auf die lederbezogene Bank gelegt hatte. Der Dobermann döste zu ihren Füßen auf einer blauen Trainingsmatte. »Vielleicht sollten wir es doch erst mit einem anderen Kunden versuchen, einem von der ruhigen Sorte. Berjeaux wäre bestimmt auch noch mal mit Sammy zufrieden.«

»Was ist denn mit dir los?« Enzo stand auf und hüllte sich in einen schwarzen Morgenrock. »Entdeckst du etwa plötzlich dein Herz?« Er öffnete den Kühlschrank und trank einen großen Schluck Wasser aus einer Plastikflasche. »Ich hab einen Wahnsinnspreis ausgehandelt, als ich ihm von ihr erzählt hab. Wir können ihn unmöglich mit Sammy vertrösten. Er freut sich schon auf das scheue, fast noch unverdorbene Reh. Außerdem hat er mir versprochen, sie nicht völlig fertig zu machen. Aber mal ernsthaft: Du hörst dich wirklich an, als würdest du dir Sorgen um das Kind machen. Ist alles in Ordnung mit dir?«

»Sicher. Es ist nur, weil Miguel unterwegs ist. Was sollen wir machen, wenn etwas passiert, bevor er zurück ist? Ich meine, wir können sie doch nicht selbst –«

»Er wird bis dahin zurück sein«, unterbrach Enzo sie schroff. »Aber irgendwie bist du heute schräg drauf.«

»Hör schon auf mit dem Mist. Kümmer dich lieber wieder um deine Muskeln.« Jeannette ließ ihren trägen Blick über seinen Körper wandern. Langsam erhob sie sich und verließ den Raum, lautlos gefolgt von den Hunden. In ihrem Schlafzimmer zerrte sie ungeduldig die bodenlangen weißen Seidenvorhänge vor die hohen Fenster, warf ein großes Tuch über den Kommodenspiegel und ließ sich auf ihr Bett fallen. Sie konnte Enzo nicht mehr ertragen, nicht dieses tote Haus, in das Besucher nur zu einem Zweck kamen. Nicht Katharinas Augen. Und vor allem nicht sich selbst.

* * *

Zischend stieß Camila die Luft aus, packte den Hammerstiel fester und schlug zu. Immer wieder, gebremst, als würde sie mit einem Löffel ihr Frühstücksei aufschlagen, nur kräftiger. Die weiße Schale bekam kleine Risse. Sie schlug weiter, bis das erste Stück der harten Kruste absprang. Ihr Herz klopfte bis zum Hals. Jetzt würde sich zeigen, ob die Arbeit gelungen war. Ein letztes Mal streichelte sie den rauen Gips, bevor sie begann, ihn mit den Händen abzulösen.

Das Nebelkind. Die Haarflut aus hellem Beton floss fast silbern schimmernd über Nacken und Wangen. Die grobporige Oberfläche des Materials ließ den Kopf ganz leicht verwittert erscheinen und umgab ihn mit einer Morbidität, die die leeren Augen und den üppigen Mund erschreckend schmerzerfüllt wirken ließ.

Camila schlang ihre Arme um die Plastik, spürte die Kühle an ihrem Gesicht. Sie schloss die Augen, und ihre Hände glitten zärtlich tastend über den Kopf, erspürten jede Vertiefung und Unebenheit, bis sie ermattet Stirn an Stirn verharrte. Sie kannte die glückliche Ergriffenheit, wenn eins ihrer Objekte aus der Schale gleichsam geboren wurde, aber diesmal war es etwas ganz Besonderes.

* * *

Scheppernd streifte der Kotflügel den Felsen. Miguel schreckte hoch und riss das Steuer herum. Er musste eingenickt sein. Seit zwei Tagen fuhr er ununterbrochen. Er hatte die Zeit zu knapp kalkuliert. Er hatte noch den größten Teil der Berge vor sich und morgen um zwölf war das vereinbarte Treffen mit Zahdra, die ihm die beiden Kinder übergeben sollte. Einen Jungen und ein Mädchen, beide acht Jahre alt. Er würde sie ausgiebig testen und, falls sie geeignet waren, auf dem bewährten Weg nach Spanien bringen.

Verdrossen schüttelte er die Thermoskanne. Leer. Auf dem nächsten Parkplatz würde er anhalten und etwas ausruhen. Er kurbelte die Scheibe herunter. Die eisige Nachtluft kühlte sein Gesicht. Auf diesem Straßenabschnitt durfte er sich keine Fehler leisten. Rechts gähnte der Abgrund. Die schmale Leitplanke war alle paar Kilometer von Fahrzeugen durchbrochen worden, die jetzt in der Schlucht rosteten, und wirkte auch an den intakten Stellen nicht gerade stabil. Miguel nahm das Gas zurück und griff, ohne den Blick von der Fahrbahn zu nehmen, in die Tasche auf dem Beifahrersitz. Vielleicht fand er noch ein Tütchen mit Kaffeepulver im Seitenfach.

Der entgegenkommende Truck hatte das Fernlicht eingeschaltet. Geblendet trat Miguel auf die Bremse. Sein Wagen schleuderte und rutschte auf dem Schotter in Richtung Abhang. Vergeblich versuchte er gegenzulenken, um das schlingernde Fahrzeug wieder unter Kontrolle zu bekommen. »Raus!«, war sein letzter Gedanke, bevor das Auto die Leitplanke durchschlug.

* * *

Miguel war entsetzlich kalt. Es war noch immer dunkel, er konnte nicht einschätzen, wie viel Zeit seit dem Unfall vergangen war. Das Auto lag auf der rechten Seite. Das Lenkrad war durch den Aufprall in den Fahrerraum gedrückt worden und presste seinen Rumpf in den Sitz. Jeder Atemzug verursachte stechende Schmerzen. Vermutlich waren einige Rippen gebrochen. Im Mund schmeckte er den metallischen Geschmack von Blut. Er konnte kaum etwas erkennen, aber allein kam er hier jedenfalls nicht raus. Das rechte Bein war klebrig nass und stand in einem unnatürlichen Winkel ab, aus der Jeans ragte ein spitzer Knochen. Die einzige Chance, das hier zu überleben, war das Handy. Vielleicht gab es in dieser Wildnis wenigstens ein Funknetz.

Er hörte Schritte und Stimmen, die sich näherten.

»Hilfe!« Er versuchte zu rufen, doch seine Stimme gehorchte ihm nicht.

Er konnte zwei Männer unterscheiden, vermutlich aus dem Truck, der ihn geblendet hatte. Sie kamen näher und unterhielten sich, aber er verstand ihre Sprache nicht.

»Hier!«

Sie öffneten die Fahrertür und zerrten an ihm.

»Vorsicht, passt auf!«, hörte er sich brüllen. Sein Bein knirschte und er sah das sprudelnde Blut, spürte, wie sie in seine Jacke griffen, Geld und Telefon herausnahmen, das Band seiner Armbanduhr lösten und dann nach hinten zur Hecktür gingen, ohne ihn noch einmal anzusehen. Ohne Eile entfernten sich kurz darauf ihre Schritte.

* * *

Comisario Manuel Sànchez Algarra zog den Kopf zwischen die Schultern und stemmte sich gegen den Wind. Camila hatte am Fenster auf ihn gewartet und öffnete die Tür, bevor er klingeln konnte. Das lang gestreckte Atelier war trotz des bewölkten Himmels lichtdurchflutet, als würde sich die wenige Helligkeit des Tages in diesem Raum bündeln.

Klara stand von dem fleckigen Hocker vor der Werkbank auf und kam ihm leicht hinkend entgegen. »Schön, dass Sie gekommen sind.«

Ihm fiel erst jetzt auf, wie groß sie war. Sie überragte ihn fast um Haupteslänge.

Sànchez Algarra blickte sich um. Er fühlte sich in dieser Umgebung äußerst unwohl. Überall schien Zerbrechliches darauf zu lauern, von seinem stämmigen Körper umgestoßen zu werden. Diese seltsamen Figuren mochte er überhaupt nicht. Sie sahen aus, als wären sie schon für längere Zeit unter der Erde gewesen und von einem Perversling wieder ausgebuddelt worden. Wem so etwas wohl gefiel?

Aber von Kunst hatte er schließlich keine Ahnung. Er trat unsicher von einem Fuß auf den anderen, ging einen Schritt zurück und stieß prompt gegen etwas. Gerade rechtzeitig sprang Camila vor und fing die kippende Figur auf.

»Kommen Sie hier herüber.« Sie dirigierte ihn behutsam aus der Gefahrenzone und führte ihn zu einem Tischchen vor dem großen Fenster. »Das ist sie.«

Sprachlos starrte er den weißen Kopf an, als würde er ein Gespenst sehen. Sie sah genauso aus wie auf den Fotos, nur toter.

»Katharina Breuer. Vor fünf Monaten von der Klippe gestürzt und ertrunken. Die Leiche wurde nicht gefunden.« Seine Lippen bewegten sich mechanisch, als er die Worte hervorstieß.

»Was?« Klara griff erregt nach seinem Arm.

Camila legte schützend ihre Hände um den Betonkopf.

»Das ist das Kind einer deutschen Urlauberin. Vor fünf Monaten ist sie beim Steinesuchen auf den Steilklippen verschwunden. Nichts deutete auf ein Verbrechen hin, die Ermittlungen wurden nach wenigen Tagen eingestellt.«

»Aber wir haben sie vor einer Woche im Garten der Villa gesehen. Lebendig. Relativ jedenfalls.« Klara wies auf die Figur.

»Also ist sie wohl nicht ertrunken«, stellte Sànchez fest.

»Und jetzt? Können Sie die Villa durchsuchen?« Camila sah ihn erwartungsvoll an.

»So einfach ist das leider nicht. Die Figur hier ist kein wasserdichter Beweis. Das Bild von ihr ging wochenlang durch die Medien. Sie hätten sie auch aus dem Gedächtnis formen können.«

»Aber ich habe sie im Park zum ersten Mal gesehen.« Camila stand auf und blitzte ihn an. »Denken Sie, wir machen das hier, weil wir nichts Besseres zu tun haben?«

»Ich glaube Ihnen ja, aber davon muss ich erst einmal meinen Vorgesetzten und den Staatsanwalt überzeugen, bevor ich einen Durchsuchungsbefehl bekomme. Wenn Sie ein Foto hätten …« Er stockte und erinnerte sich daran, dass Klara von Bildern auf ihrem gestohlenen Notebook gesprochen hatte. »Darum vielleicht der Einbruch …« Sànchez hockte sich auf die Kante der Werkbank und dachte nach. »Das gibt doch alles keinen Sinn. Wieso sitzt das Mädchen jetzt noch dort im Garten? Sie muss entführt worden sein, aber es ist nie eine Lösegeldforderung gekommen, soweit ich weiß, jedenfalls. Und wenn, hätte die Mutter gezahlt und das Kind wäre entweder inzwischen bei ihr oder tot.«

»Die Mutter? Was ist denn mit dem Vater?«, wollte Camila wissen.

»Die Mutter lebte mit ihrer Tochter allein. Von Streitigkeiten mit dem Vater ist nichts bekannt. Er ist bei dem Unglück auch nicht benachrichtigt worden, hatte keinerlei Kontakt zu seiner Tochter. Wir hatten einen Übersetzer. Damals konnte Frau Breuer noch nicht sehr viel Spanisch.«

»Damals?« Hellhörig geworden, setzte Klara sich auf.

»Ich sehe sie noch hin und wieder. Ihr Spanisch ist inzwischen ganz gut.«

»Sie ist hier geblieben?«

»Ja, sie sucht noch nach ihrer Tochter.«

»Aber dann sollten wir sofort mit ihr reden«, forderte Klara aufgeregt. Sie sprang auf die Füße, als wollte sie sofort losstürmen.

»Und wenn alles nur eine Verwechslung ist? Wollen Sie der Frau Hoffnung machen, ohne zu wissen, was hinter alldem steckt?«

»Wenn ich die Mutter wäre, würde ich lieber hundert falschen Fährten hinterherlaufen, als eine Chance zu versäumen, mein Kind wiederzufinden«, sagte Camila leise. Ihre Hände glitten wieder versunken über die Plastik. »Außerdem geht es schließlich um das Mädchen.«

»Vielleicht haben Sie Recht.« Sànchez Algarra dehnte

mit den Fingerspitzen den Kragen seines grauen Pullovers. »Ich bringe mich vermutlich gerade in gewaltige Schwierigkeiten. Ich dürfte gar nicht mit Ihnen darüber reden. Ich darf mich auch nicht mit Frau Breuer treffen, Anweisung meines Chefs.«

»Können Sie uns mit der Mutter bekannt machen?« Klara ignorierte den Einwurf.

»Ich werde ein Treffen mit ihr vereinbaren. Am besten hier, dann können Sie ihr den Kopf zeigen und ihn mit ihren Fotos vergleichen. Es kann ja immer noch sein, dass ich mich irre.«

* * *

Klara schrie auf und öffnete die Augen. Elfchen hatte sich angeschlichen und leckte hingebungsvoll ihre Stirn. Bei Klaras Schrei hüpfte sie erschrocken mit allen vieren gleichzeitig in die Luft und blickte sie enttäuscht an.

»Na, komm wieder her. Ich hab dich nur nicht gehört.« Klara hatte im Sand gesessen und mit geschlossenen Augen ihr Gesicht den seltenen Sonnenstrahlen entgegengereckt. Sie streckte die Hand aus und Elfchen schmiegte die weiche Schnauze hinein. Liebevoll betrachtete Klara den silberweißen Hund.

Mit einem Neoprenanzug bekleidet und seinem Surfbrett unter dem Arm, näherte sich Jan. Er legte das Brett in den Sand und ließ sich neben Klara fallen. Die Dogge sprang auf und jagte einer wehenden Plastiktüte nach, verlor die Lust an ihrem Spiel und legte sich so dicht wie möglich neben Klara.

Fasziniert starrte Jan Klara an. »Sie scheint dich wirklich zu mögen. Irgendwas musst du an dir haben.«

»Danke.« Klara versuchte, nicht so verletzt zu gucken, wie sie sich fühlte, und ließ geschäftig lockeren Sand durch ihre Finger rieseln.

»Nein, äh, das meinte ich jetzt nur in Bezug auf Elfchen. Nicht, dass ich nicht, du nicht … äh … Surfst du eigentlich?«

»Nein.«

»Hast du Lust, es mal zu versuchen?«

»Wie, jetzt?«

»Nein, vielleicht morgen? Wenn das Wetter okay ist. Ich kenn eine ruhige Flachwasserbucht in der Nähe und hab noch ein großes Brett und einen Anzug, der dir passen müsste. Wir könnten telefonieren.« Jan lächelte sie unsicher an.

»Ja, gern.« Klara fühlte sich wieder wie in der Tanzschule, als ihr Favorit sie aufgefordert hatte. Leider hatte sich damals nach fünf Minuten herausgestellt, dass er nur die Telefonnummer ihrer Freundin von ihr wollte.

* * *

Sie erwachten eng umschlungen. Durch die Ritzen der Fensterläden drang Sonnenlicht, in dessen Strahlen der Staub tanzte. Gil beobachtete seine Frau, die offenbar seinen Blick spürte. Sie streckte sich, bevor sie die Augen öffnete, ihn anlächelte und sich an seinen schlafwarmen Körper kuschelte. Er beschloss, Streitereien heute schon im Ansatz zu vermeiden.

»Fahren wir nach dem Frühstück zur Finca raus? Marisol hat die Schlüssel hier gelassen.« Camila klang erwartungsvoll.

»Was hältst du davon, wenn wir das Frühstück einpacken und sofort fahren?«

Camila küsste Gil und setzte sich eifrig auf. »Ich mach uns ein paar *bocadillos* und Eier zurecht.«

»Lass nur, ich mach das schon. Du könntest ja den Kaffee kochen.«

Camila grinste breit. Ihr Angebot, Essen zuzubereiten,

ließ Gil immer schnell selbst aktiv werden. Während er Eier und Zwiebeln schmorte, gönnte sie ihm eine kraftvolle Version von »Wish you were here« aus dem Badezimmer.

»Bevor wir fahren, würd ich gern noch den fertigen Kopf von dem Mädchen sehen.« Gil schnitt dicke Stücke vom Käse und steckte sie zusammen mit Gurkenscheiben in die aufgeschnittenen Brötchen. Camila schwieg und rieb mit einem Zipfel ihres Sweatshirts einen kleinen Flecken von der Thermoskanne. Offenbar hätte sie das sensible Thema heute lieber vermieden.

»Ich geb auch keine gehässigen Kommentare ab oder stell blöde Fragen.« Gil starrte auf den Käse und zerschnippelte die Rinde. »Es tut mir Leid, wie ich mich in den letzten Tagen verhalten hab.«

Camila trat hinter ihn und lehnte sich an seinen Rücken. »Komm, gehen wir rüber und sehen uns das Mädchen an«, sagte sie leise.

Der Schlüssel hakte kurz im Schloss, bevor es aufsprang. Camila stutzte und verharrte an der Tür.

Gil spähte über ihre Schulter in die Werkstatt. »Was ist?«

»Weiß nicht. Irgendwie riecht's hier komisch, oder?«

Gil hob seine Nase und schnupperte. »Wie immer, find ich. Wonach denn?«

»Weiß nicht. Irgendwie fremd. Wahrscheinlich nichts.« Camila trat ins Atelier und blickte zur Werkbank vor dem Fenster. Wortlos hob sie den Arm, zeigte zum Tisch und ließ ihn wieder sinken. Sie öffnete den Mund, aber es kam nur ein Krächzen heraus.

Irritiert blickte Gil sie an. »Alles klar mit dir?«

»Da ist nichts«, flüsterte sie.

»Ja, da ist nichts. Nur die Werkbank«, stimmte Gil zu. »Aber du wolltest mir doch den Kopf zeigen. Wo ist er denn?«

»Weg! Sag ich doch! Gestern Abend stand er auf dem

Tisch da!«, schrie Camila. Sie stürzte zur Werkbank, sah darunter, rannte durch den Raum und guckte fieberhaft in Ecken, hinter Tüten und in Eimer.

»Er kann doch nicht weg sein.« Gil beobachtete ihre verzweifelte Suche mit wachsender Besorgnis. Er wusste, was gerade diese Plastik für sie bedeutete. Ihr geplatzter Traum vom Muttersein, Sehnsucht, Trauer, alle Gefühle der letzten Tage steckten in dieser Arbeit.

Camila blieb schwankend stehen und sah wieder zum Arbeitstisch. »Sie ist nicht mehr hier.« Tränen liefen über ihr Gesicht. Sie wischte sie nicht weg. Krampfartiges Schluchzen schüttelte ihren Körper.

»Komm, lass uns rübergehen!«

Camila reagierte nicht auf Gils Worte. Sie schluchzte und zitterte immer heftiger.

Er hob sie auf seine Arme und trug sie hinüber ins Schlafzimmer. Sanft ließ er sie aufs Bett gleiten. »Mach den Mund auf, Schatz, bitte.« Camila schien ihn nicht zu hören. Gil schob eine Tablette zwischen ihre zuckenden Lippen und setzte vorsichtig den Wasserbecher an. »Jetzt trink einen Schluck. Gleich wird's besser.« Etwas Wasser lief in ihren Mund, sie hustete und schluckte. Sacht legte er sie auf das Kissen zurück, wischte das Wasser ab und streichelte ihr Gesicht mit den geschlossenen Augen, aus denen unablässig Tränen quollen, bis ihre gleichmäßigen Atemzüge zeigten, dass sie eingeschlafen war. Leise verließ Gil das Schlafzimmer und griff zum Telefon. »Klara, kannst du herkommen? Camila ist völlig zusammengebrochen, offenbar wurde ins Atelier eingebrochen.«

»Ach du Scheiße. Wie geht es ihr?«

»Ich hab ihr was zum Schlafen gegeben.« Gil betrachtete durch die geöffnete Küchentür die Vorbereitungen ihres Picknicks und griff nach den Zigaretten in seiner Jacke.

»Der Kopf, ist er noch da?« Klara schrie fast ins Telefon.

Gil zuckte zusammen und hielt den Hörer ein Stück vom Ohr weg. »Nein, er ist weg.«

»Hast du schon die Polizei benachrichtigt?«

»Noch nicht. Da rufe ich als Nächstes an.«

»Versuch unbedingt, Comisario Sànchez Algarra zu erreichen. Mit ihm kannst du offen reden. Er kennt die ganze Vorgeschichte. Und ich mach mich sofort auf den Weg.«

* * *

»Ach, Doctora Keitz. Sind Sie auch in diesen Einbruch verwickelt?« Inspector Arturo Galvez Priego füllte das Atelier mit seinem ranzigen Gestank. Sein Blick glitt langsam an ihr auf und ab, bevor er sich auf ihre Brüste einpendelte.

Mit einem Ruck schloss Klara den Reißverschluss ihrer Jacke.

Gil sah unbehaglich zwischen den beiden hin und her und erklärte: »Comisario Sànchez Algarra hat heute Vormittag frei«

»Schläft Camila noch?« Klara wedelte mit der Hand durch die Luft. »Hier stinkt's.« Der Ekel in ihrer Stimme war unüberhörbar.

Spontan schaute Gil zum Polizisten, bevor er Klara antwortete. »Ich denke, ja.«

»Mit Ihrer Frau muss ich auch gleich noch sprechen.« Galvez Priego wandte seinen Blick von Klara ab und begutachtete die noch vorhandenen Skulpturen, die wie eine Schattenarmee die Wände flankierten. »Das ist ja widerlich, richtig krankes Zeug. Kaum zu glauben, dass so was geklaut wird.« Er warf Gil einen herausfordernden Blick zu.

»Fühlen Sie sich in der Lage, den Einbruch zu untersuchen? Das ist der einzige Grund, weshalb Sie hier sind.« Offensichtlich gereizt drehte Gil ihm den Rücken zu.

»Möchtest du zu ihr? Sie ist im Schlafzimmer.« Er reichte Klara den Schlüssel.

»Ich würde sie auch gern sehen, und zwar gleich«, mischte der Inspektor sich wieder ins Gespräch.

Gil richtete sich auf, zog die Brauen hoch und entgegnete in scharfem Tonfall: »Ob und wann meine Frau in der Lage ist, mit Ihnen zu reden, entscheide ich in meiner Eigenschaft als Arzt. Jetzt mit Sicherheit nicht.«

Klara legte die Hand auf seinen Arm. »Ich geh mal rüber.«

Camila hatte im Schlaf geweint. Ihr Gesicht war noch feucht von Tränen. Klara ging ins benachbarte Badezimmer und wusch sich Hände und Gesicht. Am liebsten hätte sie geduscht. Nach dem Zusammentreffen mit Galvez Priego fühlte sie sich besudelt.

Aus dem Schlafzimmer kam leises Schluchzen. »Gil?«

»Ich bin's, Camila.« Klara setzte sich zu ihr aufs Bett. »Gil ist noch mit dem Inspektor drüben.«

»Sie haben mein Mädchen mitgenommen.« Camila wischte sich mit den Handrücken die Tränen aus den Augen. »Ich hatte sie richtig lieb.«

»Ich weiß.« Klara streifte die Turnschuhe ab, legte sich neben sie und nahm sie, von Mitleid erfüllt, in den Arm. »Ich weiß.«

Im Flur klappte die Wohnungstür und auf den Holzdielen waren Schritte zu hören. Leise betrat Gil das Schlafzimmer.

Mit tränenverschmiertem Gesicht blickte Camila zu ihm auf. »Glaubst du, sie finden sie wieder?« Ihr Tonfall war hoffnungslos.

Gil räusperte sich und schüttelte den Kopf. »Nein, ehrlich gesagt nicht. Es gibt keine Spuren. Das alte Schloss wurde mit einem simplen Dietrich geöffnet und wieder verschlossen, war wohl nicht sonderlich schwierig. Keine Fingerabdrücke, keine Zeugen. Wir haben ja auch nichts mitbekommen.« Besorgt musterte er Camila und setzte sich aufs Bett. »Geht's dir besser?«

»Etwas.« Camila blinzelte neue Tränen fort. »Ist die Polizei weg?«

»Zum Glück. Das ist ja eine unglaublich widerliche Person. Als würde er Fettflecken hinterlassen, wenn er etwas nur ansieht. Ich geh mich erst mal waschen.«

Klara setzte sich auf und glättete mit den Händen ihre zerzausten Haare. »Ich hab die Privatnummer von Comisario Sànchez Algarra dabei. Ich finde, wir sollten ihn anrufen.«

»Ja.« Camila nickte schwach. »Der Hörer muss irgendwo im Wohnzimmer liegen.«

Gil kam aus dem Bad zurück und trat ans Fenster. Die Sonne war bereits wieder hinter bauschigen, grauschwarzen Wolken verschwunden, die über den Himmel jagten. Der Garten sah erbärmlich aus. Heftiger Regen und Windböen hatten die meisten Stauden abgeknickt. Blüten und Blätter waren von den Sträuchern geweht worden und bedeckten den Boden. Eine von Camilas Gartenplastiken, die an einen großen, einarmigen Kaktus erinnerte, war vom Sturm aus ihrer Wandhalterung gerissen worden und auf den Pflastersteinen zerschellt.

Klara hatte den Hörer unters Kinn geklemmt und kochte während des Telefonierens Kaffee. Mit drei dampfenden Bechern ging sie zurück ins Schlafzimmer und stellte sie auf dem gewebten Teppich vor dem Bett ab. »Wenn es euch recht ist, treffen wir uns gleich alle bei Frau Breuer, Katharinas Mutter. Sie wohnt unten in der Altstadt. Er würde lieber nicht mit ihr herkommen, da das Treffen inoffiziell und das hier jetzt quasi ein Tatort ist.« Klara sah Camila fragend an. »Ich kann aber auch allein gehen, wenn es dir zu viel ist.«

Camila schüttelte den Kopf. »Ich komme mit.«

»Ich auch«, sagte Gil.

»Sànchez hat gestern schon mit Frau Breuer gesprochen. Allerdings ist der Kopf jetzt weg, den wir ihr zeigen wollten«, stellte Klara bedauernd fest.

Camila stand auf und knetete ihre zitternden Hände. »Ich werde sie zeichnen.«

* * *

Katharina wühlte fieberhaft in der lockeren Erde. Sie keuchte vor Anstrengung. Dornen und spitze Zweige hatten Gesicht und Hände aufgerissen. Den ganzen Morgen war sie durch den riesigen Park bis in die hintersten Winkel gelaufen, um nach ihrer Mutter Ausschau zu halten und sie zu warnen, falls sie sie fand.

Dabei war sie auf das Grab gestoßen. Sie war sicher, dass Dodo dort lag. Das dunkle Rechteck aus frisch umgegrabener Erde hatte genau die richtige Größe. Katharina hielt inne und blickte sich suchend nach Frodo um. Er war nicht zu sehen. Wahrscheinlich wartete er im Zimmer auf sie.

Sie wollte Dodos Leiche nicht finden. Sie wollte nicht wissen, wie sie tot aussah. Aber sie musste wissen, ob es wirklich das war, was mit ihr geschehen war. Katharina strich mit der schmutzverkrusteten Hand über ihre Stirn und hinterließ einen braunen Streifen. Sie bückte sich und grub weiter. Jeannette würde sehr ärgerlich sein, wenn sie entdeckte, wie aufgeschürft ihre Hände waren.

Der Gestank kam zuerst. Faulig und süßlich mischte er sich mit dem dumpfen Geruch des feuchten Lehmbodens. Katharina atmete durch den Mund weiter und schob die Erde vorsichtig zur Seite. Sie hatte geglaubt, sie hätte am oberen Ende des Lochs gegraben, aber es war das untere. Unter ihren suchenden Fingern tauchten wurmartig kleine weiße Zehen auf. Schweißüberströmt und zitternd kroch sie zum anderen Ende der Grube und schaufelte weiter, bis sie Dodos Gesicht freigelegt hatte. Mit der Hand wischte sie ihr die Augen ab. Sie waren geöffnet. Katharina säuberte sie sorgfältig, bevor sie die Lider über die stumpfen Augäpfel drückte.

Mit schleppenden Bewegungen erhob sie sich. Sie hatte das Gefühl, kaum noch stehen zu können. Ihre Beine zitterten unkontrolliert. Aber sie brauchte Blumen. Viele Blumen. Am besten gelbe. Sie machte kleine Schritte vor und zurück, bis ihre Beine ihr wieder gehorchten, und blickte sich suchend um. Irgendwo fing ein Vogel an zu pfeifen. Langsam wie eine Schlafwandlerin durchstreifte Katharina den Park und stellte einen riesigen Strauß zusammen. Die elastischen, blühenden Zweige hatten beim Abreißen tief in ihre Hände geschnitten, ohne dass sie es bemerkte. Blut tropfte auf die Pflanzen, als sie Dodos Gesicht mit ihnen bedeckte.

Katharina ging zurück ins Haus. Sie versuchte nicht, die Spuren ihrer Grabung zu beseitigen. Ihr war gleichgültig, was sie mit ihr tun würden. Sie war jetzt bereit, mit Frodo zu gehen.

* * *

»Apartamientos, habitaciónes libres, apartamientos!«

Schwarz gekleidete alte Frauen priesen in den engen Gassen der Altstadt ihre freien Zimmer an. Händler räumten geschäftig ihre Waren in die Läden, um zur Siesta zu schließen, und bedienten vereinzelt noch späte Kunden.

Klara, Gil und Camila erreichten die Plaza España, den Hauptplatz des Ortes, der rundum von Eiscafés und Tapa-Bars gesäumt war, in denen sich vorwiegend Touristen zum Mittagsimbiss tummelten. Am Ende der Plaza bogen sie nach rechts in eine kleine Straße ein und entfernten sich vom belebten Zentrum. Zu beiden Seiten der Fahrbahn parkten dicht gedrängt staubige Autos, und Nachwuchsmachos knatterten stolz auf ihren frisierten Mopeds auf und ab.

»Irgendwo hier muss es sein.« Klara musterte die dicken, weiß gekalkten Mauern der Häuser. Die Fenster waren nach andalusischer Sitte fast ausnahmslos vergittert und geschlossen, dichte Spitzengardinen verwehrten den Blick ins Innere der Räume. Das schmucklose Straßenbild wirkte trist und abweisend. »Sànchez hat gesagt, ›bis zur Muschelbude‹. Daran sind wir schon vorbei. Dann muss auf der linken Seite bald ein altes schwarzes Holztor kommen und danach ist es der vierte Eingang und der zweite Hof.«

»Hier. Das muss der richtige Eingang sein.« Camila war vorausgeeilt und öffnete bereits die Holztür. Klara betrat zögernd den schattigen Innenhof und war wie schon so oft überwältigt von der tropischen Fülle, die sich hinter den kahlen Mauern andalusischer Häuser verbarg. Verschwenderisch wucherten grüne und blühende Pflanzen in Töpfen, Kübeln und Beeten auf einem kunstvollen Mosaikboden. In der Mitte des Hofes plätscherte Wasser in einem Brunnen, und an jeder Seite waren türkisfarben lackierte Türen und Fenster weit geöffnet. Vier alte Frauen saßen in gehäkelte Tücher gehüllt auf Stühlen zusammen und plauderten.

»Señora Breuer? *Si, si. Aquí.*« Die Frauen nickten lächelnd und zeigten auf einen offenen Rundbogen am Ende des Innenhofs, der in einen zweiten, wesentlich kleineren, aber ebenso üppig begrünten Hof führte. Hier gab es nur eine Tür, und die war geschlossen. Unsicher blickten sie sich an.

»Ob Sànchez schon da ist? Vielleicht sollten wir vorsichtshalber noch etwas warten.« Klara hob die Hand, um zu klopfen, und ließ sie wieder sinken. Eine ungewohnte Scheu ließ sie zögern. Wenn es nun doch nicht Katharina gewesen war, einfach nur ein großer Irrtum? Sie würden ihrer Mutter Hoffnung machen, die es vielleicht schon lange nicht mehr gab.

»Gute Idee«, murmelte Camila. Ihr und Gil, der mit gesenktem Kopf ein paar Meter hinter ihnen stehen geblieben war, schien es ähnlich zu gehen.

Die Tür öffnete sich, und ein zartgliedriges Mädchen streckte ihnen eine fast durchscheinende Hand entgegen. »Kommen Sie herein. Ich bin Sylvie Breuer. Sie können Sylvie zu mir sagen.«

Auf den zweiten Blick wirkte sie wesentlich älter. Tiefe Kerben umrahmten den Mund und die klaren, hellblauen Augen. Die hohen Wangenknochen betonten die Magerkeit des Gesichts. Ihr silberblondes Haar war von grauen Strähnen durchzogen und nachlässig zu einem dicken Zopf geflochten.

Sie traten direkt in die kleine Küche, in der bereits Comisario Sànchez Algarra auf einer Holzbank saß und rauchte.

»Bitte, setzen Sie sich.«

Verlegenes Schweigen machte sich breit. Alle suchten nach einem unverfänglichen Einstieg, ohne überhöhte Erwartungen zu wecken oder zu enttäuschen.

Sànchez hustete. »Ich hoffe, wir …«

»Sie sind wegen meiner Tochter hier.«

»Ich bin Klara Keitz.«

»Ich habe etwas mitgebracht.«

Alle hatten gleichzeitig zu reden begonnen und schwiegen nun wieder abrupt.

Camila räusperte sich und hob den Kopf. »Also, ich bin Camila Cabrera Gómez und das sind mein Mann Gil Ramiro Gimenéz und meine Freundin Klara Keitz. Ich denke, der Kommissar hat Ihnen schon das Wichtigste erzählt. Um es kurz zu machen: Ich habe eine Skizze von dem Mädchen, das wir im Park der Villa gesehen haben, angefertigt.« Sie zog eine graue Papphülle aus ihrer Tasche und klappte sie auf.

Sylvie sprang auf und griff hastig nach der Zeichnung. Mit einem erstickten Laut ließ sie das Blatt auf den Holztisch fallen und stützte sich mit beiden Armen auf.

Die Skizze war in der Mitte des Tisches gelandet. Die Augen des Mädchens schienen alle Umstehenden anzublicken. Schwach tönten die Laute spielender Kinder durch das geschlossene Fenster.

»Das ist sie«, murmelte Sylvie mit rauer Stimme. Sie streichelte unentwegt Katharinas Gesicht, fast ohne es zu berühren, als hätte sie Angst, die Kälte des Papiers zu fühlen.

Klara blickte auf Sylvies Hände. Wie klein sie waren. Sie legte eine Hand auf Sylvies Arm und spürte ihr Zittern unter der feuchten Haut.

Sylvie sah auf und schüttelte wie erwachend den Kopf. Ihre Augen waren trocken, obwohl ihre Stimme klang, als würde sie weinen. »Ich hab so viele Fotos, auf denen sie lacht.« Sie verließ hastig die Küche und kam mit einem großen roten Schuhkarton zurück, den sie neben dem Bild absetzte. »Sehen Sie! Hier. Und hier. Und dies.« Hektisch griff sie in den Karton und holte immer mehr Bilder hervor, die sie auf den Tisch warf. »Die hab ich mir damals schicken lassen.«

Alle griffen nach den Fotos und musterten sie schweigend. Gil und der Kommissar blickten Klara und Camila fragend an.

»Kein Zweifel.«

»Ganz sicher, das ist sie.« Klara betrachtete traurig das strahlende Mädchen auf dem Foto in ihrer Hand. Katharina trug einen blauen Skianzug und hatte ein Snowboard geschultert. Unbeschwert lachend winkte sie in die Kamera.

»Das war letzten Winter. In Italien. – Wie hat Katharina

ausgesehen? Ging es ihr gut?« Sylvie biss auf ihre Fingerknöchel und stand auf. Ziellos ging sie in der Küche umher.

»Sie sah nicht krank aus. Aber sie sollte so schnell wie möglich da rausgeholt werden«, wich Klara einer direkten Antwort aus.

Sylvie schloss die Augen. »Es geht ihr schlecht, nicht wahr? Sicher, absurde Frage! Aber sie lebt.« Sie schwankte, setzte sich auf einen der hochlehnigen Holzstühle und verbarg das Gesicht in den Händen.

Abwesend starrte der Kommissar eine Fliege an, die auf seinem Arm gelandet war.

Sylvie stand auf, setzte sich wieder und erhob sich sofort erneut. »Wo genau ist die Villa?«, fragte sie und wirkte, als wolle sie sofort aufbrechen.

Bevor jemand antworten konnte, hob Sànchez die Hand. »Sie können unmöglich dort hineinspazieren und Ihre Tochter einfach so holen«, sagte er langsam. Er sah entschlossen aus, als hätte er sich zu einer schwierigen Entscheidung durchgerungen.

»Was soll das denn heißen? Und wenn Sie mich begleiten? Sie sind schließlich von der Polizei und können verlangen, dass man uns ins Haus lässt.« Sylvies Stimme wurde immer lauter und kippte am Ende des Satzes.

»Nein, nein. Bitte warten Sie. Ich muss erst mal nachdenken.« Der Kommissar zerknautschte seine leere Zigarettenpackung, griff gedankenverloren zu Gils Schachtel, klopfte eine Zigarette heraus, zündete sie an und inhalierte tief. Sofort, nachdem er sie ausgedrückt hatte, steckte er sich eine neue an. Blauer Rauch umwölkte seinen runden Kopf. »Ich weiß nicht, aber ich glaube, so einfach geht das nicht. Ich darf ohne Durchsuchungsbefehl nicht ins Haus, wenn die Bewohner es nicht erlauben. Vielleicht könnte ich aufgrund dieser neuen Ereignisse einen bekommen, aber das bezweifle ich. Die Villa scheint unter besonderem Schutz zu stehen. Die Besitzerin ist eine Bekannte meines Chefs. Wenn Sie mich fragen, läuft nicht alles so ab, wie es sollte. Darum bin ich ja jetzt hier bei Ihnen und setze meinen Job aufs Spiel.« Er schien nach Worten zu suchen. Seine Miene verdüsterte sich. »Es ist nur ein ganz vages Gefühl. Aber auch damals, als Ihre Tochter verschwunden ist, war für meine Begriffe nicht alles so, wie es sein sollte. Oder hätte sein können. Vielleicht steckt ja auch gar nichts dahinter und ich verzapfe hier gerade den größten Bockmist meines Lebens.« Unglücklich brach er ab. Lange Reden waren offensichtlich nicht seine Stärke.

»Aber damals haben Sie mir doch versichert, dass alles getan wurde …«, warf Sylvie verwirrt ein.

Sànchez hob hilflos die Hände. »Sicher, schon, es gab ja auch keine eindeutigen Versäumnisse. Aber man kann eine Ermittlung so und so durchführen, wissen Sie? Es gab zwar keinen Hinweis auf eine andere Person am Tatort, die eine Fahndung notwendig gemacht hätte, zum Beispiel eine Suche mit Hubschraubern … Und doch … Wenigstens eine Hundestaffel … Und die Spurensuche am Tatort … Ich bin selbst Stunden da gewesen und habe alles gründlich unter die Lupe genommen. Es gab dort wirklich nichts. Aber wir sind schließlich die *Policía Municipal* und für Straßenverkehr, Streitereien, Ruhestörungen oder höchstens noch kleinere Diebstähle zuständig. Deshalb unterstehen wir auch direkt dem Bürgermeister. Kapitalverbrechen bearbeitet die *Guardia Civil.* Die hätte sofort alarmiert werden müssen, nicht erst sechsunddreißig Stunden später, als sämtliche Spuren schon kalt waren. Die haben dann noch tagelang das Meer und die Küste abgesucht … Aber alles ist viel zu spät in Gang gesetzt worden. Nur weil mein Chef der Meinung war, bei Katharinas Verschwinden liege kein Kapitalverbrechen vor.« Langsam schüttelte Sànchez den Kopf. Er vermied Sylvies Blick.

»Wieso haben Sie die *Guardia Civil* denn nicht trotzdem alarmiert?«, fragte Klara bestürzt.

Der Kommissar starrte trübsinnig die Fliege an, die jetzt über den gehäkelten Lampenschirm krabbelte. »Feigheit. Ich habe keine Erlaubnis bekommen. Ich hatte Angst um meinen Job. Das werf ich mir jetzt noch vor. Ich hab es mehrfach vorgeschlagen, aber es wurde jedes Mal abgelehnt. Es gab nun mal kein eindeutiges Versäumnis. Darum kann ich Ihnen die Entscheidung, ob Sie jetzt zur *Guardia Civil* gehen wollen oder nicht, auch nicht abnehmen. Vielleicht bekommen Sie ja sofort Hilfe und die stürmen gleich die Villa. Für sensibles Vorgehen ist die *Guardia Civil* nämlich nicht gerade berühmt. Aber vielleicht halten die Sie auch für Spinner.« Erschöpft schwieg Sànchez und wischte sich mit dem Ärmel seines Parkas die Stirn ab. Seine Hand hatte einen feuchten Abdruck auf der polierten Holzplatte des Tisches hinterlassen.

»Sie könnten sich an die deutsche Polizei wenden«, schlug Klara vor, erinnerte sich dann aber an ihre eigenen Erfahrungen mit Behörden. »Nein, keine gute Idee. Bis man da auch nur die zuständige Person am Telefon hat, kann es Tage dauern. Und dann beginnt der Dienstweg ...«

»Haben Sie keine Freunde bei der Polizei, denen Sie vertrauen? Die Sylvie helfen würden? Wir können allein doch gar nichts erreichen.« Gil wandte sich Sànchez zu.

»Nein, jedenfalls keinen, der riskieren würde, seinen Job zu verlieren. Entweder wir kümmern uns darum, und dann sollten wir erst mal mit niemandem darüber reden, oder Sie gehen zur Polizei.« Der Kommissar hörte sich an, als rede er über einen obskuren Verein und nicht über seinen eigenen Arbeitgeber.

Sylvie hatte den Kopf auf die Tischplatte sinken lassen. Ihre Hände krallten sich in ihr Haar, als wollte sie es sich ausreißen. »Was soll ich denn tun?«, brach es aus ihr heraus. »Wie bekomme ich Katharina schnellstens da raus?«

Langes Schweigen folgte, in dem nur das gleichmäßige Gebrumm der Fliege zu hören war.

Sànchez atmete tief durch. »Jetzt ist auch schon alles egal. Ich hab da eine Idee. Geben Sie mir bis morgen früh Zeit.«

* * *

»Schaff sie endlich weg!« Jeannette riss die Flügel der Tür auf und sog die klare Luft ein. In der dumpfen Feuchtigkeit des Wintergartens glaubte sie zu ersticken. »Seitdem sie die Leiche ausgegraben hat, ist sie sowieso schon fast tot. Sie isst nicht, trinkt nicht, liegt nur auf dem Bett und reagiert auf gar nichts mehr. Ich kann das nicht mehr ertragen.«

Enzo ging auf sie zu und blieb dicht vor ihr stehen. »Wirst du aber noch ein paar Tage müssen. Auf keinen Fall rühre ich die Kleine an! Ich kann sie verbuddeln, aber nicht abstechen. Wir warten, bis Miguel zurückkommt.« Er verschränkte die Arme und lehnte sich wie ein gelangweilter Gastgeber an die Wand.

»Wieso meldet er sich nicht? Spätestens gestern hätte er anrufen sollen. An sein Handy geht er auch nicht. Wo ist denn der verdammte Unterschied, ob du sie nur vergräbst oder es gleich selbst erledigst?«, fragte Jeannette.

»Wenn du keinen Unterschied siehst, mach du es doch! Ansonsten schließ sie weg, bis Miguel wieder da ist.«

»Du bist so ein beschissener Feigling. Erzähl mir nicht, du würdest nicht hören, wenn sie schreien. Fühlst du dich weniger schuldig, wenn du nur lauschst, anstatt es selbst zu tun? Ist es das? Du hast doch noch nie etwas selbst gemacht, dich immer nur auf dein hübsches Gesicht verlassen und darauf, dass irgendeine dafür zahlt und dass andere die Drecksarbeit machen.« Jeannette schlug ihm wutschnaubend die Zigarette aus der Hand. Ihre langen Fingernägel hinterließen rote Striemen auf seinem Handrücken.

Gelassen trat Enzo die glimmende Kippe aus, die sich

langsam in den elfenbeinfarbenen Teppich fraß. »Und meine erste rühmliche Tat sollte jetzt sein, ein Kind zu töten? An der Argumentation musst du noch ein wenig feilen.« Herausfordernd blickte er Jeannette an. »Mach's selbst!«

»Worauf du dich verlassen kannst!«

* * *

Vor der regenüberströmten Balkontür schäumte das Meer. Unschlüssig saß Klara mit dem Telefonhörer in der Hand auf dem Bett in ihrem Zimmer.

»So schlecht ist das Wetter gar nicht«, beschloss sie. Kein Grund, das Treffen abzusagen. Beim Surfen wurde man ja sowieso nass. Und Jan kannte schließlich eine ruhige Bucht, vielleicht ohne Wind und Wellen. Sie atmete tief durch, wählte mit zittrigen Fingern und stand auf. Beim Telefonieren im Stehen klang die Stimme wesentlich lässiger und unverkrampfter.

»Hi, Klara hier. Wie sieht's aus mit Surfen?«

»Surfen?«

»Surfen. Ich dachte, das hatten wir heute vor.« Sie trat von einem Fuß auf den anderen.

»Äh, ja, sicher, aber hast du in der letzten Zeit mal aus dem Fenster gesehen?«

»Es regnet ein bisschen, aber ich dachte, vielleicht in einer ruhigen Bucht ...« Klara spürte, wie ihre Wangen glühten. Hoffentlich hielt er sie jetzt nicht für übereifrig.

Jan kicherte. »Ich würde die Wetterlage als mittleres Unwetter definieren. Was hältst du davon, wenn wir das Surfen verschieben und dafür heute Abend bei mir kochen?« Jans dunkles Lachen drang leise aus dem Hörer, als hätte er ihren kleinen Freudentanz gesehen.

»Oh, nun ... keine schlechte Idee!«

* * *

»Wie schön, dass du dich auch mal wieder blicken lässt.« Magalís tiefe Stimme vibrierte vor Ärger. »Du sagst nicht, wohin du gehst, nicht, wann du zurückkommst. Seit Wochen freuen wir uns auf deine freien Tage. Und jetzt? Die Kinder fragen nach dir und ich habe keine Antwort. Du wolltest heute Morgen mit ihnen und Jesús zum Fischen rausfahren. Er war hier, um euch abzuholen, und hat sie jetzt allein mitgenommen.«

Sànchez ließ betrübt den Kopf hängen und schob seinen massigen Körper an seiner wütenden Frau vorbei in die Küche. Aus den blubbernden Töpfen auf dem Herd stiegen verlockende Düfte. Ohne seinen obligatorischen Blick nach dem Essen setzte er sich schwerfällig in seinen Lehnstuhl am Kopfende des großen Tisches.

»Was ist denn mit dir los? Bist du krank?« Prüfend legte sie eine Hand auf seine Stirn. Magalís Zorn wich offensichtlich der Besorgnis. »Du bist ja ganz heiß.«

Mit einem Ruck hob er den Kopf und griff nach dem Arm seiner Frau. »Ich muss mit dir reden. Du musst Bescheid wissen. Wenn du willst, steige ich aus. Wenn ich weitermache und irgendwas schief geht, bin ich die längste Zeit Polizist gewesen und kann wieder für wenig Geld mit Jésus rausfahren. Vielleicht nicht mal mehr das. Wenn ich nicht weitermache, stirbt vielleicht ein Kind.«

Magalí stellte zwei Tassen mit Kaffee auf den Tisch und setzte sich. »Erzähl!«

* * *

»Schlimme Geschichte, in der Tat. Aber wieso erzählst du mir das alles?« Florentino Velascos Stimme klang höflich distanziert.

»Du sollst das Sicherheitssystem knacken, den Einbruch organisieren und äh, auch bewerkstelligen.« Sànchez Algarra brachte die Worte nur stockend über die Lippen.

»Bist du wahnsinnig?! Von was für einem Apparat rufst du an? Womöglich vom Revier?«

»Ich bin doch nicht völlig verblödet. Aus einer Telefonzelle.«

»Gib mir die Nummer. Ich ruf dich in zehn Minuten dort zurück.« Florentino legte auf.

Sànchez kannte ihn seit über zwanzig Jahren. Florentino war seine erste Verhaftung gewesen, der ungeschickte Einbruch in den verstaubten Uhrenladen wiederum Florentinos erster Vorstoß in die Gesetzwidrigkeit. Sànchez hatte Mitleid mit dem verängstigten mageren Studenten gehabt, der ihm, obwohl er selbst nur zwei Jahre älter war, viel jünger erschien. Da kein Schaden entstanden war, hatte er beide Augen zugedrückt. Er hatte Florentino zwar auf frischer Tat ertappt, aber zu Protokoll gegeben, dass der Verdächtige durchaus auch ein neugieriger Passant gewesen sein könnte.

Danach war Florentino zum Star am Himmel der internationalen Einbrecherzunft avanciert. Nebenbei hatte er mit summa cum laude in Jura promoviert. Sein Name tauchte in allen einschlägigen Datenbanken auf, aber man hatte ihm nie etwas nachweisen können. Mittlerweile lebte er in einem feudalen Stadthaus in Sevilla, unterrichtete als Gastdozent an der dortigen Universität und war staatlicher Berater in Sicherheitsfragen. Aus der aktiven Kriminalität hatte er sich zurückgezogen.

Das Telefon klingelte.

»Ja?«

»Manuel?«

»Ja.«

»Hör zu. Ich kann das unmöglich machen. Ich arbeite nicht mehr. Nicht mehr in diesem Bereich. Wie stellst du dir das vor? Ich hab hier Vorlesungen zu halten, Vorträge vorzubereiten, einen schon für morgen, und allein in der nächsten Woche halte ich drei im Rahmen des internationalen Kongresses für –«

»Halt die Luft an. Ich hab verstanden. Was ist mit dem Kind? Kannst du ruhig schlafen, wenn du jetzt nein sagst und sie nicht heil da rauskommt?«

»Ruhiger vermutlich als in einer schäbigen Doppelzelle.«

»Ich sag's nicht gern, aber ich hab noch was gut bei dir, denke ich.«

»Das ist wahr, Manuel.« Florentino schwieg. Nur das Rauschen und Knacken der Leitung war zu hören. »Also gut«, sagte er nach einer Weile leise. »An wann hattest du denn gedacht? Hast du schon etwas vorbereitet, Informationen besorgt?«

»Einiges, ja. Und so schnell es geht. In zwei, spätestens drei Tagen.«

»Unmöglich. Zu schnell. Aber wir sollten auf keinen Fall weiter am Telefon darüber reden. Kannst du morgen früh nach Sevilla kommen?«

»Wann?«

»Ich halte eine Vorlesung über Sicherheitssysteme in öffentlichen Gebäuden. Komm um zwölf ins Audimax. Ich weiß nicht genau, wie lange es dauert. Fang schon mal mit der Observierung der Villa an. Wir müssen so schnell wie möglich so viel wie möglich über die Gepflogenheiten der Bewohner erfahren.« Florentinos Stimme klang zunehmend beschwingt. »An den Gedanken kann ich mich gewöhnen. Und mit dir zu arbeiten dürfte ein würdiger Abschluss meiner Laufbahn sein.«

* * *

»Papá! Es gibt Tortilla. Mit Schinken. Ganz viel Schinken. Und Paprika.« Carlota saß am Küchentisch und versuchte Eier kreiseln zu lassen.

Magalí schaute ihn fragend an.

»Er macht's. Und du, bist du sicher?«

Energisch nickte Magalí. »Keine Frage. Stell dir vor, es wär eins von unseren.«

»Von euren was?« Carlota lauschte neugierig.

»Von unseren Kindern, mein Schatz. Jetzt schlagen wir zusammen die Eier auf.« Sànchez stellte Schüssel und Schneebesen auf den Tisch.

»Papá, warum dreht sich das gekochte Ei schneller als die rohen?«

»Weil im gekochten Ei drinnen alles durchs Kochen zusammen ist, und im rohen Ei ist das Eigelb noch lose und dreht sich nicht so schnell mit, wie sich das Eiweiß alleine dreht. Glaub ich.«

Carlota schlug das erste Ei am Schüsselrand auf und der Inhalt platschte auf den Tisch.

Mit einem schnellen Blick vergewisserte sich Manuel, dass Magalí aufs Zwiebelhacken konzentriert war, und schaufelte das Ei mit den Händen in die Schüssel.

»Das versteh ich nicht, Papá.«

* * *

Etwas Spitzes bohrte sich in ihre Wange, und von dem Schmerz wachte sie auf. Sylvie tastete und fand eine Gabel unter ihrem Kopf. An ihrer rechten Wange klebte ein Foto. Sie hatte alte Bilder von Katharina betrachtet und war darüber am Küchentisch eingenickt. Im Schlaf hatte sie offenbar geweint. Ihre Tränen hatten Flecken auf den Fotos hinterlassen. Mit ohnmächtiger Verzweiflung ließ sie ihre Stirn wieder auf den Tisch knallen. Entweder hatte der Kommissar sehr bald einen verdammt guten Vorschlag, oder sie würde ihre Tochter mit Gewalt aus der Villa holen. Irgendwie würde sie Katharina herausbekommen. Der Privatdetektiv hatte ihr damals eine Glock 27 besorgt, eine handliche automatische Pistole, mit der sie mittlerweile gut umgehen konnte. Über die Konsequenzen würde sie sich später Gedanken machen.

Es klopfte an der Küchentür. Ohne Aufforderung trat Sànchez Algarra ein. »Wir brechen in die Villa ein und holen Ihre Tochter raus.« Er erklärte ihr den gewagten Plan. »Wir müssen einen Schichtdienst für die Überwachung einteilen und warten, bis die Bewohner das Haus verlassen haben. Sobald Florentino die Sicherheitsanlage geknackt hat, gehen wir rein. Eigentlich müssten auch noch Leute in der Villa arbeiten, Köchin, Putzfrau, Gärtner ... allerdings niemand aus der Gegend. Aber das Personal lassen wir erst mal außen vor.«

»Was machen wir, wenn nicht alle gleichzeitig weg sind?«

»Das sehen wir dann. Im äußersten Notfall müssen wir eben rein, wenn noch jemand im Haus ist.«

»Wann geht es denn endlich los?« Sylvie konnte den Gedanken nicht ertragen, noch länger zu warten.

»Vielleicht in ein, zwei Tagen, wenn wir alle Nachtschichten einlegen.«

»Ich werde das Gefühl nicht los, dass es entsetzlich eilt. Glauben Sie, dass wir es schaffen?« Sylvie begann zu zittern.

»Zumindest haben wir das bestmögliche Team.« Sànchez legte seine kräftigen Arme um sie, so wie er es mit seiner Tochter machte, wenn sie sich das Knie aufgeschlagen hatte, und hielt Sylvie, bis das Zittern aufhörte.

* * *

Die Tür des Wohnmobils schwang auf, und in großen Sprüngen stürmte die Dogge durch den prasselnden Regen auf das vorfahrende Taxi zu. Klara entlohnte den Fahrer und stieg aus. Im Türrahmen wurde Jans blonder Schopf sichtbar, er zog sich aber schleunigst zurück, als Klara und der Hund auf ihn zurasten.

»Halt! Draußen bleiben!«, brüllte er von drinnen.

Irritiert stoppte Klara.

»Nein, sorry, nicht du. Komm bitte rein.« Jan wedelte zur Begrüßung mit einem großen blauen Frotteehandtuch. »Elfchen muss warten, bis ich sie abgetrocknet habe, sonst steht gleich der Wagen unter Wasser.«

Klara drückte sich an Jan, der an der Treppe den Hund trocken rubbelte, vorbei ins Innere des Wagens und sah sich um. Durch die gewölbten Plastikfenster in den Seitenwänden und im Dach drang weiches Licht in den Raum. Ein weißer Leinenvorhang trennte die Fahrerkabine vom Wohnraum. Rechts neben der Tür war eine winzige, aber sehr funktionale Küchenzeile eingebaut, links eine kleine Kabine mit Tür, vermutlich die Toilette. Gegenüber der Tür waren eine hölzerne Eckbank und ein Tisch im Boden verschraubt. Im erstaunlich geräumigen Wohnbereich im hinteren Teil des Wagens standen ein Sofa, das kuschelig aussah, und ein passender Sessel, ein papierübersäter Schreibtisch mit Notebook, ein Einbauschrank und ein riesiger Hundekorb mit einem geblümten Kissen. Auf dem Zwischenboden über der Fahrerkabine vermutete Klara die Matratze.

»Gefällt's dir?« Jan stand dicht hinter ihr. Sie konnte seinen Atem in ihrem Nacken spüren.

Die leicht nach feuchtem Hund riechende Dogge ließ sich laut grunzend auf ihr Kissen fallen.

»Beeindruckend. Ich hab mir Wohnmobile viel beengter vorgestellt und vor allem nicht so gut eingerichtet.« Befangen durch seine Nähe wich Klara einen kleinen Schritt zurück und prallte mit dem Rücken gegen die Wand.

»Sehr geräumig ist es allerdings auch nicht. Ich lade meist nur Leute ein, die mir vertraut sind. Die Einrichtung hab ich selbst entworfen. In diesen serienmäßigen Wohnmobilen könnte ich nicht leben.«

»Warum hast du mich eingeladen? Ich bin dir nicht vertraut«, stellte Klara fest.

»Aber Elfchen.« Jan öffnete den Kühlschrank und häufte Tomaten, Salat, Kartoffeln und Zitronen auf den Tisch. »Ich hoffe, du magst Thunfisch mit Gemüse und Kartoffeln im Ofen gebacken, dazu Salat. Kannst du den Fisch in Würfel schneiden?« Er gab Klara ein Messer.

»Vermutlich. Bist du zum Surfen in Conil?«

Lachend schüttelte Jan den Kopf. »Nein, wegen des Sonnenofens in der Tabernas-Wüste. Ich arbeite für die Deutsche Luft- und Raumfahrttechnik und baue mit an der Solarplattform von Almería. Drei oder vier Tage in der Woche bin ich vor Ort, den Rest der Zeit verbringe ich hier.«

»Du arbeitest auf dem Bau?« Klara war überrascht. Jans schmale Hände wirkten nicht abgearbeiteter als ihre eigenen.

»Nicht direkt, mehr im technischen und planerischen Bereich. Ich bin Elektroingenieur. Mittlerweile reise ich seit über zehn Jahren von Projekt zu Projekt. Allerdings achte ich, wenn ich einen Job annehme, immer darauf, dass ein Meer in der Nähe ist.« Jan öffnete eine Flasche Rotwein.

Geräuschlos näherte sich Elfchen. In dem engen Wohnmobil bewegte sie sich verblüffend langsam und vorsichtig. Geschickt kletterte sie neben Klara auf die Eckbank und legte ihren massigen Kopf auf den Tisch.

»Runter vom Tisch«, sagte Jan streng ohne sich umzudrehen.

Unwillig setzte Elfchen sich aufrecht hin und lehnte sich gegen Klara.

»Lebst du in Deutschland am Wasser?«, fragte Jan.

»Nein, so gar nicht. In Dortmund. Da gibt's kein größeres Gewässer, aber auch kaum Sonne.«

»Fühlst du dich dort wohl?«

Irritiert überlegte Klara. »Weiß nicht. Darüber denke ich nicht nach. Ich lebe eben dort. Ich hab meine Arbeit, die mir gefällt, Freunde ... Es gibt bestimmt schönere Orte, das ja, aber ... doch, ich fühle mich wohl in Dortmund.« Das Bild des rankenüberwucherten kleinen Gästehauses an den Klippen drängte sich in Klaras Gedanken.

Jan nahm den Teller mit den Fischwürfeln vom Tisch. »Sorry, wenn ich zu neugierig war. Ich bin etwas aus der Übung, was belanglose Konversation betrifft.«

»Beim Reisen lernst du doch bestimmt haufenweise neue Leute kennen.«

»Nicht mehr so oft wie früher. Neue Menschen verlieren den Reiz. Das ist der Nachteil am Vagabundieren. Ein Projekt dauert meist ein bis eineinhalb Jahre. Für Freundschaften mit den Einheimischen reicht das selten aus. Und immer wieder neue fröhliche Touristen kennen zu lernen ist wie jeden Tag Fast Food zu essen.«

Klara hob den Kopf und stellte verblüfft fest, dass Jan leicht wehmütig in den Backofen starrte. Offenbar hatten sie ein Gespür für ihre wunden Punkte.

»Ich bin auch eine Touristin. Hast du mich nur eingeladen, weil dein Hund mich mag?« Klara war sich gar nicht sicher, ob sie die Antwort wirklich wissen wollte. Schon lange hatte sie kein Mann mehr so angezogen wie Jan.

»Ja, eigentlich schon. So etwas hab ich bei ihr noch nie erlebt. Als würde sie dich schon lange kennen. Oder als hätte sie dich erwählt. Für irgendwas.«

Vergnügt sah Klara, dass Jans Gesicht rot anlief und er sich hastig über die Auflaufform beugte.

Elfchen legte ihren Kopf schwer auf Klaras Schulter und begann leise zu schnarchen.

* * *

Sànchez Algarra stellte den Scheibenwischer auf die höchste Stufe und versuchte, durch den dichten Regenschleier die Abzweigung des Feldwegs zu erkennen. Das dünne Licht der Autoscheinwerfer drang nur wenige Meter weit in die dunkle Nacht. Er blickte durch das Seitenfenster, um sich zu orientieren. Da. Hellbrauner Lehm spritzte auf, als er scharf auf den unbefestigten Weg bog, legte sich klumpig auf die Scheiben und wurde in Schlieren wieder fortgespült. So gut wie möglich vermied er größere Pfützen und schlitterte über den weichen Untergrund. Um ein Haar hätte er den Eingang der unbeleuchteten Villa übersehen.

Er parkte am Wegrand und bemerkte den morastigen Boden. Hoffentlich versank das Auto nicht im Schlamm. Sànchez hustete und zog seine Mütze tiefer ins Gesicht. Er löschte die Scheinwerfer und sah auf das beleuchtete Zifferblatt seiner Armbanduhr. Gleich elf.

Fröstelnd stieg er aus dem trockenen Wagen und schloss den Reißverschluss seiner langen Gummijacke. Er kraxelte ungelenk aufs Autodach. Einen Blick durch die Strohmatten wollte er wegen der Bewegungsmelder, die er hinter den eingeflochtenen Drähten vermutete, nicht riskieren. Er hoffte inständig, dass er sich nicht im Blickfeld einer versteckten Kamera befand.

»Au!« Sànchez' Gummisohle rutschte auf dem nassen Blech ab, und er landete unsanft auf dem rechten Knie. Die erste Beule! Seit acht Jahren hütete und pflegte er den Wagen. Sein kirschroter Corsa war vermutlich das einzige beulenlose Auto in ganz Conil. Gewesen. Er setzte sich und strich bedauernd mit der Hand über die deutliche Vertiefung und fühlte sogleich noch weitere Dellen, die er mit seinen schweren Füßen ins Blech gedrückt hatte. Aber wie oft sah er schon auf sein Autodach? Er riss sich aus seinen wehmütigen Überlegungen, erhob sich vorsichtig und spähte über den Zaun zum Haus.

Verschwommen schimmerte Licht durch zwei Fensterläden im rechten und linken Flügel der Villa. Der Mittelteil war dunkel. Was jetzt? Sollte er warten, bis sie die Lampen löschten? Die Kälte machte seine Gesichtshaut gefühllos. Einmal in der Stunde würde er sich eine Tasse heißen Kaffee aus der Thermoskanne gönnen. Er richtete sich auf eine lange und unbehagliche Nacht ein. Wenn er Pech hatte, schliefen sie bei Licht.

Halb zwölf. Das Licht hinter dem rechten Fenster erlosch.

Zwölf. Das Haus wurde dunkel. Sànchez Algarra zog die Thermoskanne aus der Jackentasche und goss die heiße Flüssigkeit in den Deckel. Kalter Regen verwässerte den Kaffee. Noch zehn Minuten zur Sicherheit, dann würde er nach Hause fahren.

* * *

Der Regen schlug auf das dünne Wagendach wie flinke Finger auf die straff gespannte Haut einer Trommel. Die Rechtecke der Plexiglasscheiben wirkten wie schwarzgraue Bilder an den Wänden. Klara saß mit untergeschlagenen Beinen im Sessel. Chill-out-Musik füllte das prickelnde Schweigen und brach nach einem letzten Akkord abrupt ab. Stille breitete sich aus.

»Ich muss langsam mal los«, sagte sie leise.

»Es regnet gerade.«

»Stimmt. Seit circa acht Stunden und vermutlich noch die ganze Nacht. Aber ich hab einen Schirm.« Klara streifte ihre Schuhe über. Plötzlich wieder verkrampft, mied sie Jans Blick. Jetzt wäre der perfekte Moment für ihn, ihr sein Bett anzubieten.

»Ich bring dich zum Hotel. Elfchen muss sowieso noch mal raus.«

Also kein Übernachtungsangebot. Elfchen spitzte ihre Ohren und wartete auf weitere Zeichen zum Aufbruch.

Widerwillig schlüpfte Klara in ihre gewachste Jacke und öffnete die Tür. Sturzbäche fielen vom sternenlosen Himmel. Elfchen bellte erfreut auf, schoss mit einem gewaltigen Sprung ins Freie und landete klatschend im Matsch. Klara drehte sich um und stolperte. Jan griff zu, bevor sie aus der Tür fallen konnte. Unerwartet abrupt ließ er sie los, so dass sie erneut strauchelte, sich aber am Türrahmen festhalten konnte.

»Du brauchst nicht mitzukommen. Elfchen begleitet mich bestimmt bis zum Hotel. Es reicht, wenn ich nass werde.«

Er wich noch ein Stück zurück. »Ja, das ist wohl die klügste Lösung.« Aus sicherer Entfernung streckte er den Arm aus und tätschelte kurz ihre Schulter. »Ciao. War wirklich ein schöner Abend. Wir sehn uns.«

»Klar doch. Mach's gut.« Klara spannte den Schirm auf und stieg aus dem Wagen. Ihre Tränen mischten sich mit dem Regen. »Das hab ich doch alles hinter mir, ich brauch keinen und will auch gar nicht, und ob mich so ein Strandläufer toll findet, ist mir total egal«, murmelte sie.

Winselnd leckte Elfchen ihre Hand.

»Hey, alles in Ordnung, es ist nicht deine Schuld«, tröstete Klara leise den Hund. Eine Windböe klappte den Schirm um. »Scheiß auf den Schirm.« Klara warf das nutzlose Gerät gegen den Wind und machte sich nicht die Mühe, die Kapuze über die triefenden Haare zu ziehen. Sie war bereits nass bis auf die Unterwäsche.

»Warte!« Jans Stimme drang durch das Tosen der Elemente.

Neben ihr rollten die Wellen heran und brachen krachend auf dem Strand. Klara drehte sich nicht um, sondern beschleunigte.

»Es tut mir Leid. Warte bitte.« Keuchend hatte Jan sie erreicht und griff nach ihrem Arm.

Klara machte sich trotzig los und stolperte weiter über

den nassen Sand. Er zog sie in seine Arme und hielt sie fest. »Komm mit mir zurück. Bitte. Ich hatte nur Angst.«

Klara drehte sich um, bis sie sein Gesicht sehen konnte. Jan umfasste mit der Hand ihren Nacken und vergrub seinen Kopf in ihrem tropfenden Haar. Neben ihnen wartete geduldig der Hund.

»Eigentlich hab ich mir geschworen, nie wieder was mit einer Touristin anzufangen. Das endet immer mit miesen Gefühlen, mindestens bei einem von beiden. Aber ich will dich auch nicht so gehen lassen«, murmelte er an ihrem Ohr.

Klara zog mit den Fingern die Konturen seines Gesichts nach, spürte die Härte seiner Schultern, den triefenden Stoff seines Hemdes und ertastete die einzelnen Rippen. Den ganzen Abend hatte sich sich danach gesehnt, seinen Körper unter ihren Händen zu spüren. »Dann lass uns endlich wieder ins Trockene gehen.«

* * *

Umbringen. Jeannette wühlte in ihrem Medikamentenschrank. Bizarr. So viele Leichen in ihrem Leben, aber jetzt wusste sie nicht, wie sie dieses verdammte Kind töten sollte. Erstechen? Erwürgen? Unmöglich. Am einfachsten waren wohl Tabletten. Das Mädchen aß nicht mehr, aber wenn sie ihr einen Becher an die Lippen hielt und Wasser einflößte, schluckte sie. Sie könnte ihr eine Honigmilch machen. Obwohl sie den Unterschied zwischen süß und bitter vermutlich gar nicht wahrnahm.

Vielleicht noch Ersticken, wenn die Tabletten nicht funktionierten. Kritisch las Jeannette die Etiketten, wählte einige Sorten aus, leerte die Fläschchen in ein Glas und füllte es mit Wasser aus dem Hahn auf. Sie ließ das Glas gemächlich kreisen, als erwarte sie, das Klirren von Eiswürfeln zu hören. Milch war bestimmt überflüssig. Sie löffelte reichlich

Honig in die trübe Brühe und trug die tödliche Mischung zu Katharina.

Unverändert lag sie reglos auf dem Bett. Die weit geöffneten Augen waren starr auf die Wand über der Kommode gerichtet. Ihr Gesicht wirkte fast heiter.

»Hallo. Katharina?«

Sie zeigte keine Reaktion.

Jeannette setzte sich neben sie und rüttelte ihre Schulter, erst leicht, dann immer heftiger, bis ihr ganzer Körper hin und her schaukelte. »Ich bin's, Jeannette.«

Nichts. Nur die Augen richteten sich wieder auf den imaginären Punkt über der Kommode aus.

Vorsichtig stellte Jeannette das Glas auf dem Nachttisch ab, schob Katharina ein dickes Kissen unter den Kopf und griff dann wieder nach dem Glas. Eigentlich war sie doch sowieso schon fast tot. Sie setzte das Glas an die Lippen des Kindes. – So klappte das nicht. Sie musste Katharina noch etwas aufrichten, um ihr das Wasser einzuflößen und schob die Hand unter das Kissen. Ihre Finger berührten etwas Hartes. Neugierig zog sie es hervor. Ein faustgroßer Holzklumpen. Nein, ein Herz aus Holz, glatt, wie poliert, speckig durch viele Berührungen.

Jeannette starrte auf den Becher in ihrer linken, das Herz in ihrer rechten Hand. Das Zimmer verschwamm vor ihren Augen. Sacht schloss sie Katharinas kalte Finger um das Holz und verließ den Raum.

* * *

»Ich danke Ihnen für Ihre Aufmerksamkeit.« Florentino Velasco nickte ins beifällig auf die Tische klopfende Auditorium und erhob sich. Gemeinsam mit drei anderen Dozenten saß er an einem schmalen Rednertisch vor den treppenförmig angeordneten Sitzreihen. Die Vorlesung war bestens besucht.

Sànchez Algarra, der erst vor einer halben Stunde zu der Veranstaltung gestoßen war, musste sich mit einem Stehplatz im Gang begnügen. Er hob seine Hand, und Florentino grüßte ihn über die Köpfe hinweg.

»Kommen Sie morgen in meine Sprechstunde. Entschuldigen Sie, aber ich bin leider in Eile.« Souverän lächelnd schob Florentino sich durch die anbrandende Menge der Studierenden.

Mit einem Anflug von Neid musterte Sànchez seine breiten Schultern, die schmale Taille und das volle, leicht silbrig gesträhnte Haar. Sànchez straffte sich und zog den Bauch ein.

»Manuel! Ich hatte gehofft, dass das gestern nur ein Scherz sein sollte. Aber leider bist du wirklich gekommen.«

»Ein Scherz wär mich auch lieber. Wo können wir reden?« Leicht enttäuscht musterte Sànchez Florentinos maßgeschneiderten anthrazitfarbenen Anzug und das schwarze Hemd. Falls hinter der Fassade des wohlhabenden, attraktiven Intellektuellen noch etwas von dem Jungen mit den hungrigen Augen versteckt war, konnte er es nicht finden. Geschweige denn den angeblich sagenhaften Meisterdieb.

Florentino führte Sànchez in eine kleine Bar auf der anderen Straßenseite. Dicht gedrängt hingen riesige dunkelrote Schinken von der Decke des Gastraums und verströmten ihren rauchigen Duft. Studenten belegten die meisten Tische und diskutierten lautstark.

»*Un cortado dulce, por favor.* Stimmen die Gerüchte über deine märchenhafte Karriere als Juwelendieb?« Sànchez nippte an seinem winzigen Espresso mit gezuckerter Kondensmilch.

»Woher weiß ich, dass du nicht verwanzt bist?«

Sànchez grinste. Die Frage reichte ihm als Antwort. »Ach komm, Florentino, red keinen Scheiß.« Er klopfte ihm auf den Rücken, dass es krachte.

»Nun gut. Wenn du einen hervorragenden Mann brauchst, hier hast du den besten.« Florentino richtete sich stolz auf. Seine Augen blitzten.

Erfreut erkannte Sànchez den alten Freund wieder. »*El guapo,* eitel wie eh und je.«

»Unfug. Eitelkeit ist tödlich in meinem Geschäft. Ich schätze lediglich realistisch meine Fähigkeiten ein und halte damit nicht unnötig hinter dem Berg.«

Sànchez warf einen Blick auf die Uhr. Die erste Observierungsschicht hatte Sylvie übernommen. Sie würde die Villa unauffällig überwachen, bis er sie ablöste. »Lass uns anfangen.«

»Okay. Als Erstes brauche ich Namen und Adresse des Architekten. Ich werde möglichst noch heute Nacht nachsehen, ob es Angaben über die Sicherheitsfirma gibt. Falls ja, werde ich dort anschließend die Informationen über das installierte System besorgen. Wenn alles klappt, komme ich morgen nach Conil.«

* * *

Hier war es also. Das Haus, nach dem sie seit Monaten gesucht hatte. Sylvies Körper spielte verrückt. Sie hatte Schwierigkeiten zu atmen. Ihr Herz raste, der Boden unter ihr schien zu schwanken und vor ihren Augen tanzten schwarze Punkte wie ein Schwarm Obstfliegen. Sie setzte das Fernglas ab, das an einem Lederband um ihren Hals hing, und schlang ihre Arme Halt suchend um den feuchten Baumstamm. Seit acht Stunden hockte sie jetzt in der knorrigen Steineiche, dabei zog es sie mit jeder Faser in das große weiße Haus, in dem kein Zeichen von Leben zu erkennen war. Die staubtrüben Fenster spiegelten matt die Sonne und erlaubten keinen Blick ins Innere. Ein loser Fensterladen im ersten Stock schaukelte im Wind und krachte in trägem Takt an die Wand.

Sylvie tastete mit den Füßen nach festem Stand in einer Astgabel und verlagerte vorsichtig ihr Gewicht. Von den nassen Blättern rieselten Wassertropfen auf ihren blauen Anorak.

Ob Katharina fühlen konnte, dass sie in der Nähe war? Sie lehnte ihre Wange an die raue kalte Rinde und versuchte sich das Leben ihrer Tochter hinter den dicken weißen Mauern vorzustellen. Es gelang ihr nicht.

Plötzlich schossen zwei große Hunde in den Garten und verschwanden zwischen den Büschen. Verflucht. Sylvie schnappte nach Luft und war sich plötzlich sicher, dass die Befreiung scheitern würde. Katharina fürchtete sich entsetzlich vor Hunden, sogar vor Dackeln und Pudeln, seit sie einmal im Urlaub von einem Streuner gebissen worden war, den sie hatte füttern wollen.

»Pssss.« Unter ihr zischte es leise.

Langsam bog Sylvie die Äste ein kleines Stückchen auseinander.

»Pssss.« Das Geräusch kam von rechts. Sànchez Algarra schlich in ihr Blickfeld. Suchend guckte er nach oben.

»Psss«, antwortete Sylvie. Trotz ihrer steifen Glieder glitt sie geschmeidig hinab und landete fast lautlos auf dem weichen Waldboden.

Sànchez winkte ihr, ihm zu folgen, und eilte gebückt durch das Unterholz aus Mastixsträuchern, Wacholder und Ginster voraus. Nach etwa hundert Metern stoppte er schnaufend. »Für so was bin ich nicht in Form. Ich fürchte, ich komme erst gar nicht auf einen Baum«, flüsterte er.

»Erzählen Sie, was hat Ihr Freund gesagt?« Sylvie war nicht nach Geplänkel zumute.

»Er wird heute Nacht versuchen, die nötigen Informationen zu besorgen. Wenn alles klappt, kommt er morgen her, und wir können mit den anderen die nächsten Schritte besprechen. Hat sich hier irgendetwas getan?«

»Nichts. Absolut gar nichts. Nicht mal ein Fenster haben

sie geöffnet. Die Hunde sind zwar in den Garten gekommen, aber vielleicht haben sie ja eine Klappe in der Tür. Sind Sie sicher, dass jemand da ist?«

»Gestern Nacht war jedenfalls irgendwer im Haus. Gegen zwölf wurde das Licht gelöscht. Bis halb eins bin ich vorsichtshalber noch geblieben. Wenn Sie seit fünf Uhr heute Morgen im Baum gesessen haben, ist es sehr wahrscheinlich, dass wer drin ist, oder?«

»Hoffentlich haben sie nicht irgendwas mitbekommen und sind abgehauen.« Sylvie schaute ihn mit angstvollen Augen an.

»Das glaube ich nicht. Ich werde Sie jetzt ablösen. Versuchen Sie sich etwas auszuruhen. Sie werden in den nächsten Nächten kaum zum Schlafen kommen.«

»Ich würde lieber hier bleiben.«

»Das wäre doch Unsinn. Sie waren jetzt fast acht Stunden im Baum. Irgendwann fallen Sie einfach runter. Außerdem müssen Sie die anderen benachrichtigen und sehen, wie weit sie mitmachen wollen. Ich bleibe hier, bis jemand mich ablöst. In einem der dickeren Bäume. Wenn sich etwas Dringendes ergibt, telefonieren wir oder senden eine SMS. Ich hab das Handy auf ›lautlos‹ gestellt.« Sànchez legte kurz die Hand auf ihre Schulter, blinzelte ihr tröstend zu und verschwand im Gesträuch.

* * *

Das Telefon klingelte. Benommen schüttelte Klara den Kopf, setzte sich ruckartig auf und fiel sofort wieder in die Kissen zurück, als sie mit dem Kopf an die niedrige Decke des Wohnmobils knallte. Schmerzerfüllt verzog sie das Gesicht und tastete nach der rasant wachsenden Beule auf der Stirn. Das Klingeln hörte auf, schrillte aber nach wenigen Minuten von neuem los.

»Verflucht!«, ächzte sie.

Jan lag mit leicht geöffnetem Mund auf dem Rücken und rührte sich nicht. Er war offenbar einer der wenigen Menschen, die auch in dieser Position geräuschlos schliefen. Klara hatte eine tiefe Abneigung gegen Schnarchen. Ihr Kinderzimmer hatte neben dem Schlafzimmer ihrer Eltern gelegen, und ihr Vater hatte geschnarcht, dass in ihrem Zimmer die Bilder an der Wand vibrierten. Zufrieden genoss sie die Stille, zog sich die Decke über die Schultern, kuschelte sich an Jans schlafwarmen Körper und schloss die Augen. Wieder schellte ihr Handy. Unwillig schob Klara sich zur Leiter am Fußende, kletterte vom Schlafboden und fischte das Telefon aus ihrer Jackentasche.

»Was gibt's?«, knurrte sie leise in den Hörer.

»Klara! Endlich! Wir haben uns Sorgen um dich gemacht. Wo bist du denn?«, erklang aufgeregt Camilas Stimme am anderen Ende der Leitung.

»Warte mal kurz.« Klara legte den Hörer zur Seite, schlüpfte in Hose und Jacke und stellte grinsend fest, dass der Knopf ihrer Jeans aus dem Bund gerissen war. Sie griff ihr Handy und verließ mit Elfchen, die sofort begeistert ihre Blase entleerte, den Wagen. »So. Jetzt können wir reden. Ich wollte Jan nicht wecken.«

»Jan? Ist das nicht der mit den Seeigeln?«

»Ist er.«

»Hast du bei ihm geschlafen? Mit ihm?«

»Ja und ja.«

»Und? Lass dir doch nicht jedes Wort aus der Nase ziehen.«

»Ich hab vielleicht zwei Stunden geschlafen! Und wollte noch ein paar. Wie spät ist es überhaupt?«

»Später Mittag. Halb zwei. Los, erzähl!«

»Kann ich nicht. Ich bin noch zu durcheinander. Aber es war jedenfalls das Beste, was mir seit Ewigkeiten passiert ist.«

»Wurde auch mal wieder Zeit! Aber jetzt direkt zum

ernsten Teil: Sylvie hat angerufen. Wir wollen uns alle zusammensetzen. Weil wir dich gesucht haben, sind wir schon alle im *La Luz*. Willst du auch kommen oder sollen wir ohne dich anfangen? Schließlich hast du ja eigentlich Urlaub.«

»Fangt ja nicht ohne mich an! In zwanzig Minuten bin ich bei euch.«

Klara wischte Elfchen die nassen Pfoten ab und kletterte wieder in den Wagen. Jan hatte sich nicht gerührt. Sie kramte zwischen Papier- und Bücherstapeln auf dem Schreibtisch nach einem leeren Fetzen Papier und einem Stift.

»Guten Morgen, ich wäre gern noch geblieben, bin aber mit meiner Freundin verabredet. Ist dringend.« Klara grübelte. Und jetzt? – Kuss? Zu sülzig. – Ruf mich an? Zu fordernd. – Ich ruf dich an? Hörte sich an wie eine Drohung. – Es war sehr schön? Völlig untertrieben und zu steif. – »Bis dann, Klara.« Bisschen trocken vielleicht. Beherzt setzte sie noch ihre Handynummer unter den Text.

* * *

Schwarze Sturmwolken hatten die Mittagssonne verdeckt und färbten das aufgewühlte Meer dunkel. Eine Mülltonne war vom Wind umgerissen worden und schepperte über die Straße. In der Ferne grollten vereinzelte Donner und erste dicke Tropfen klatschten auf Klaras Kopf. Sie rannte die letzten Meter bis zum Hotel und erreichte die Tür im selben Augenblick, als der Regen niederrauschte. Gil, Camila und Sylvie warteten an einem runden Fenstertisch im Esszimmer. Zwischen ihnen dampfte ein Berg knuspriger *churros*. Ana McEwan stemmte zwei dicke Porzellankannen mit Kaffee und Schokolade und stellte sie dazu. Im Kamin prasselte ein kleines Feuer und spendete mehr Gemütlichkeit als Wärme. Sylvie zitterte und klappte den Kragen ihrer Windjacke hoch.

Gil erhob sich, legte zwei dicke Scheite Kiefernholz nach und betrachtete die aufsprühenden Funken. »Wo ist Sànchez Algarra? Kommt er noch?«, wandte er sich an Sylvie.

Sie rieb sich wie erwachend über die Augen. »Wir haben vereinbart, die Villa ab jetzt rund um die Uhr zu beobachten. Sànchez sitzt in einer Steineiche, bis ihn jemand ablöst.«

»Steineiche?« Klara war verblüfft über die präzise Angabe.

Sylvie hatte Camilas Zeichnung und einige Fotos von Katharina mitgebracht und auf dem Tisch verteilt. Verkrampft hockte sie auf der Sesselkante, das Gesicht bleich und angespannt.

In ein vor Nässe glänzendes Cape gehüllt trat Jane Pettigrew durch die Eingangstür, entdeckte sie und steuerte erfreut lächelnd auf ihren Tisch zu. Sie nickte Sylvie zu, die mit einer abwehrenden Geste versuchte, ihr den Blick auf die Bilder zu versperren. Ungeniert beugte Jane sich vor und lugte über ihre Schulter. »Was machen Sie denn mit den Bildern von Barbara Cornelsen?«

»Barbara Cornelsen? Wer soll das sein?« Camila starrte Jane an, als sei sie unterbelichtet.

»Kennen Sie nicht Cornelsen? Edmund Cornelsen?«

»Den Medienzar?«, fragte Klara verständnislos nach.

»Ja, genau den. Das hier ist doch seine Schwester. Was ist denn hier los?« Sie sah genauer hin, griff das Bild mit dem Snowboard heraus und starrte es fassungslos an. »Dieses Foto ist doch niemals älter als zehn Jahre.« Jane schälte sich aus ihrem Umhang und setzte sich unaufgefordert hin.

»Um mal etwas Licht in die Sache zu bringen: Das ist Jane. Jane Pettigrew. Sie hat unter anderem die Informationen über den Architekten der Villa besorgt. Sie können Ihr vertrauen«, wehrte Klara Sylvies Versuch, sie zu unterbrechen, ab. »Und Jane, zu Ihrer Information: Das Mädchen im Garten der Villa ist Katharina Breuer, Sylvies Tochter, die seit Monaten verschwunden ist. Dies sind Bilder von ihr, und wir planen gerade, wie wir sie da rausholen können. Aber was meinen Sie mit ›Schwester von Cornelsen‹?«

»Das Mädchen hier sieht haargenau aus wie Barbara Cornelsen. Ich habe nur ein Bild von ihr gesehen. In einer Zeitschrift im Wartezimmer meines Zahnarztes. Vor mehr als zehn Jahren. Ich hätte mir das gar nicht gemerkt, wenn das Mädchen auf dem Foto nicht eine ganz seltene Katze, eine blaugraue Javanese, auf dem Arm gehalten hätte und mir zwei Tage vorher nicht genau so eine zugelaufen wäre. Ich hab mir das Foto damals ausgerissen und eine Weile aufbewahrt. Und dann sieht das Mädchen ja auch sehr ungewöhnlich aus. Normalerweise werden keine Fotos von Cornelsens Schwester veröffentlicht. Er hält seine Familiengeschichte sorgfältig aus den Medien heraus. Aber vor einigen Jahren startete ein Journalist eine Kampagne gegen ihn. Erfolglos natürlich. Vermutlich mittlerweile arbeitslos. Wie auch immer. Das Mädchen hat vor etwa dreizehn Jahren Selbstmord begangen. Mit vierzehn. Pulsadern aufgeschnitten, zu Hause in der Badewanne.«

Nachdenkliches Schweigen breitete sich aus.

Jane stand auf und nahm die Kaffeekanne. »Gehen wir rauf zu mir! Mein Gedächtnis lässt mich nie im Stich. Aber mit etwas Glück stöbere ich das Foto im Netz auf und Sie können sich selbst überzeugen.«

Klara nahm die Schüssel mit dem Gebäck, Gil die heiße Schokolade, und sie stiegen die Treppe in den ersten Stock hinauf.

Mittlerweile vertraut, flimmerten kryptische Buchstabenreihen über die Monitore in Janes Zimmer. »Schalten Sie die nachts aus?«, fragte Klara neugierig.

»Wenn's nicht flackert, kann ich nicht mehr schlafen«, antwortete Jane. Sie klaubte zarte schwarze Strümpfe, einen Hauch von weinroter Unterwäsche und einen seidenen Morgenrock vom Boden, warf alles auf ihr Bett und bot ihren Gästen Platz auf dem grauen Teppich an. Unverzüglich ließ sie ihre Finger über die Tasten gleiten. »Ich brauche vielleicht eine Weile. Machen Sie es sich gemütlich. Tassen, Gläser und Fino stehen auf dem Nachttisch.«

Klara breitete gerade die Fotos auf dem Boden aus, als Sylvies Handy das SMS-Signal piepste.

»Fenster wurde geöffnet. Nur Arme gesehen. Warte auf Ablösung.« Leise las Sylvie die Botschaft vor.

»Ach herrje, Sànchez sitzt noch immer im Baum.« Gil sah auf seine Uhr. »Was haltet ihr davon, wenn ich gehe und ihn ablöse?«

»Ich würde gern fahren«, sagte Sylvie.

Klara sah von den Bildern hoch. Sylvies Haut war grau vor Erschöpfung, ihre Augen dunkel. Sie schien seit Tagen nicht geschlafen zu haben. Sie presste ihre Handflächen auf den Tisch, aber das Zittern war nicht zu verbergen.

Klara schüttelte den Kopf und suchte nach einem einigermaßen stichhaltigen Argument, um sie von der Villa fern zu halten. Wahrscheinlich würde sie nicht zusammenbrechen, bevor sie alles hinter sich hatten, aber völlig sicher war sie sich nicht. »Wir brauchen dich hier. Wegen der Bilder. Du kannst viel mehr zu Ähnlichkeiten sagen, falls Jane ein Bild auftreibt.«

Sylvie zögerte und nickte. Sie hatte die Knie an die Brust gezogen und wiegte sich auf dem Teppich leicht vor und zurück. Klara tauschte einen besorgten Blick mit Camila. In diesem Moment wirkte Sylvie unendlich zerbrechlich und strahlte nicht ihre sonstige Entschlossenheit aus. Sie spürte die Blicke, richtete sich auf und versuchte zu lächeln. »Keine Sorge, geht schon wieder.«

»Hier, sehen Sie«, rief Jane vom Computer.

Ein auf den ersten Blick unscheinbares Familienfoto füllte den Monitor: Eine nette, offenbar äußerst wohlhabende Familie posierte in einem kühlen, eleganten Salon. Vier Personen. Bruder und Schwester saßen zusammen auf einem schmalen blassgrünen Satinsofa neben einem Fenster, durch das ein Garten mit sauber in Form geschnittenen Büschen zu sehen war. Eine Hand des Bruders ruhte besitzergreifend auf dem Hals seiner Schwester. Seine Fingerspitzen berührten ihre Kehle. Die andere umschloss fest ihre Hüfte. Rechts und links auf den Sofalehnen saßen die Eltern. Der Vater blickte mit undeutbarem Gesichtsaudruck zu Edmund, die Mutter hatte die dunkel geschminkten Augenlider niedergeschlagen und sah auf ihre eigenen Finger, die sie im Schoß gefaltet hielt. Barbara trug ein weißes Spitzenkleid, eine Mischung aus Hippie-Look und Jugendstil. Ihre hellblauen Augen starrten entrückt nach draußen, als würde sie dort etwas anderes als die gestutzten Bäume sehen. Auf ihrem Schoß hatte sich eine zarte Katze mit gigantischen Ohren, blauer Nase und blauweiß geflecktem Fell zusammengerollt und spiegelte die Farben des Mädchens.

Klara und Camila sahen sich an. Barbara war dem Mädchen im Park sogar ähnlicher als die lachende Katharina auf Sylvies Fotos.

»Kein Wunder, dass Cornelsen die Veröffentlichung dieses Fotos nicht passt«, sagte Klara betroffen.

»Das muss eins der letzten Fotos vor ihrem Tod sein. Drei Wochen nach der Veröffentlichung hat sie sich umgebracht.«

»Hat Katharina im Park auch so ausgesehen?« Sylvie blickte Klara in die Augen.

»Ja. Aber der Unterschied ist, dass wir sie rausholen. Und du bist dann da, um ihr zu helfen.«

»Lasst uns die nächste Schicht einteilen!«, sagte Camila in die Stille.

»Die übernehme ich«, entschied Sylvie.

»Ich würde gern mir dir zusammen gehen. Ich denke, falls wir Katharina sehen sollten, wäre es besser, wenn du nicht allein wärst«, sagte Camila.

Klara nickte zustimmend. Im ersten Moment wirkte Sylvie ablehnend, aber dann nickte auch sie.

»Dann haben wir es doch.« Zufrieden griff Klara nach einem *churro* und stopfte es sich in den Mund.

»Ich werde mich jetzt noch etwas hinlegen.« Camila stand auf.

»Gut. Ich geh auch.« Sylvie erhob sich und sammelte ihre Bilder ein.

Jane steckte sich eine Zigarette an und holte die Kaffeekanne in Reichweite.

»Ich komm gleich nach. Ich muss noch kurz etwas mit Jane besprechen.« Klara schloss die Tür hinter Sylvie und Camila und grinste Jane an. »Jetzt, wo wir schon gemeinsam einen Einbruch planen, können Sie mir da nicht verraten, was Sie eigentlich machen? Ich platze vor Neugier. Und ich kann schweigen, quasi schon von Berufs wegen.«

»Ach Kindchen«, seufzte Jane, »glauben Sie mir, so genau wollen Sie das gar nicht wissen.«

»Doch, will ich. Aber ich will Sie nicht bedrängen, das heißt, ich fürchte, es würde nichts nützen.«

Jane blickte Klara schweigend an, dann vertieften sich die Falten um ihre Augen. »Nur ganz grob: Ich buche ein wenig um. Summen von hier nach da. Eigentlich ganz einfach und undramatisch.«

»Genial. Glauben Sie, ich könnte das auch lernen?«

»Versuchen Sie es erst mal mit einem schlichten Einbruch. Das ist für den Anfang gar nicht schlecht.«

* * *

Wieso rief er nicht an? Klara zog ihr Handy aus der Tasche und sah auf das Display. Keine SMS. Sie schüttelte das Telefon – ohne Erfolg. Klara hasste Warten. Sie zog ihre Laufkleidung an und machte sich auf den Weg zu Jans Wohnmobil. Es befand sich nur ein paar Kilometer südlich auf einem geschützten Stellplatz am Meer. Im günstigsten Fall würde er sich freuen, im ungünstigsten würde sie herausfinden, dass es für ihn ein One-Night-Stand gewesen war. Aber dann besser jetzt als später.

Schon auf halbem Weg, an der Surfschule, konnte sie Elfchen ausmachen, die begeistert aus ihrem Sandloch stieg und auf sie zugaloppierte, wobei sie an einen nahenden Sandsturm erinnerte. An ihren Blicken zu den Surfern erkannte Klara, dass Jan auf dem Wasser war, aber es war ihr unmöglich, die kleinen dunklen Figuren hinter ihren bunten Segeln zu unterscheiden, die zudem immer wieder in den Wellentälern verschwanden. Einer von ihnen steuerte das Ufer an. Wild bellend stürzte Elfchen ihm entgegen in die Fluten. Klaras Herz raste zum Zerspringen. Sicherheitshalber setzte sie sich in den kühlen Sand. Ein Korb voller Handtücher stand neben Elfchens Kuhle. Klara zog ein dunkelgrünes heraus und legte es sich um die verschwitzten Schultern.

»Hi.« Jan keuchte. Er legte Brett und Segel in den Wind und rubbelte sein tropfendes Haar trocken.

»Hi«, antwortete Klara nervös. Der hautenge schwarze Gummianzug kleidete ihn hervorragend.

»Ich hab dich vom Wasser aus gesehen und dachte, ich komm schnell an Land, bevor du wieder weg bist.« Jan lächelte sie an und ließ sich neben ihr in den Sand fallen. Elfchen sprang auf, um etwas Strandgut zu jagen.

»Ich war auf dem Weg zu dir.« Klaras Herz raste noch immer.

»Ich wollte dich nachher anrufen. Und fragen, ob du Lust hast, den Abend mit mir zu verbringen. Wie wär's, wenn du gleich bleibst?« Jungenhaft strahlte er sie an.

Klara fühlte sich, als wären Teile von ihr durcheinander geraten und würden nun in ihrem Innern orientierungslos herumwirbeln. »Gern.«

* * *

»Weißt du schon, wohin du gehen wirst, wenn deine Arbeit hier beendet ist?«

Klara lag erschöpft und schweißnass in seinen Armen auf der Matratze im Zwischenboden. Eigentlich war es dort zu eng, aber sie hatten sich vor Elfchens neugierigen Blicken nach oben zurückgezogen. Er berührte mit den Fingerspitzen ihren Hals, fuhr an ihrem Kinn entlang und legte seine Hand auf ihre Wange, bevor er antwortete.

»Nach Australien.«

»Im Ernst?«

»Ja.«

»Wann?«

»Im April. Für ein halbes Jahr. Wobei ich im Moment an Weggehen nicht denken möchte.«

»Ist das schon sicher?«

»Ja, vor einer Woche hab ich den Vertrag unterschrieben. Mir ist hier eine feste Stelle angeboten worden. Aber ich ziehe seit einer Ewigkeit immer weiter.«

»Vielleicht wäre es auch mal schön zu bleiben. Oder zurückzukommen.« Kaum hatte Klara es ausgesprochen, schämte sie sich dafür. Mit welchem Recht dokterte sie an seinem Leben herum?

»Wieso sagst du mir das?« Jan stütze sich auf seinen Ellbogen und streichelte mit der Zunge ihr Ohr.

Klara spürte, wie ihre Wangen glühten. »Nur so, ganz ohne tieferen Grund. Oder persönliches Interesse. Ist ja außerdem noch 'ne ganze Weile hin. Und mich geht das sowieso nichts an, ich bin ja bald wieder weg.« Mit einem hörbaren Plopp schloss sie den Mund und zwang sich, nicht noch mehr Peinlichkeiten von sich zu geben.

Jan grinste. »Lass uns einfach ein paar Tage zusammen sein und sehen, was passiert. Vielleicht erfahre ich ja sogar noch deinen Nachnamen.«

Siedend heiß fiel Klara die Befreiungsaktion wieder ein. »In den nächsten beiden Tagen hab ich nicht viel Zeit. Ich muss einer Freundin helfen. Aber danach bleibt uns noch eine Woche.«

»Dann lass uns schon mal diesen Abend nutzen!«

»Übrigens, ich heiße Keitz«, murmelte Klara an seinem Mund.

* * *

Der feine Nieselregen legte sich wie ein kühler Schleier auf Gils Haut. Die Bäume wisperten und knarrten. Sehnsüchtig dachte er an sein behagliches Bett und Camilas ofenwarmen Körper. Er bekam eine Gänsehaut, wusste aber nicht, ob von der Kälte oder der undurchdringlichen Finsternis, in der sich lauernde Augen verbergen konnten. Wenn er sich konzentrierte und ganz genau hinhörte, glaubte er, flüsternde Stimmen zu hören. Sein Drang, die Taschenlampe, die er in seiner Jackentasche umklammerte, hervorzuziehen und ins Dunkel zu leuchten, wurde fast übermächtig. Spitze Zweige bohrten sich in sein Gesicht. Er zog die Mütze tiefer, um seine Augen zu schützen. Unter seinem Fuß brach krachend ein Ast.

»Psss«, zischte Gil, mehr, um sich durch den Klang zu trösten, als auf eine Antwort hoffend. »Psss, pssss, psss.«

»Psss«, antwortete es von oben.

Gil hörte Blätterrascheln. Zweige knackten, und eine riesig wirkende, schattenhafte Gestalt näherte sich – vermutlich, hoffentlich Sànchez. Die Gestalt griff nach seinem Ärmel und gemeinsam stolperten sie durch das dunkle Gesträuch, bis sie außer Hörweite möglicher Mikrofone waren. Mal wieder fragte sich Gil, ob das alles eine sinnvolle, mutige Aktion scharfsinniger Menschen oder paranoider Schwachsinn, quasi eine Gruppenhysterie war.

»Und, war etwas?«, fragte Gil.

»Nichts. Wie schon bei Camila und Sylvie. Ich konnte wunderbar in einige erleuchtete Fenster blicken, aber kein

Mensch war zu sehen. Seit etwa eins ist überall das Licht aus. Müssen komische Leute sein. Oder die beliebteren Räume liegen alle nach hinten raus.« Sànchez drückte Gil das Fernglas in die Hand. »Machen Sie's gut. Ich werd mich jetzt mit einer Wärmflasche ins Bett legen und hoffen, dass ich ohne Lungenentzündung davonkomme.«

Die Wolkendecke brach auf und fahles Mondlicht erhellte die Nacht. Gil entdeckte seinen bewährten Baum vom Nachmittag und machte sich an den Aufstieg. Sein rechter Fuß rutschte am nassen Stamm ab, er verlor den Halt, und die raue Baumrinde schürfte die Haut an seinem Handgelenk auf. Er leckte über die Wunde und zog sich leise fluchend von neuem in die Steineiche.

Gils Hände spielten in der Tasche mit der Zigarettenschachtel. Es war vier Uhr morgens. Im Haus schliefen vermutlich alle. Wenn er die Glut mit der Hand verdeckte, wäre gegen ein bisschen Rauchen bestimmt nichts einzuwenden. Seufzend zog er die Hand wieder zurück. Besser kein Risiko eingehen. Er hatte sich schließlich freiwillig hierauf eingelassen.

Müde und frierend lehnte er den Kopf zurück, beobachtete die Formen der fedrigen Wolken, die der Wind über den dunklen Himmel trieb, und erinnerte sich an das Monsterspiel, das Camila und er als Kinder geliebt hatten. Sie hatten auf dem Rücken gelegen und die Wolken betrachtet und jeder musste möglichst schnell ausrufen, was er in den phantastischen Gebilden erkennen konnte. Egal was, nur monsterhaft musste es sein. Das Schaurigste, was er im Moment am Himmel entdecken konnte, war eine Art Spukschloss, mit unzähligen kleinen Türmchen und Zinnen und …

Mit einem Ruck setzte er sich in der Astgabel auf und hätte fast das Gleichgewicht verloren. Durch eins der hohen Fenster im ersten Stock schimmerte Licht. Gil setzte das Fernglas an die Augen und drehte am Einstellungsring, bis er die richtige Schärfe gefunden hatte. Mit verblüffender

Deutlichkeit stand plötzlich das Haus vor seinen Augen. Die Läden waren nicht geschlossen, aber weiße Vorhänge verbargen den Raum vor seinem Blick. Er erschrak, als eine Frau den Stoff zur Seite zog und ans Fenster trat. Sie war jung, hübsch. Zerrauftes schwarzes Haar bauschte sich um ihr fein gezeichnetes Gesicht. Sie sah unendlich traurig aus, fand er. Mit einer müden Geste legte sie ihre Stirn an das Glas und starrte in die Dunkelheit. Weinte sie? Es schien so, aber er war nicht sicher. Mit einer heftigen Bewegung schlug sie ihre Stirn gegen das Fenster, wandte sich ab und löschte das Licht.

* * *

»Was ist denn das für eine Versammlung?« Fassungslos wandte sich Florentino Velasco an Sànchez. Im Esszimmer des *La Luz* drängten sich fünf Personen um einen kleinen Tisch.

Sànchez betrachtete seine Fingernägel. »Nun, ich hatte dir noch nicht … Das sind sozusagen die anderen, die mitmachen: Gil, Jane, Camila und Klara«, druckste er.

»Das kann doch nicht dein Ernst sein. Du hast es so dargestellt, als wäre nur die Mutter mit dabei. Ich hab bisher immer allein gearbeitet und werde mich sicher nicht mit einer Horde unbedarfter Laien belasten.« Seine abfällige Handbewegung schloss die gesamte Gruppe ein. Die Sache hatte ihm von Anfang an nicht behagt, und jetzt lief sie bereits im Ansatz aus dem Ruder. Niemand außer Sànchez hatte bisher von seinem Doppelleben gewusst.

Die Frau, die Sànchez als Jane vorgestellt hatte, musterte Florentino von oben bis unten und sagte mit einem Lächeln: »Ach, regen Sie sich doch nicht so auf, Señor Velasco. Lassen Sie uns in mein Zimmer gehen und dort alles Weitere besprechen. Im Übrigen finden Sie dort ein hoffentlich ausreichendes Equipment vor. Wenn Sie dann immer noch darauf bestehen, dass wir uns raushalten, werden wir Sie allein lassen. Aber vielleicht ändern Sie Ihre Meinung.«

Velasco schwieg und fixierte Jane eine Weile, bevor er mit den Schultern zuckte und seine kämpferische Haltung ablegte. Er konnte sich genauso gut anhören, was sie zu sagen hatten, darauf kam es jetzt auch nicht mehr an. »Also gut. Gehen wir erst einmal hinauf.«

McEwan hatte sieben Stühle und einen quadratischen Tisch aus Pinienholz in Janes Zimmer gebracht und das Bett in die Ecke hinter der Tür geschoben. Zwei große silberne Kannen – eine gefüllt mit Kaffee, die andere mit heißer Milch – und Tassen standen bereits auf der großen Tischplatte.

Beeindruckt blickte Velasco auf Janes Ausrüstung. Als er näher herantrat und die flimmernden Zahlen und Buchstaben auf den Bildschirmen betrachtete, grinste er Jane amüsiert an. »Das mit den Laien nehme ich in aller Form zurück. Und wer sind die anderen?«

»Wir haben das Mädchen, um das es geht, im Park entdeckt.« Klara zeigte zu Camila. »Und Gil ist Camilas Ehemann.«

»Und wir beobachten seit einiger Zeit abwechselnd die Villa«, meldete sich Gil zu Wort.

»Sie glauben aber doch nicht, dass wir einen Gruppenausflug in die Villa machen können?«, fragte Velasco.

»Nein. Wir dachten, Sie gehen gemeinsam mit Klara rein, sie ist Medizinerin und könnte notfalls ärztliche Hilfe leisten. Sànchez, Sylvie, Gil und ich warten draußen und geben Rückendeckung«, erklärte Camila.

»Das haben Sie sich ja schon nett überlegt. Ist zwar nicht gerade ein ausgefeilter Plan, hört sich aber zumindest nicht komplett schwachsinnig an.« Herablassend blickte Velasco in die Runde.

»Nur weil wir unser Geld nicht damit verdienen, in Häuser einzubrechen und andere Leute zu bestehlen, sind wir nicht zwangsläufig blöd. Also hören Sie auf, uns so zu behandeln«, schnappte Klara.

»Offensichtlich verdienen Sie aber auch nicht alle Ihr Geld mit so genannter ehrlicher Arbeit.« Velasco fühlte sich jetzt auch angegriffen. Jane hüstelte, stand auf und holte ihre Zigaretten vom Nachttisch.

»Was soll denn diese idiotische Streiterei? Ich dachte, wir wollten darüber reden, wie wir meine Tochter da rausholen.« Sylvie knallte ihre geballten Fäuste auf die Tischplatte.

»Stört es jemanden, wenn ich rauche?« Velasco legte seinen aluminiumfarbenen Koffer auf den Tisch und zog ein ledernes Zigarrenetui, einen silbernen Zigarrenschneider sowie einen dünnen Aktenordner hervor, bearbeitete eine kleine Zigarre und füllte das Zimmer mit einem Duft nach Tabak und Vanille. Er zog einige Pläne aus dem grauen Ordner. »Zunächst einmal: Ich habe gestern Nacht alle Informationen über die Villa bekommen können, die wir brauchen. Allerdings ist die Sicherheitsanlage deutlich eine der besseren und nicht ohne weiteres zu knacken. Aber ich denke, Sie können mir dabei helfen.« Velasco blickte zu Jane, die zustimmend nickte.

»Bis heute Abend sollten wir eine Möglichkeit gefunden haben, ins Haus zu kommen. Hier sind die Pläne der Villa. Nach dem Umbau natürlich. Sie müssen sich diese so genau einprägen, dass Sie auch mit verbundenen Augen durch die Räumlichkeiten finden, bis hin zu jeder einzelnen Ecke und Stufe. Wie viele Leute wohnen und arbeiten in dem Haus? Gibt es irgendwelche Zeiten, zu denen die Bewohner die Villa verlassen?«

»Nein, keine festen Zeiten. Wir observieren erst seit etwa achtundvierzig Stunden. In dieser Zeit ist niemand rein- oder rausgegangen. Außer zwei großen Hunden, die in den Garten gelassen wurden. Gil hat in der letzten Nacht eine Frau gesehen. Aber da gestern Abend in zwei auseinander liegenden Zimmern das Licht gleichzeitig an- beziehungsweise ausging, müssen mindestens zwei Leute im Haus sein, ein Bekannter sprach von drei Bewohnern«, sagte Sànchez.

»Und das Kind?«, fragte Velasco. Er goss Kaffee in eine Tasse, füllte mit heißer Milch auf, blickte Jane in die Augen und bot ihr den Milchkaffee an. Sie lächelte, errötete zart und zog die Tasse zu sich heran.

»Wir wissen es nicht. Im Moment beobachtet McEwan, der Hotelbesitzer, das Haus. Vielleicht sieht er noch etwas«, antwortete Gil.

Bei der Erwähnung eines weiteren Namens verdrehte Velasco die Augen, sagte aber nichts. Jane drückte ihre Zigarette aus und steckte sich nervös eine neue an, woraufhin Camila die Balkontür öffnete, und die dichten blauen Rauchschwaden waberten gemächlich ins Freie.

»Also gut. Jane und ich kümmern uns um den Alarm, die anderen sich um die Pläne. Sobald wir alle fertig sind, können wir starten, wenn der oder die Bewohner das Haus verlassen. Der Plan hat nur einen entscheidenden Nachteil: Er ist absolut unsicher und lückenhaft. Und damit verdammt riskant. Wir sind darauf angewiesen zu improvisieren. So was hab ich immer vermieden. Aber mir fällt so schnell auch nichts Besseres ein.«

»Was machen wir, wenn die Bewohner das Haus nicht verlassen? Oder wenn sie mit Katharina verschwinden?«, fragte Sylvie in die eingetretene Stille hinein. Ihr schmales Gesicht war verkrampft und leichenblass. Mit den Armen umschlang sie ihren Oberkörper, als hätte sie Angst zu zerspringen.

Velasco blickte sie voll Mitleid an. »Seien Sie zuversichtlich! Versuchen Sie, um Himmels willen, nicht zu spekulieren! Bis jetzt hat bei mir noch immer alles geklappt.«

* * *

In der Halle klingelte das Telefon. Zwei Stufen auf einmal nehmend, sprang Jeannette die breite geschwungene Treppe hinunter. Hoffentlich meldete sich endlich Miguel. Die Sache mit Katharina war aus dem Ruder gelaufen. Ihr erster Gedanke nach dem Aufwachen und der letzte vor dem Einschlafen galt dem verdammten Kind.

»Jeannette Gavenport«, meldete sie sich atemlos.

»Hallo, Jeannette. Hier spricht Deacon Brest. Rufe ich gerade ungelegen an?«

»Oh, hallo, Deacon. Nein, nein, keineswegs. Wie geht es Ihnen? Und Susan?«, säuselte Jeannette mit ihrer für Kunden reservierten Stimme.

»Sehr gut, danke. Wir sind für einige Tage in der Nähe. Meine Frau und ich liegen mit der *Helena* im Hafen von Conil. Nettes, ruhiges Örtchen. Vielleicht etwas sehr ruhig. Ha, ha. Ich würde Sie in den nächsten Tagen gern mal besuchen, vielleicht übermorgen. Hätten Sie Zeit für mich?«

»Sicherlich, gern, passt ausgezeichnet, Deacon. Übermorgen passt sehr gut. Wann immer Sie möchten, klingeln Sie einfach vorher kurz durch.«

»Wunderbar, Jeannette. Wir geben heute Abend eine kleine Party auf dem Boot. Nur meine Frau und ich und ein paar Freunde, die zufällig auch mit ihrem Katamaran im Hafen liegen. Die würden mich übrigens übermorgen gern zu Ihnen begleiten. Hätten Sie und Enzo nicht Lust, zur Party zu kommen?«

Spontan wollte Jeannette ablehnen, aber es war ratsam, den Kontakt mit wichtigen Kunden zu pflegen. Außerdem drehte sie hier im Haus langsam, aber sicher durch.

»Sehr gern, Deacon. Eine herrliche Abwechslung. Bis heute Abend. Und grüßen Sie Susan!«

* * *

Neun Uhr. Seit vier Stunden hockte er in seiner Steineiche, fror sich sonst was ab und kam sich wie ein kompletter Idiot vor. Im Moment neigte Gil deutlich mehr zu der Variante, Opfer einer bizarren Gruppenhysterie geworden zu sein. Er klopfte auf seine Jackentasche und lauschte dem verlockenden Knistern der Zigarettenschachtel. Die Fensterläden waren vor zwei Stunden von der Frau, die er gestern Nacht bereits gesehen hatte, vorgelegt worden, und aus den Ritzen der Fenster im ersten Stock drangen helle Lichtstreifen. Neidvoll stellte er sich die warmen Räume vor, vielleicht mit Kaminfeuer, einem Glas Rioja … Gil zog eine Zigarette aus der Schachtel und klemmte sie in den Mundwinkel, während er nach dem Feuerzeug suchte.

Im ersten Fenster erlosch unerwartet das Licht, dann auch im zweiten, dritten und vierten. Wollten sie etwa um neun schon schlafen?

Kurz darauf traten die Frau und ein jüngerer Mann durch die Haustür. Gil zog die Hand aus der Tasche und legte das Fernglas an die Augen. Der Mann trug einen bodenlangen schwarzen Ledermantel mit schwarzem Schal, darunter einen cremefarbenen Anzug, die Frau ein knielanges weißes Kleid, mit einem kleinen weißen Pelzcape über den Schultern. Offenbar wollten die beiden zu einer Party. Gemeinsam verschwanden sie im Schuppen neben dem Haus, kamen in einem schwarzen BMW wieder zum Vorschein und fuhren über die gekieste Auffahrt zum Tor. Lässig steckte der Schnösel eine Hand mit der Fernbedienung aus dem Wagenfenster. Das schwere eiserne Tor schwang auf und schloss sich hinter dem Wagen geräuschlos wieder. Eine kleine gelbe Lampe blinkte kurz über dem rechten Torflügel, und sanft schnurrend entfernte sich der BMW.

Gil fühlte schwer und kalt das Handy zwischen den Fingern. Wenn er jetzt die anderen rief, würden sie sich in weniger als einer Stunde alle an einer strafbaren Handlung beteiligt haben. Das Pärchen sah nach allem Möglichen aus, nur nicht nach zwei Kindesentführern. Aber Camila war sich so sicher …

Er zog das Telefon hervor und wählte.

* * *

»Vom Gästehaus aus sieht man das Meer.« Camila blickte aus den Augenwinkeln zu Klara hinüber. »Wir suchen demnächst einen Mieter. Wir dachten an Hilfe beim Ausbau und dafür eine ganz kleine Miete. Vor allem, wenn uns der- oder diejenige zufällig sympathisch sein sollte …«

Klara grinste. »Ist angekommen. Und ich glaube, ich nehme das Angebot tatsächlich an. Ehrlich gesagt, wollte ich am liebsten schon bleiben, als ich das Häuschen gesehen hab.«

»Wie, einfach so? Bist du wirklich sicher?«, fragte Camila ungläubig.

»Ach was, sicher. Natürlich nicht. Aber der Gedanke fühlt sich phantastisch an. Ich werde ein Sabbatjahr nehmen, und wenn es um ist, sehe ich weiter.«

Camila strahlte sie an. »Vermutlich die beste Entscheidung deines Lebens. Und wenn ich koche, kannst du immer zum Essen kommen.«

Klara verdrehte kichernd die Augen und reichte Camila die Pläne der Villa. »Los, frag mich noch mal die Räume ab!«

Das Telefon schellte. »Klara Keitz … Ja, alles klar. In etwa dreißig Minuten.« Klaras Stimme klang heiser. Mit zitternder Hand drückte sie auf die Gabel und wählte die erste Nummer vom Zettel neben dem Telefon. »Es ist so weit. Zwei aus der Villa vergnügen sich offenbar auswärts. Trommeln wir die anderen zusammen.«

* * *

»Die einzigen Punkte, an denen wir reinkönnen, sind die zwei steinernen Torpfosten.«

Klara hockte mit Velasco, Camila, Sylvie und Algarra gequetscht im Mini und lauschte den Plänen des Meisters. Camila fuhr sie durch die Nacht, als wären Teufel hinter ihnen her. Velascos Anweisungen gemäß trugen alle eng anliegende schwarze Kleidung. Klara sah, dass Sylvie genau wie sie selbst ihr helles Haar unter einer dunklen Strickmütze verborgen hatte.

»Die Pfosten sind nur dreißig Zentimeter breit und lang und zwei Meter fünfzig hoch, aber es ist zu schaffen. Die Torflügel selbst lösen bei der geringsten Manipulation Alarm aus.« Velasco musterte Klara kritisch. »Wenn du merkst, dass du Schwierigkeiten dabei hast, bleib auf jeden Fall draußen. Wenn du abrutschst, wirst du im Zaun gegrillt und der Alarm geht im Schlafzimmer des Bürgermeisters los, womit die ganze Aktion vorbei wäre. Der Zaun steht komplett unter Strom. Nicht permanent, aber wir können mit Sicherheit davon ausgehen, dass sie ihn einschalten, wenn sie das Haus verlassen. Die Pfosten liegen im Aufnahmebereich der Kamera, aber wenn wir erst einmal im Haus sind, kann ich die Anlage deaktivieren und die Kassette entfernen.«

Er suchte Camilas Blick im Rückspiegel. »Gil geht wie verabredet auf dem Weg zurück in Richtung Straße und ruft sofort an, wenn sie kommen. Sie und Sylvie warten hier auf Algarra. Wenn wir nach einer Stunde nicht wieder bei euch sind, ist irgendwas schief gelaufen. Auf meiner Uhr ist es jetzt 21.32 Uhr.«

Camila sah kurz auf ihre Armbanduhr und nickte bestätigend. Schnittig umkurvte sie einen vom Sturm entwurzelten Baum, der auf die Fahrbahn gefallen war. Klara rutschte fast auf Velascos Schoß. Er schien es nicht zu bemerken und starrte weiter aus dem Seitenfenster. Sie versuchte, ihr Bein zu bewegen, das zwischen Vordersitz und Tür klemmte.

Am besten, sie dachte gar nicht weiter darüber nach, was auf sie zukommen würde. Vielleicht überlebte sie nicht einmal die Fahrt.

Nach zwanzig Minuten erreichten sie die Abzweigung zur Villa. Matsch und Schotter spritzten auf, als Camila scharf auf den Feldweg bog. Zehn Minuten später erfasste das Licht ihrer Scheinwerfer Gil, der auf Höhe der Einfahrt unter den Bäumen wartete. Sie stiegen schweigend aus. Camila fuhr weiter, um das Auto außer Sichtweite zu parken.

Der fast volle Mond trat hinter einer Wolkenbank hervor und leuchtete, als hätte jemand das Licht eingeschaltet. Klara drückte zum Abschied Gils Arm und blickte zu Velasco, der bereits am Tor stand. Wenn sie jetzt weiterging, wäre es zu spät, um auszusteigen. Würden Leute, die so was mit einem Kind machten, vielleicht auch töten? Realistisch betrachtet, vermutlich ja. Klara vermisste das passende Gefühl zu diesen Gedanken. Fast fühlte es sich im Kino echter an.

Sie zog die Schultern hoch und ging zum Tor. Scharfes Prasseln und Zischen durchdrang die Stille. Velasco hatte eine Hand voll Schotter vor den mit Draht durchflochtenen Zaun geworfen. Er schüttelte den Kopf und deutete auf die linke Steinsäule. Ein dachartiger Aufbau krönte die beiden eckigen Pfosten. Schweigend entrollte Velasco das Seil, das er unter dem Arm trug, und warf ein Ende geschickt über die Zinne. Der Metallhaken verkantete leise klirrend am Ende des Seils hinter dem Vorsprung. Geschmeidig wie eine Katze zog Velasco sich auf den Torpfosten. Er suchte mit dem Nachtsichtgerät den Garten ab, ließ sich hinabgleiten und warf das Seil zurück auf die andere Seite.

Die Angst kam wie ein Tritt in den Bauch. Schweiß lief Klaras Rücken hinab und bedeckte ihre Stirn. Sie wischte die nassen Handflächen an ihrer Legging ab und hievte sich ebenfalls über den Zaun.

Vorsichtig huschten sie im Schatten der Büsche zu dem dunklen Haus. Klara strauchelte, Velasco griff nach ihrem Arm.

»Wenn wir auf die Hunde stoßen, bleib ruhig. Ich habe eine Betäubungspistole dabei.« Velasco stieß Klara leicht mit der Schulter an und zwinkerte ihr zu.

Geduckt hasteten sie weiter, bis er warnend die Hand hob. Lauschend verharrten sie. Wie erwartet, drang Hundegebell aus der Villa. Aufgeregt und wütend. Velasco eilte weiter. Klara stolperte hinterher. An der schweren, messingbeschlagenen Eingangstür stoppten sie. Das hysterische Bellen war zu einem aggressiven Knurren verebbt. Velasco signalisierte Klara, einige Meter zurückzugehen. Aus dem Schatten eines Jasmins heraus beobachtete sie mit angehaltenem Atem, wie er das Werkzeug aus seiner Tasche zog. Dann öffnete er die Tür vorsichtig einen Spalt. Knurren und grollendes tiefes Bellen übertönte das Brausen des Sturms. Klara spürte, wie eine Gänsehaut über ihre Arme lief. Velasco zielte mit einer großen pistolenartigen Waffe ins Haus und drückte zweimal ab.

Klara wartete, bis er sie zu sich winkte, stieg mit einem großen Schritt über die mitten im Flur liegenden Hunde und betrat das jetzt stille Haus.

Velasco schloss die Tür und bedeutete ihr per Handzeichen stehen zu bleiben. Als ihre Augen sich an das Dunkel gewöhnt hatten, tasteten sie sich weiter in die Halle. Wie verabredet, begab Velasco sich zuerst zur Sicherheitsanlage, um sie zu deaktivieren.

Klara schlich dicht an der Wand entlang zur ersten Tür und lauschte, bevor sie sie öffnete. Möglicherweise hielten sich ja noch andere Personen im Haus auf. Der Raum schien eine Art Salon zu sein. Hinter der nächsten befand sich ein Arbeitszimmer – dunkel und leer. Ebenso die nächsten Zimmer im linken Flügel. Die Schlafräume waren vermutlich im oberen Stock. Sie huschte zurück zu der breiten geschwungenen Holztreppe in der Halle, lauschte, schlich hinauf, lauschte erneut. Nur der Wind war zu hören, der um die Mauern heulte und Äste gegen die Fensterläden peitschte. Durch ein hohes Fenster am Ende des langen Korridors fiel schwaches Licht. Klara öffnete die Türen auf der rechten Flurseite. Die vorletzte war abgeschlossen. Sie drückte fester. Nichts. Sie zuckte zusammen und erstickte einen Aufschrei, als eine Hand ihre Schulter berührte. Es war Velasco, der sie zur Seite schob und sich am Schloss zu schaffen machte. Aufdringlich laut klang Metall auf Metall. Klara hörte ihr eigenes Keuchen und versuchte flacher zu atmen.

»Verflucht, das ist kein normales Schloss«, zischte Velasco. Schweiß rann in kleinen Bächen durch seine Brauen in die Augen. Klara tupfte mit einem Papiertaschentuch seine Stirn und verkniff sich ein nervöses Kichern. Velasco erstarrte. Hatte sie doch ein Geräusch gemacht? Jetzt hörte sie es auch. Ein Schluchzen? Ersticktes Lachen? Eindeutig Kinderweinen, leise und unterdrückt. Endlich schnappte der Riegel zurück.

Der Raum war kahl. Ein breiter Schrank, eine große Truhe und ein gestreifter Teppich auf den dunklen Fliesen an der rechten Wand, zwei kleine Betten, in jedem ein Kind. Das größere war so dunkel, dass es mit der Nacht verschmolz und sein weißes Hemd in der Luft zu schweben schien. Das andere, ganz klein und hell, weinte leise. Velasco zog eine winzige stabförmige Taschenlampe hervor, deren erstaunlich helles Licht er mit der Hand abschirmte. Er stieß hörbar die Luft aus.

Klara musterte die Kinder. Keine Katharina. Das dunkelhäutige Mädchen wirkte wie aus Onyx gemeißelt und starrte sie ungerührt an. Das Weinen des kleinen Jungen erstarb. Eine Welle der Übelkeit erfasste Klara, als sie sah, wie er versuchte, ein Lächeln auf sein verquollenes Gesicht zu zaubern, und sein T-Shirt über den Kopf zog. Mit einem undefinierbaren dumpfen Laut wich Velasco zur Tür zurück.

»Bitte, habt keine Angst. Wir holen euch hier raus.« Klaras Stimme war brüchig. Sie räusperte sich und schluckte mehrmals, obwohl ihre Kehle staubtrocken war. »Bitte, bitte, seid leise. Versteht ihr mich?« Verzweifelt suchte sie nach den richtigen Worten.

Sprungbereit wie ein angreifendes Raubtier beugte das Mädchen sich vor und nickte vorsichtig. Der kleine Junge lächelte freundlich und machte sich bereit, auch seine Schlafanzughose abzustreifen.

»Nein, nein, bitte, zieh dich nicht aus. Kommt mit uns, wir müssen uns beeilen. Kannst du uns helfen?«, fragte sie das Mädchen. Ihre Zöpfchen tanzten und klickten, als sie mit ernstem Gesicht nickte.

»Wie heißt ihr?«, fragte Klara leise.

»Jacko. Sie ist Sammy. Sammy spricht nicht«, ertönte die helle Stimme des Jungen. Er stand auf, lief zu Klara, nahm ihre Hand und legte sie auf seine schmale nackte Brust. Sanft zog sie ihre Finger aus seinem Griff, schnappte sein T-Shirt vom Boden, streifte es ihm über und hob ihn auf den Arm.

Gefolgt von Sammy verließen sie den Raum. Velasco öffnete bereits das Schloss der gegenüberliegenden Tür. Mit einem leisen »Klack« sprang sie auf.

Das zarte Kind in dem verdreckten weißen Baumwollnachthemd lag reglos zusammengerollt auf dem Bett. Im Licht der Taschenlampe waren Tränenspuren auf ihren bleichen Wangen zu erkennen. Sie wirkte alt.

»Katharina.« Klara wusste nicht, ob sie es laut ausgesprochen hatte, aber Katharina erwachte.

Schlaftrunken starrte sie Klara und Velasco an. »Mama?«

Klara ging zu ihr und kniete vor dem Bett nieder. »Nein, aber deine Mama wartet vor dem Haus auf dich. Kommst du mit uns?« Klara hatte keine Ahnung, was sie tun sollte, wenn Katharina ihr nicht glauben würde.

»Mama ist draußen?« Katharina setzte sich auf. Entsetzt sah Klara, wie knochig ihr Körper unter dem dünnen Stoff war. Mit den Fingerspitzen tastete Katharina nach Klaras Gesicht und blickte ungläubig, als sie warme Haut berührte. »Komm ich jetzt wirklich hier raus?«

»Ja, aber wir müssen uns beeilen. Kannst du laufen?«

»Ich denk schon.«

»Wie viele seid ihr noch?«, fragte Klara leise.

Sammy zeigte auf die drei anwesenden Kinder und bedeutete, dass das alle wären.

»Nur wir drei. Dodo ist tot«, zirpte Jacko.

Katharina begann zu zittern.

»Okay, den Rest klären wir später. Sehen wir zu, dass wir schleunigst hier rauskommen!« Velasco dirigierte alle geräuschlos die Treppe hinunter.

Stimmen. Schritte knirschten auf Kies und die Haustür wurde aufgeschlossen.

»Oh Scheiße, sie sind zurück! Wieso hat uns keiner gewarnt?«, flüsterte Klara tonlos.

»Kein Geräusch!«, zischte Velasco, öffnete die am nächsten liegende Tür und trieb alle ins Arbeitszimmer. Das bodentiefe Fenster war vergittert. Keine Möglichkeit zum Verstecken. Dicht gedrängt sammelten sie sich hinter der Tür. Jacko zitterte leicht auf Klaras Arm, aber er rührte sich nicht. Er klammerte sich fest an sie, das Gesicht an ihrem Hals verborgen, und gab nur kleine schnaufende Atemzüge von sich.

Mit einem Knall fiel die Eingangstür ins Schloss. Schlüssel klirrten.

»Noch einen Drink, Jeannie?«

»Wodka, mit viel Eis. Ich seh nur kurz nach Katharina.«

»Dafür, dass du sie angeblich lieber heute als morgen loswerden willst, machst du ganz schön die Glucke.«

»Spar dir die Kommentare! Kümmer dich um die Drinks!«

Klara lehnte sich an die Wand. Ihre Arme wurden langsam gefühllos. Sie versuchte Jacko, der langsam hinunterzurutschen drohte, in eine stabilere Position zu bringen. Er hielt sich noch immer fest und schien vor Angst durch diese unbegreifliche Situation wie erstarrt. Katharinas Zähne schlugen klappernd aufeinander. Ihre Knie knickten ein. Velasco fing sie auf und ließ sie behutsam zu Boden gleiten.

»Enzo! Sie sind weg! Alle! Verdammt, Enzo! Wo bist du? Komm her!« Eine schrille Frauenstimme überschlug sich. Absätze klapperten auf der Flurtreppe.

»Wie, weg? Wer?«, fragte ein Mann träge. Eiswürfel klimperten. »Hier, dein Drink.«

»Mein Gott, bist du blöd! Die Kinder sind weg. Die Türen sind auf, die Zimmer leer.« Es polterte. Die Frau stieß einen Wehlaut aus.

»Hast du etwa nicht abgeschlossen?« Er schien langsam zu begreifen und brüllte sie an.

»Sicher hab ich abgeschlossen.«

»Wie sollen sie denn dann rausgekommen sein?«

»Weiß ich doch nicht.«

Klara hörte das Öffnen einer Tür.

»Aus. Irgendwer hat die Anlage komplett ausgeschaltet. Zaun, Kamera und Alarm. Geht auch nicht wieder an«, rief die Frau.

»Verdammte Scheiße! Was machen wir jetzt? Oh Jeannie, jetzt haben sie uns am Arsch!« Er schien kurz davor, in Tränen auszubrechen.

»Hey, reiß dich zusammen, Enzo. Sehen wir erst mal im Haus nach. Vielleicht sind sie ja noch irgendwo hier. Du suchst rechts, ich links.«

»Bin ich bescheuert? Ich bleib bei dir und dem Colt. Und fuchtel nicht so rum damit.«

Sie hatten eine Waffe! War ja zu erwarten. Klara versuchte, es als bloße Tatsache zur Kenntnis zu nehmen, ohne von

Panik überschwemmt zu werden. Es war nur eine Frage der Zeit, bis sie entdeckt würden. Sie sah Velasco an. Vielleicht hatte er eine Idee. Aber er lehnte mit weißem Gesicht und geschlossenen Augen an der Wand und rührte sich nicht, genau wie Katharina und Sammy. Klara fielen die Standbilder ein, die sie in der Schule vorgeführt hatten. Immer hatte irgendjemand viel zu früh gekichert oder war umgefallen. Mit dieser Gruppe hier hätte sie jeden Preis gewonnen.

»Okay, fangen wir vorne an.« Eine Tür knallte vor die Wand.

»Nichts. Die nächste.«

Ihre Stimmen waren jetzt ganz nah.

»Im Film stehen immer alle hinter der Tür.« Der Mann kicherte nervös.

Die Tür wurde immer weiter aufgedrückt, bis sie durch Katharinas Körper auf dem Boden blockiert wurde. Stille trat ein. Plötzlich sprang jemand ins Zimmer. Klara erkannte die Frau mit den Hunden, Jeannette Gavenport. Sie hielt eine ziemlich große Waffe mit beiden ausgestreckten Händen und zielte hinter die Tür.

Klara konzentrierte sich mühsam auf ihren Atem. Einatmen, ausatmen. Auf keinen Fall ohnmächtig werden.

»Sie!«, sagte Jeannette ungläubig. Der Revolver zielte auf Klaras Stirn.

Sie versuchte, sich ihr Zittern nicht anmerken zu lassen. Ihre Muskeln schienen sich in Brei zu verwandeln, und sie fürchtete, dass Jacko ihr aus den Händen gleiten würde. Mein Gott, sie erschießt mich. Alle Pläne umsonst, schoss es ihr durch den Kopf. Sie dachte an Jans Lachen und schloss die Augen.

»Was machen wir mit denen? Das ist ja ein Auflauf.« Der Mann neben Jeannette klang ratlos. Verwundert erkannte Klara ihren missglückten Flirt aus der Bar.

»Halt's Maul, Enzo!« Jeannette blickte kurz zu ihm hinüber.

Velasco machte eine winzige Bewegung auf sie zu. Im Bruchteil einer Sekunde wirbelte sie zurück und schoss vor seinen Füßen in den Marmorboden. Ein Splitter der aufspritzenden Fliesen traf Jacko in die Wange. Sein Zittern wurde heftiger und er begann durchdringend zu schreien. Blut lief ihm über das Gesicht und tropfte auf sein T-Shirt. Mit angsterfüllten Augen sah er um sich.

»Armer Kleiner, schhh, gleich wird's besser.« Klara zog sanft den Splitter aus der Wange, presste den Ärmel ihres Pullovers auf die Wunde und wiegte ihn hin und her. Sein Kreischen verebbte zu einem hilflosen Wimmern.

»Ein verdammtes Irrenhaus. Los, bringt die Kinder wieder in ihre Zimmer, dann kümmern wir uns um euch.« Jeannettes Ton war kalt.

»Halt! Lassen Sie die Waffe fallen!« Sànchez' Stimme klang entschlossen hinter ihrem Rücken.

Jeannettes Hand mit der Pistole zuckte zu Klaras Kopf und zielte zwischen ihre Augen.

»Denken Sie nicht einmal daran. Fallen lassen.« Unsanft presste Algarra seinen Revolver in ihren Nacken.

»Ja, ja, schon okay.« Jeannette zuckte zusammen, senkte langsam ihre Hand, und mit einem metallischen Scheppern landete die Pistole auf dem Marmor.

»Jetzt mit dem Fuß zur Wand schieben«, sagte Algarra heiser. Sein Gesicht glänzte vor Schweiß. Hinter ihm betrat Camila das Arbeitszimmer.

»Wurde auch Zeit«, murmelte Velasco und zog ein schwarzes Zigarillo aus der Jacke.

Sammy ließ sich an der Wand zu Boden gleiten, als versagten ihre Beine den Dienst. Jacko schluchzte noch immer stoßweise.

»Keine Angst, Jacko. Das ist ein Freund«, versicherte Klara mit zitternder Stimme.

Als er das Wort »Freund« hörte, schluckte Jacko wie auf Knopfdruck sein Weinen hinunter, lächelte mechanisch und zog mit einer einzigen Bewegung sein T-Shirt über den Kopf.

Sànchez schossen Tränen in die Augen, aber seine Hand mit dem Revolver blieb ruhig.

»Genug gejammert. Lassen Sie Ihre Waffe fallen!« Jeannettes Stimme schnitt durch das Schweigen. Irgendwo musste sie eine winzige Pistole am Körper verborgen gehabt haben, mit der sie jetzt auf Sànchez' Stirn zielte. Die hübsche silberfarbene Waffe mit perlmutternem Griff sah aus, als ob sie nur Platz für zwei oder drei Kugeln hätte, aber aus dieser Entfernung richtig platziert konnten sie tödlich sein.

Sànchez starrte Jeannette mit offenem Mund an. Alles Blut war aus seinem Gesicht gewichen.

»Genial, Jeannie.« Enzo lehnte hochzufrieden am Schreibtisch.

Ein Schuss knallte.

Jeannette gab einen erschrockenen Seufzer von sich und legte eine Hand auf ihren Bauch. Für einen Moment stand sie reglos da, das Gesicht schmerzverzerrt. Ihre Augen zeigten grenzenlose Verwunderung, als sie Sammy sah, die mit erhobenem Revolver noch immer auf sie zielte. Der zweite Schuss riss sie von den Füßen. Sammy schoss noch einmal. Der letzte Schuss drang mitten in Jeannettes Stirn und hinterließ einen überraschend kleinen, sauberen roten Punkt. Ganz langsam begannen die Wunden zu bluten.

Sammy öffnete ihre weichen roten Lippen und schloss sie um den stählernen Lauf.

»Warte.« Camilas Stimme war klar und fest.

Sammy blickte in Camilas Augen.

Niemand atmete, niemand rührte sich. Die Zeit im Raum schien stillzustehen.

»Wenn du dich erschießen willst, kann keiner hier was dagegen tun. Aber dann hat sie dich besiegt.« Ohne die Augen von Sammy zu wenden, zeigte Camila mit dem Kinn auf die offensichtlich tote Jeannette.

»Ich kann dich hier rausholen und sorge dafür, dass dich nie wieder irgendwer einsperrt. Ich bin Anwältin. Eine verdammt gute sogar. Wenn du willst, kannst du dich jederzeit umbringen. Aber probier wenigstens aus, ob du leben willst. Wenn nicht, dann töte dich später. Nicht jetzt.«

Sammys dunkle Haut wirkte stumpf und grau. Wie benommen starrte sie in Camilas ernstes Gesicht. Für eine kleine Ewigkeit versanken ihre Blicke ineinander, als wäre niemand außer ihnen im Zimmer. Langsam zog Sammy den Revolver aus ihrem Mund, senkte den Arm und ließ die Waffe aus ihrer Hand rutschen.

Kollektives Ausatmen zischte durch den Raum.

»Vielleicht sollten wir mal die Waffen einsammeln, bevor hier noch mehr passiert.« Velasco schaute zu Sànchez, der mittlerweile Jacko in seine riesige Segeltuchjacke gehüllt hatte und zärtlich murmelnd auf dem Arm wiegte.

Enzo stand noch immer schweigend am Schreibtisch, als hoffte er, in dem Chaos in Vergessenheit zu geraten.

Klara war übel und sie zitterte. »Wir sollten jetzt besser die Polizei rufen.« Sie ging zum Schreibtisch und griff nach dem Telefonhörer.

April, Conil

Camila stand am Herd und verbrannte Tortilla. Schmale Hände schoben sie sanft zur Seite und hoben die schwere eiserne Pfanne von der Flamme. Geschickt ließ Sammy die gestockte Eiermasse auf einen Teller gleiten. Ohne nachzudenken legte Camila ihren Arm um Sammys Schultern, spürte, wie sie erstarrte, und trat zurück. Berührungen konnte Sammy noch immer nicht ertragen.

Liebevoll blickte Camila auf die flaumigen Locken ihrer Adoptivtochter. In den ersten Wochen hatte Sammy sich regelmäßig den Kopf geschoren. Die Zöpfe mit den bunten Perlen hatte sie im Garten verbrannt. Seit einem Monat ließ sie ihre Haare nachwachsen. In der vergangenen Nacht hatte sie das erste Mal durchgeschlafen, ohne schreiend aufzuschrecken. Ihre Träume führten sie immer wieder in eine Vergangenheit zurück, die zu entsetzlich war, um sie mitteilen zu können.

Camila trug Teller und Gläser in den Garten und verteilte sie auf dem Terrassentisch, als Klara sich winkend über die blühende Wiese näherte. Die warme feuchte Luft duftete intensiv nach Lavendel und Rosmarin.

»Was macht das Essen? Ich hoffe, Sammy kocht.« Klara ließ sich in einem der schmiedeeisernen Gartenstühle nieder.

Sammy hatte ihre Stimme erkannt und trat lächelnd aus der Küchentür. Sie winkte Klara ins Wohnzimmer und deutete stolz auf ein großes Ölbild, das an der rechten Wand lehnte.

Sie sprach noch immer nicht. Ihre einzige Art, sich zu öffnen, waren ihre Bilder. In den ersten Wochen ihrer Arbeit mit Sammy hatte Klara vergeblich versucht, einen Zugang zu ihr zu finden, aber das Mädchen hatte sich in sich selbst zurückgezogen, war allen Menschen außer Camila mit Misstrauen und Aggression begegnet, bis Klara ihr Block und Stift gegeben hatte.

Sie hatte begonnen zu malen, bizarre geometrische Muster aus wilden Strichen, undefinierbare, seltsam lebendig wirkende Objekte. Camila hatte Sammys Talent hinter den verstörenden Motiven erkannt und ihr die fehlende Technik vermittelt. Aus den ungelenken Zeichnungen waren schnell kraftvolle Bilder geworden.

Camila atmete kaum. Sie stand so dicht neben Sammy, dass sie ihre Wärme spüren konnte, fühlte, wie sie erwartungsvoll die Luft anhielt. Langsam ging Klara einen Schritt näher an das Bild heran, wieder zwei zurück, bewegte sich mit wachsender Faszination nach rechts und links. Je nach Blickwinkel und Abstand veränderte sich das Bild vollkommen. Der Gesamteindruck war fast monochrom, ein seltsam leuchtendes Grau, das alle Farben der Umgebung aufzusaugen schien. Bei näherer Betrachtung erkannte Klara, dass es aus einer Unzahl feiner Pinselstriche in allen Schattierungen zwischen Schwarz und Weiß zusammengefügt war. Die ineinander fließenden Strukturen schienen klar geordnet und erinnerten an See, Himmel und Wolken.

Sammy blickte erwartungsvoll zu Klara. Camila erinnerte sich an eine Zeit, in der sie kaum geglaubt hatte, dass Sammy eine Chance habe, jemals ein halbwegs normales Leben zu führen. Ihr Lächeln war wie eine Umarmung, auch wenn sie Sammy nicht berührte.

Klara lachte. »Es ist wunderschön.«

April, Berlin

Sylvie lag mit offenen Augen im Bett und lauschte in die Dämmerung. Sie erinnerte sich an das letzte Gespräch mit Sànchez Algarra. Der Kommissar hatte versucht, sie zu überzeugen, Anzeige gegen Cornelsen zu erstatten. Er hatte sich nicht mit dem Gedanken abfinden wollen, dass er ungestraft davonkommen sollte, aber ihren Einwänden hatte er nichts zu entgegnen gehabt. Für sie hatte festgestanden, dass sie Katharina keinem Verhör, keiner Verhandlung aussetzen würde, in der Cornelsens Anwälte versuchen würden, ihre Glaubwürdigkeit zu zerstören, sie zwingen würden, über ihre Erlebnisse zu reden und sie noch einmal durchzumachen, bevor sie in der Lage dazu war. Damals konnte sie weder allein auf die Straße gehen noch sich mit einem Mann in einem geschlossenen Raum aufhalten.

»Aber er kann doch nicht einfach so damit durchkommen. Mit Sicherheit wird er weitermachen«, hatte Sànchez Algarra gemeint.

»Nun, ich glaube nicht, dass er einfach so damit durchkommen wird«, hatte Sylvie gemurmelt.

Sie blickte in Katharinas Gesicht. Selbst im Schlaf wirkte sie Jahre älter als vor der Entführung. Seitdem sie zurück in Berlin waren, schlief Katharina bei ihr im Bett. Ihre Wunden heilten langsam. Mittlerweile ging sie wieder allein auf die Straße, spielte mit anderen Kindern und besuchte die Schule. Aber das unbeschwerte, vertrauensvolle Kind war in jenem Haus gestorben.

Katharina lachte wieder. Sie sang lauthals die Songs ihrer Lieblingsband Depeche Mode, sprang und tanzte zu den Chili Peppers durchs Haus und hatte in Rekordzeit den versäumten Unterrichtsstoff nachgeholt. Doch viel zu oft reichte eine flüchtige Umarmung, ein zu langer Händedruck, irgendein Geräusch oder Geruch, um sie schlagartig zurück in das Grauen zu versetzen.

Immer wieder kam es vor, dass sie sich in solchen Momenten ein Messer, einen Stift oder Ähnliches in ihrer Reichweite tief ins Fleisch presste. Sie hatte gelernt, dass der Schmerz sie sofort aus der Hölle in die Gegenwart holte. Sylvie lagerte stets Tüten voller Eiswürfel im Gefrierfach, da Katharina mit Eis auf der Haut fast denselben Effekt erzielen konnte. Manchmal schaffte sie es, das Messer liegen zu lassen und zum Kühlschrank zu gehen. Viel zu oft nicht.

Sanft zog Sylvie die herabgerutschte Decke über Katharinas Schultern, als sie das vertraute Scheppern hörte, mit dem der Zeitungsbote sein Rad an ihren eisernen Gartenzaun lehnte, und ging nach unten. Kurz darauf klapperte der Deckel des Briefschlitzes in der Haustür. Sylvie wartete bereits mit nackten Füßen auf den kalten Fliesen im Flur und faltete ungeduldig die Zeitung auseinander. Achtlos ließ sie die inneren Seiten zu Boden fallen. Die Nachricht, auf die sie seit Tagen wartete, würde auf der Titelseite stehen.

Endlich!

Sie atmete tief durch und las die fette Headline, die über die gesamte Seite lief:

Edmund Cornelsen Opfer eines Attentats – Mafia-Killer?
Unbekannter Täter tötet Medienmogul mit Kopfschuss

Sylvie hockte sich mit der Zeitung auf den Boden und las weiter:

Gestern um 20.45 Uhr wurde Edmund Cornelsen im elften Stock seines Geschäftshauses an seinem Schreibtisch erschossen. Sein Mörder war offenbar in ein leer stehendes Büro auf der gegenüberliegenden Straßenseite eingedrungen und hatte von dort aus geschossen. Der Tathergang deutet auf einen Profi. Bisher gibt es keinerlei Hinweise auf den Täter. Edmund Cornelsen werden Verbindungen zur Mafia nachgesagt …

Sylvie öffnete ihre verkrampften Hände und bemerkte nicht mehr, dass die Blätter der Zeitung wie trockenes Laub zu Boden flatterten. Langsam stieg sie hinauf in den ersten Stock, schlüpfte unter die noch warme Decke und schloss die Augen.

Dagmar Scharsich

Die gefrorene Charlotte

Ariadne Krimi 1048 · ISBN 3-88619-548-1

August 1989, die letzten Wochen der DDR, Ostberlin. Die stille Cora Ost bekommt zum dreißigsten Geburtstag von ihrer Tante sieben »Gefrorene Charlotten«, zarte Porzellanwesen aus der riesigen, kostbaren Puppensammlung. Dann droht der Sammlung Pfändung, Cora trifft einen Antiquitätenexperten, ein Mord geschieht! Zugleich spitzt sich um sie herum die Atmosphäre von politischem Unmut, bürokratischem Stellungskrieg und Verdächtigungen zu, bis niemand niemandem mehr trauen kann …

»Kriminelle Chronik der sterbenden DDR. Jenseits der spannenden Krimihandlung das ganze Aroma des historischen Sommers von '89, als das Volk der DDR seine Machthaber zum Teufel jagte.« *Basler Zeitung*

»Von erstaunlicher schriftstellerischer Meisterschaft: Die Autorin brilliert mit einem Feuerwerk von zugleich volksnahen und umwerfend originellen Metaphern in allerbester Brecht'scher Tradition. – Eine rundum lohnende Lektüre.« *Stiftung Lesen*

Verbotene Stadt

Ariadne Krimi 1142 · ISBN 3-88619-872-3

Lilli ist 30. Ihr Leben ist in Ordnung. Sie ist Buchhändlerin, verheiratet, hat zwei fünfjährige Kinder und ist gesund. Nun gut, manchmal gibt es Differenzen zwischen ihrem Mann und ihrer Mutter. Manchmal hat Lilli den Eindruck, ihre Mutter, Witwe seit fast 30 Jahren, würde sie noch immer nicht loslassen wollen. Manchmal hat Lilli Kopfschmerzen. Aber das sind alles nur winzige Schönheitsfehler.

Dann geht Lilli nach Waldstadt, um in der ersten Bücherstadt Deutschlands eine eigene Buchhandlung zu eröffnen. Und jetzt bekommen all diese Kleinigkeiten ein anderes Gesicht. Ihre Mutter wird plötzlich ängstlich, ihre Kontrollanrufe nehmen unheimliche Ausmaße an. Bis in der ehemals »verbotenen Stadt« die Folgen einer Vorgeschichte eskalieren, von der Lilli nicht die leiseste Ahnung hat.

Mit ruhiger Hand entwirft Dagmar Scharsich das weite Panorama von Lillis Leben und spitzt es in unnachgiebig sich steigerndem Tempo zu einem Thriller-Szenario von klaustrophobischer Enge zu.

Monika Geier

Wie könnt ihr schlafen

Ariadne Krimi 1110 · ISBN 3-88619-840-5

Mitten im tiefsten Grün des Pfälzerwaldes, abseits der großen Städte, scheint die Welt noch in Ordnung. Die Haustüren bleiben unverschlossen – man kennt sich. So auch in Kreimheim, einem kleinen Nest zwischen Kaiserslautern und Neustadt an der Weinstraße. Hinter den zugeklappten Fensterläden des verschlafenen Städtchens rumort es jedoch gewaltig.

Auf dem maroden, aber immer noch herrschaftlichen Anwesen der Familie Marquardt tauchen die Überreste einer Neugeborenenleiche auf. Bettina Boll, Kommissarin beim Ludwigshafener Morddezernat, wird aus dem Urlaub geholt und zur Lösung des Falls in die Hinterpfalz geschickt. Eigentlich ist ihre Blamage vorprogrammiert – denn besagte Kinderleiche liegt bereits seit rund 25 Jahren unter der Erde.

Für die Dörfler ist der Fall klar: Erstens gab es nur einen im Ort, der außerehelich schwängerte – Martin Marquardt, der Bruder des Bürgermeisters, der bei einem »tragischen Unfall« ums Leben kam. Zweitens gibt es nur eine Kreimheimerin, deren Ruf zweifelhaft genug ist: Malerin Klara Sorell, eine Zugezogene, gibt im Gemeindehaus Aktzeichenkurse. Also ist ihr auch ein Kindesmord zuzutrauen. Dorfmoral.

Während der zähen Ermittlungsarbeit und mühseligen Spurensuche in uralten Klatschgeschichten spitzt sich die Situation in Kreimheim zu …

Monika Geier seziert in ihrem Debüt die Doppelmoral des Landlebens hinter den Blumenkästen der Wohlanständigkeit. Ein spannender, kurzweiliger Krimi, aber Vorsicht: Kreimheim ist überall.

»Monika Geier verfügt über die Bösartigkeit aller guten Krimiautorinnen, über Witz und Raffinesse für wirklich subtile Plots. Ihre Bücher sind mehr als eine Entdeckung, sie sind eine Befreiung von schlecht gewordener Konvention.« *Die Zeit*

Monika Geier

Neapel sehen

Ariadne Krimi 1136 · ISBN 3-88619-866-9

Der Sommer treibt seltsame Blüten. Irrlich – eine kleine Gemeinde mitten in der malerischen Pfalz: Die mörderische Sommerhitze lässt die Einheimischen in Lethargie versinken. Doch dann findet die trügerische Beschaulichkeit ein jähes Ende. Im nahe gelegenen Steinbruch entdeckt man die zerschmetterte Leiche der Irrlicher Sportlehrerin Aurelie Loor. Ein Unfall? Die mit dem Fall betraute Kommissarin Bettina Boll und ihr Kollege Willenbacher von der Ludwigshafener Polizei haben Zweifel. Berechtigterweise: Schließlich war Aurelie Loor begeisterte Freeclimberin und die Wand im Steinbruch ein ›Spaziergang‹.

Boll und Willenbacher beginnen im Umfeld der Toten zu ermitteln. Schnell stoßen sie auf einen Sumpf menschlicher Abgründe und kaputter Existenzen. Gehässigen Klatsch gibt es reichlich: über die zwielichtigen Gestalten aus der benachbarten Containersiedlung (alles Kleinkriminelle und Huren!), die eigenbrötlerischen Bewohner vom Antoniushof (das Ergebnis jahrhundertelangen Inzests!) und natürlich über das Opfer selbst: Naturschützerin Aurelie Loor hat das ländliche Idyll gern aufgemischt und sogar in ihrem Freundeskreis zwiespältige Gefühle hervorgerufen.

Das zeigt sich schon bei der Zeugenbefragung von Katrina Klein und Wolfgang Antoni, die die Leiche entdeckt haben. Während Katrina, die Jugendliche aus der Containersiedlung, nichts als hingebungsvolle Begeisterung für die ältere Freundin empfindet, hält sich Wolfgang Antoni seltsam bedeckt. Anscheinend hatte der grobschlächtige Außenseiter vom Antoniushof mit seinen absonderlichen sexuellen Vorlieben eine abstruse Abhängigkeitsbeziehung zu der Toten …

Der zweite Krimi um Kommissarin Bettina Boll: Gewandt führt Monika Geier an die Abgründe menschlicher Alltagsschicksale. Mit dem ihr eigenen Scharfsinn und düsterem Humor zeichnet sie Psychogramme der Außenseiter und Randfiguren unserer Gesellschaft, die trotz all ihrer Absonderlichkeiten immer auch menschlich bleiben.

Merle Kröger

Cut!

Ariadne Krimi 1146 · ISBN 3-88619-876-6

Ein altes Programmkino gibt seine letzte Vorstellung vor dem Abriss. Für die Betreiber endet eine Ära. Was nun? – Madita Junghans, die Norddeutsche mit den indischen Genen, hat keinen Plan. Ihr Freund Nick hingegen träumt von einer Karriere als Detektivpaar. Madita lässt sich überreden, in einem sehr privaten Fall einige Ermittlungen anzustellen. Die zwei verstricken sich in den losen Fäden eines dunklen Kapitels deutsch-indischer Geschichte, ohne die Zusammenhänge zu ahnen. Und dann gibt es Tote …

Mitreißend, augenzwinkernd und erfrischend subjektiv inszeniert Filmemacherin Merle Kröger Widersprüche und Brücken zwischen Kino und wirklichem Leben, Vergangenheit und Gegenwart – und lässt Hamburger Alltag und Bombays Traumfabrik »Bollywood« fulminant aufeinander prallen.

Adriana Stern

Hannah und die Anderen

Nachtbrenner 3013 · ISBN 3-88619-993-2

Hannah reißt aus. Im Fluchtgepäck ein Tagebuch voller Erlebnisse, Geschichten und Namen, die ihr Angst machen und sie verwirren. Warum musste sie von zu Hause weg? Und wer sind diese Anderen, die behaupten, zu ihr zu gehören? – Es ist nicht das erste Mal, dass Hannah Dinge tut, die sie nicht versteht, böse Ahnungen hat, die durch nichts begründet scheinen, und Vorwürfe erhebt, die andere in Teufels Küche bringen ...

Hautnah und spannend wie ein Krimi erzählt *Hannah und die Anderen* von der Selbstfindung eines multiplen Mädchens.

»Ein spannendes, trauriges und packendes Buch, mit dem Jugendliche und Erwachsene für das Thema multiple Persönlichkeit sensibilisiert werden. Kaufen!« *ekz-informationsdienst*

Katrin Kremmler

Blaubarts Handy

Ariadne Krimi 1131 · ISBN 3-88619-861-8

Ich lebe seit zwei Jahren in Budapest. Arbeite als »Assistentin« in einer internationalen Firma und promoviere. Ich habe mir hier ein kleines Leben zusammengebaut bestehend aus: a) meinem Job, b) meiner Diss, c) Szene. Der abenteuerliche Alltag einer studierenden lesbischen Böromaus im wilden Osten.

Crime noir zwischen postsozialistischem Realismus und postkoitaler Romantik: Gabriella Müller hegt ein zärtliches Gefühl für verfallene Plattenbauten, Plastiktüten in kahlen Bäumen und verlebte Ungarinnen.

Als ehrenamtliche Telefonberaterin der Homo-Hotline bekommt Gabi die haarsträubendsten Geschichten zu hören – bis sie plötzlich zur unfreiwilligen Schlüsselfigur einer mörderischen Affäre wird …

Die Mär vom Blaubart ist völlig aus dem Leben gegriffen. Nur dass der kompromittierende Gegenstand hier in Ungarn kein goldener Schlüssel ist.

Es ist ein Handy.

Brigitt Albrecht

Jeschek und Jones – Wiener Blut

Ariadne Krimi 1144 · ISBN 3-88619-874-X

Martha Marix Jones, Programmiererin von anforderungsbezogenen Datenbanken, versucht sich im schönen Wien auf eigene Füße zu stellen. Da wird ihr Exfreund erschlagen und ihr Laptop geraubt. Seltsamerweise scheint Kommissar Jeschek geneigt, sie an den Ermittlungen zu beteiligen – bis zum höllischen Showdown!

Ein temperamentvoller Krimi aus der Donaumetropole.

Weiterlesen! Krimis bei Ariadne

Albrecht, Brigitt
- Jeschek & Jones - Wiener Blut
Ariadne Krimi 1144; ISBN 3-88619-874-X

Allen, Kate
- Wie es dir gefällt
Ariadne Krimi 1081; ISBN 3-88619-581-3

Bick, Martina
- Blutsbande
Ariadne Krimi 1130; ISBN 3-88619-860-X
- Heute schön, morgen tot
Ariadne Krimi 1138; ISBN 3-88619-868-5

Bushell, Agnes
- Tanz der Schatten
Ariadne Krimi 1071; ISBN 3-88619-571-6

Camones, Ann
- Verbrechen lohnt sich doch!
Ariadne Krimi 1065; ISBN 3-88619-565-1

Cannell, Dorothy
- Auf dem Holzweg
Ariadne Krimi 1058; ISBN 3-88619-558-9
- Der Witwenclub
Ariadne Krimi 1026; ISBN 3-88619-526-0
- Die dünne Frau
Ariadne Krimi 1016; ISBN 3-88619-516-3

Carlson, P.M.
- Blut ist dicker als Mord
Ariadne Krimi 1100; ISBN 3-88619-830-8
- Blutstrom
Ariadne Krimi 1090; ISBN 3-88619-590-2
- Bühne frei für Mord
Ariadne Krimi 1064; ISBN 3-88619-564-3
- Grabes Stimme
Ariadne Krimi 1076; ISBN 3-88619-576-7
- Heiß genug für Mord
Ariadne Krimi 1070; ISBN 3-88619-570-8
- Makler und Mord
Ariadne Krimi 1052; ISBN 3-88619-552-X
- Miss Mooney
Ariadne Krimi 1132; ISBN 3-88619-862-6
- Sicher ist nur Mord
Ariadne Krimi 1022; ISBN 3-88619-522-8
- Studie mit Mord
Ariadne Krimi 1082; ISBN 3-88619-582-1
- Todes Hauch
Ariadne Krimi 1106; ISBN 3-88619-836-7
- Versuch mit Mord
Ariadne Krimi 1032; ISBN 3-88619-532-5
- Vorspiel zum Mord
Ariadne Krimi 1012; ISBN 3-88619-512-0

Charest, Danielle
- Die Ohnmacht
Ariadne Krimi 1089; ISBN 3-88619-589-9

Cody, Liza
- Eva langt zu
Ariadne Krimi 1140; ISBN 3-88619-870-7
- Eva sieht rot
Ariadne Krimi 1134; ISBN 3-88619-864-2
- Was sie nicht umbringt
Ariadne Krimi 1128; ISBN 3-88619-858-8

D'anna, Lynnette
- Zeit der Blöße
Nachtbrenner 3009; ISBN 3-88619-989-4

D'Arnuk, Nanisi Barrett
- Vollzug
Ariadne Krimi 1119; ISBN 3-88619-849-9

Day, Marele
- Der letzte Tango der Dolores Delgado
Ariadne Krimi 1094; ISBN 3-88619-594-5

Douglas, Lauren Wright
- Artemis' Töchter
Ariadne Krimi 1053; ISBN 3-88619-553-8
- Lauernde Bestie
Ariadne Krimi 1005; ISBN 3-88619-505-8
- Sieben Leben
Ariadne Krimi 1041; ISBN 3-88619-541-4

Dreher, Sarah
- Stoner McTavish
Ariadne Krimi 1011; ISBN 3-88619-511-2
- Stoner McTavish 2 - Schatten
Ariadne Krimi 1023; ISBN 3-88619-523-6
- Stoner McTavish 3 - Grauer Zauber
Ariadne Krimi 1043; ISBN 3-88619-543-0
- Stoner McTavish 4 - Gefangene der Zeit
Social Fantasies 2055; ISBN 3-88619-955-X
- Stoner McTavish 5 - Die andere Welt
Ariadne Krimi 1141; ISBN 3-88619-871-5
- Stoner McTavish 6 - Stoner verkehrt in schlechten Kreisen
Ariadne Krimi 1093; ISBN 3-88619-593-7
- Stoner McTavish 7 - Der Rat der Schamanin
Social Fantasies 2047; ISBN 3-88619-947-9

Duffy, Stella
- Septemberfrau
Ariadne Krimi 1099; ISBN 3-88619-599-6

Forrest, Katherine V.
- Amateure
Ariadne Krimi 1015; ISBN 3-88619-515-5
- Beverly Malibu
Ariadne Krimi 1029; ISBN 3-88619-529-5
- Die Tote hinter der Nightwood Bar
Ariadne Krimi 1007; ISBN 3-88619-507-4
- Knochenjob
Ariadne Krimi 1125; ISBN 3-88619-855-3
- Kreuzfeuer
Ariadne Krimi 1113; ISBN 3-88619-843-X
- Töchter der Morgenröte
Social Fantasies 2057; ISBN 3-88619-957-6
- Tradition
Ariadne Krimi 1037; ISBN 3-88619-537-6
- Treffpunkt Washington
Ariadne Krimi 1107; ISBN 3-88619-837-5

Foster, Marion
- Wenn die grauen Falter fliegen
Ariadne Krimi 1002; ISBN 3-88619-503-1
- Wenn die Macht ihr Netz auswirft
Ariadne Krimi 1035; ISBN 3-88619-535-X

Geier, Monika
- Neapel sehen
Ariadne Krimi 1136; ISBN 3-88619-866-9
- Wie könnt ihr schlafen
Ariadne Krimi 1110; ISBN 3-88619-840-5

Weiterlesen! Krimis bei Ariadne

Grae, Camarin
- Seelenraub
Ariadne Krimi 1083; ISBN 3-88619-583-X

Hall, Patricia
- Tödlicher Frost
Ariadne Krimi 1122; ISBN 3-88619-852-9
- Tödlicher Sommer
Adrenalin 2035; ISBN 3-88619-935-5
- Tödliche Wahl
Adrenalin 2022; ISBN 3-88619-922-3

Hansen, Joseph
- Fade Out
Pink Plot 2051; ISBN 3-88619-951-7
- Feindschaftsdienst
Pink Plot 2067; ISBN 3-88619-967-3
- Nabelschau
Pink Plot 2077; ISBN 3-88619-977-0
- Totengeld
Pink Plot 2062; ISBN 3-88619-962-2
- Tyrannenmord
Pink Plot 2071; ISBN 3-88619-971-1

Haug, Frigga
- Jedem nach seinen Bedürfnissen
Adrenalin 2021; ISBN 3-88619-921-5
- Jedem nach seiner Leistung
Adrenalin 2005; ISBN 3-88619-905-3

Kemmerzell, Anja/Laudan, Else
- Wie schreibe ich einen Krimi?
Ariadne Leitfaden 01; ISBN 3-88619-717-4

Konopik, Iris/Laudan, Else
- Best of Sex bei Ariadne
Ariadne Leitfaden 04; ISBN 3-88619-719-0

Konopik, Iris/Montag, Stefanie
- Coming Out Lesebuch
Ariadne Leitfaden 02; ISBN 3-88619-718-2

Kremmler, Katrin
- Blaubarts Handy
Ariadne Krimi 1131; ISBN 3-88619-861-8

Kröger, Merle
- Cut!
Ariadne Krimi 1146; ISBN 3-88619-876-6

Lauren, Jessica
- Zweimal sterben
Ariadne Krimi 1051; ISBN 3-88619-551-1

Lehtolainen, Leena
- Kupferglanz
Ariadne Krimi 1118; ISBN 3-88619-848-0

Macquet, Claire
- Auf der Suche nach Ammu
Ariadne Krimi 1061; ISBN 3-88619-561-9

Magezis, Joy
- Schüttelfrost
Ariadne Krimi 1028; ISBN 3-88619-528-7

Marcy, Jean
- Eiskaltes Blond
Ariadne Krimi 1133; ISBN 3-88619-863-4
- Lady Madonna
Ariadne Krimi 1139; ISBN 3-88619-869-3

McAllester, Melanie
- Der Missionar
Ariadne Krimi 1137; ISBN 3-88619-867-7

McDermid, Val
- Abgeblasen
Ariadne Krimi 1120; ISBN 3-88619-850-2
- Der Aufsteiger
Ariadne Krimi 1059; ISBN 3-88619-559-7
- Der Fall
Ariadne Krimi 1033; ISBN 3-88619-533-3
- Das Gesetz der Serie
Ariadne Krimi 1112; ISBN 3-88619-842-1
- Das Kuckucksei
Ariadne Krimi 1095; ISBN 3-88619-595-3
- Luftgärten
Ariadne Krimi 1124; ISBN 3-88619-854-5
- Das Manuskript
Ariadne Krimi 1105; ISBN 3-88619-835-9
- Das Nest
Ariadne Krimi 1021; ISBN 3-88619-521-X
- Die Geiselnahme
Ariadne Krimi 1143; ISBN 3-88619-873-1
- Die Reportage
Ariadne Krimi 1013; ISBN 3-88619-513-9
- Skrupellos
Ariadne Krimi 1126; ISBN 3-88619-856-1

Michels, Bernd
- Akte Zirkon
Adrenalin 2048; ISBN 3-88619-948-7
- Laubenleiche
Adrenalin 2038; ISBN 3-88619-938-X
- Mafiakind
Adrenalin 2020; ISBN 3-88619-920-7

Miller, Martha
- Neun Nächte
Ariadne Krimi 1135; ISBN 3-88619-865-0

Möllenberg, Holger
- Bombenstimmung in Köln
Pink Plot 2076; ISBN 3-88619-976-2
- Die Adonisfalle
Pink Plot 2061; ISBN 3-88619-961-4

Muser, Martin
- Granitfresse
Adrenalin 2023; ISBN 3-88619-923-1
- Das ohmsche Gesetz
Adrenalin 2063; ISBN 3-88619-963-0

Nava, Michael
- Goldjunge
Pink Plot 2003; ISBN 3-88619-903-7
- Stadt der Ehre
Pink Plot 2011; ISBN 3-88619-911-8
- Das innere Gesetz
Pink Plot 2018; ISBN 3-88619-918-5
- Der kleine Tod
Pink Plot 2001; ISBN 3-88619-901-0
- Die lange Naht
Pink Plot 2068; ISBN 3-88619-68-1
- Todes Nähe
Pink Plot 2030; ISBN 3-88619-930-4
- Verbrannte Erde
Pink Plot 2040; ISBN 3-88619-940-1; geb.
Pink Plot 2056; ISBN 3-88619-956-1; TB

Weiterlesen! Krimis bei Ariadne

Outland, Orland
- Mordsduft
Pink Plot 2049; ISBN 3-88619-949-5
- Todschick
Pink Plot 2042; ISBN 3-88619-942-8

Pfänder, Petra
- Die blaue Katze
Ariadne Krimi 1148; ISBN 3-88619-878-2

Pincus, Elizabeth
- Einsamer Twist
Ariadne Krimi 1121; ISBN 3-88619-851-0
- Katerwalzer
Ariadne Krimi 1127; ISBN 3-88619-857-X
- Schleppertango
Ariadne Krimi 1109; ISBN 3-88619-839-1

Redmann, J.M.
- Mississippi
Ariadne Krimi 1055; ISBN 3-88619-555-4
- Sag niemals ja
Ariadne Krimi 1087; ISBN 3-88619-587-2
- Stein der Waisen
Ariadne Krimi 1103; ISBN 3-88619-833-2
- Stirb, Jokaste!
Ariadne Krimi 1069; ISBN 3-88619-569-4

Scharsich, Dagmar
- Die gefrorene Charlotte
Ariadne Krimi 1048; ISBN 3-88619-548-1
- Verbotene Stadt
Ariadne Krimi 1142; ISBN 3-88619-872-3

Scheen, Kjersti
- Vorhang zum Tod
Ariadne Krimi 1102; ISBN 3-88619-832-4

Schulman, Sarah
- Ohne Delores
Ariadne Krimi 1025; ISBN 3-88619-525-2
- Die Sophie Horowitz Story
Ariadne Krimi 1077; ISBN 3-88619-577-5

Scott, Rosie
- Tage des Ruhms
Ariadne Krimi 1036; ISBN 3-88619-536-8

Stern, Adriana
- Hannah und die Anderen
Nachtbrenner 3013; ISBN 3-88619-993-2

Stevenson, Richard
- Umgepolt
Pink Plot 2024; ISBN 3-88619-924-X
- Verraten und verkauft
Pink Plot 2037; ISBN 3-88619-937-1

Sulzenbacher, Hannes
- Letzter Walzer
Pink Plot 2069; ISBN 3-88619-969-X
- Wiener Gift
Pink Plot 2050; ISBN 3-88619-950-9

Taylor, Jean
Wir wissen, wo du wohnst
Ariadne Krimi 1101; ISBN 3-88619-831-6

Thommes, Susanne
- Kronzeugen
Adrenlin 2026; ISBN 3-88619-926-6

Togawa, Masako
- Der Hauptschlüssel
Ariadne Krimi 1010; ISBN 3-88619-510-4

Webb, Cynthia
- Florida Blues
Ariadne Krimi 1111; ISBN 3-88619-841-3

Wilson, Barbara
- Ein Abend mit Vivaldi
Ariadne Krimi 1123; ISBN 3-88619-853-7
- Belladonna - Neun Reisen mit Cassandra
Ariadne Krimi 1097; ISBN 3-88619-597-X
- Ein Nachmittag mit Gaudí
Ariadne Krimi 1027; ISBN 3-88619-527-9
- Mord im Kollektiv
Ariadne Krimi 1079; ISBN 3-88619-579-1
- Der Porno-Kongreß
Ariadne Krimi 1019; ISBN 3-88619-519-8
- Schwestern der Straße
Ariadne Krimi 1049; ISBN 3-88619-549-X
- Trubel in Transsylvanien
Ariadne Krimi 1057; ISBN 3-88619-557-0

Wilson, John Morgan
- Der Gerechte
Pink Plot 2031; ISBN 3-88619-931-2

Wings, Mary
- Sie kam allein
Ariadne Krimi 1115; ISBN 3-88619-845-6
- Sie kam als Mann
Ariadne Krimi 1129; ISBN 3-88619-859-6
- Sie kam gestochen scharf
Ariadne Krimi 1085; ISBN 3-88619-585-6
- Sie kam zu spät
Ariadne Krimi 1031; ISBN 3-88619-531-7
- Sie war schnell wie der Blitz
Ariadne Krimi 1047; ISBN 3-88619-547-3

Ariadne Forum
Frauenkrimi-Almanach
Über ISSN 0941-6749 unter Angabe der Heft-Nr.
Ab Ariadne Forum 2 zusätzlich eigene ISBN
- Ariadne Forum 1 – 1992/93
AF; ISSN 0941-6749; 5 DM
- Ariadne Forum 2 – 1993/94
AF; ISBN 3-88619-693-3; 7 DM
- Ariadne Forum 3 – 1994/95
AF; ISBN 3-88619-694-1; 8 DM
- Ariadne Forum 4 – 1996/97
AF; ISBN 3-88619-695-X
- Ariadne Forum 5 – 1997/98
AF; ISBN 3-88619-696-8